THE LAST Bikers

Tyron

Prologue

Tyron

— Arrête, putain !

Je reçois une lampe dans la gueule, je la regarde, complètement abasourdi. Mais qu'est-ce que j'ai fait ? J'ai fabriqué un monstre.

— Ferme-la, Tyron, sinon je te jure que je vais te tuer, balancer les morceaux de ton corps dans la mer et attendre tranquillement que des requins viennent bouffer ce qui reste.

— Ava, arrête !

— J'arrêterai quand tu te tiendras enfin tranquille et que tu seras devenu un vrai homme.

Elle me balance une chaussure à la tronche. Bon, je pense qu'il est temps que je l'arrête, alors je dresse mon bras devant moi et avance. Des objets me percutent en route.

— N'avance pas, Tyron, sinon je te jure que…

J’arrive à l’atteindre, je la serre contre moi.

— Arrête, putain, je vais te quitter, je vais partir, je…

— Tu n’en feras rien, toi et moi, c’est pour la vie.

Je me recule et elle me regarde, déterminée.

— Non, je ne peux plus vivre comme ça.

Je ressens une douleur dans l’estomac, je me recule et regarde mon tee-shirt blanc se tacher de rouge. Elle m’a planté, cette salope. Je tombe à genoux, m’allonge sur le dos pour éviter d’user mes forces, je connais la procédure, ce n’est pas la première fois. Je comprime ma plaie, mais je ne tiens pas longtemps, très vite, c’est le trou noir.

Chapitre 1

Tyron

— Je fais ce que je veux !

— Mais on devrait y aller, je t'assure que…

— J'ai dit non !

— Pourquoi tu le prends comme ça ?

— Putain, c'est qui, le président, bordel ?

Je me lève et le colle au mur, en le prenant par la gorge.

— OK, OK, c'est bon, je n'insiste pas.

Je vais m'asseoir à mon bureau et, quand la porte se referme derrière ce connard, je peux enfin souffler. Un des chapitres voudrait qu'on vienne à une réunion, le problème, c'est que ce n'est pas le bon moment. Ce fils de pute veut absolument me pousser à y aller quand même, car je crois qu'il est tombé sous le charme d'une des brebis de là-bas. Qu'est-ce que j'en ai à foutre, moi ? Ça ne me concerne pas, ses histoires de baise, il n'y a que les miennes qui comptent. Si c'était une nana que je voudrais baiser, moi, on aurait déjà tous décollé depuis longtemps, mais là, je m'en fous. Je n'ai pas besoin d'aller bien loin pour baiser, j'ai juste à claquer des doigts et elles me sautent toutes sur la bite. D'ailleurs, ça m'a mis la trique, cette engueulade. Bon, OK, tout me fait bander de toute façon, je suis en érection en permanence. Je sonne sur le petit bouton que j'ai fait installer en dessous de mon bureau, car j'en avais marre de me lever et d'aller les appeler pour assouvir mes envies. La porte s'ouvre et Audrey entre. Je l'aime bien, celle-là, elle ne dit jamais non et je pense qu'elle a un petit faible pour moi. Mais elle sait, comme toutes les autres, que c'est une perte de temps, la seule personne que j'aime, c'est moi, et ce n'est pas près de changer.

Je me lève et enlève mon froc.

— Suce bien profondément, j'ai envie de sentir tes amygdales sur le bout de ma queue.

Elle me regarde avec son air de pute et s'approche de moi.

— Tu sais que je ferai n'importe quoi pour te faire plaisir.

— Ouais, alors magne-toi de faire ce que je dis !

Elle se met à genoux, devant mes jambes, prend mon sexe déjà rigide dans sa bouche et commence à me sucer. Elle sait que j'aime quand elle va vite et fort.

— Plus loin dans ta bouche, connasse. Je veux voir tes larmes et ta nausée, sinon ce n'est pas drôle.

Elle enfonce ma bite jusque dans sa gorge. J'ai une grosse verge, je sais que c'est compliqué pour elle, mais, si c'était facile, ça ne serait pas marrant. On frappe à la porte.

— Ouais ?

Quinns débarque et se marre quand il voit la scène, mais il fait comme si de rien n'était. Tout le monde m'a déjà vu baiser et, parfois même, pendant une réunion, alors qu'on était en pleine discussion. Je n'ai pas de limites au niveau du sexe, si j'ai envie de me décharger, je le fais et peu importe l'endroit ou les gens qui me regardent. J'ai un souci psychologique, soi-disant avec le sexe, enfin, c'est ce qu'on disait quand j'étais jeune. Mais, logiquement, on parle de souci quand on en souffre, ce qui n'est pas mon cas. Moi, j'aime être performant, avoir la bite toujours dure et prête à l'action. J'aime la sensation de jouir même si, parfois, je m'ennuie. Je vais toujours plus loin, je n'ai pas de limites pour avoir de nouvelles émotions. Ça me rappelle ma pseudo-sœur, cette petite garce que j'ai baisé dans tous les sens. Je pensais qu'elle était différente, mais, après trois jours, elle m'ennuyait déjà. Pourtant, j'ai attendu des années avant de la baiser à nouveau. Je l'ai surveillée, guettée, j'aime la chasse, j'aime l'attente et ce que ça me procure quand j'ai, enfin, ce que je convoite depuis longtemps. Ça change des choses faciles, je préfère quand c'est compliqué. J'aime aussi me branler en espionnant mes futures proies, en imaginant ce que je vais leur faire. Mais, ce qui me fait triper le plus, c'est de les pister, de les surveiller. Ma sœur, j'avais accès à son téléphone depuis des années et je pouvais savoir ce qu'elle regardait sur son ordinateur. Je suis un malade, mais j'assume.

— Je t'écoute.

— Non, je pense que je vais repasser après en fin de compte.

— Non, c'est bon, je suis tout ouïe.

Je prends la tignasse de l'autre et pousse mon sexe encore plus profondément dans sa bouche. Je sens l'excitation monter le long de ma colonne vertébrale.

— Plus vite, pétasse !

Elle accélère encore et je finis par me déverser dans sa gorge, sans un bruit. C'était à chier, j'ai à peine pris mon pied.

— Va sucer Quinns !

Une fois qu'elle m'a bien nettoyé, elle se dirige vers lui et se met à genoux à ses pieds. Ouais, mater, j'aime ça aussi. Je bande toujours alors, dès qu'elle lui a enlevé son pantalon et l'a gobé, je commence à me branler. Elle a de la chance, il en a une plus petite. C'est, je suppose, plus facile pour elle.

Quinns est plus expressif que moi, il jette sa tête en arrière et gémit. Il ne m'en faut pas plus pour avoir envie de la sauter. J'enlève mon pantalon et, toujours en me branlant, je me dirige vers eux.

— Lève ton cul, j'ai envie de te baiser !

Elle se met à quatre pattes, je me mets à genoux derrière elle et la pénètre sans douceur.

— Enfonce plus profondément sa bite dans ta bouche, comme tu le fais avec moi.

On baise à trois, c'est assez habituel, je suis un voyeur, alors j'aime ça. Quand, enfin, on jouit en duo, je suis un peu soulagé. Je me lève et sors de mon bureau. Je ne suis pas gay, toucher un mec ne me branche pas du tout, c'est juste le fait d'avoir un film de cul en réel qui me fait monter la pression.

Je passe dans la cuisine et me sers un café. Je préfère le faire moi-même, sinon, c'est trop long. Le temps que je demande qu'on le serve, j'ai le temps d'en boire deux.

Quinns entre en catastrophe.

— Le téléphone fixe et ton portable n'arrêtent pas de sonner dans ton bureau.

Putain, qui vient me faire chier ? Je prends ma tasse et retourne d'où je suis venu. Les deux appareils sonnent en même temps, je décroche le plus proche de moi.

— Ouais ?

— Tyron, c'est Base, on a un problème.

— Quoi encore ?

— On est en train de se faire canarder à l'entrepôt de drogue.

— Sérieux ?

Je n'ai même pas besoin d'avoir la confirmation, j'entends les tirs derrière. Merde ! Putain !

— On arrive !

Je raccroche et cours sonner la cloche. Je monte directement sur le bar, il faut partir tout de suite. Je siffle entre mes doigts pour avoir le silence.

— Écoutez-moi, bande de connards, l'entrepôt de Cam et en train de se faire attaquer. On part maintenant et on prend des armes.

Je passe la main dans mes cheveux, je n'aime pas quand il y a des imprévus comme ça, j'aime bien réfléchir à tout et, là, on part à l'arrache. Ça ne me plaît pas. On forme vite deux équipes, une qui part et une qui reste au cas où ça serait un piège pour nous attaquer pendant qu'on sera absents. Je ne suis pas si idiot qu'on ne le pense, je sais qu'il y a toujours cette possibilité quand nous ne sommes pas ici. Moi, je pars avec l'équipe. Rester à attendre, ce n'est pas mon truc, je préfère l'action, c'est Quinns qui restera là.

On court tous sur nos motos, non sans avoir pris ce qu'il fallait avant. En roulant, je sens l'excitation monter en moi, je bande même en pensant à tous ces connards que je vais buter. On ne me vole pas, moi. Je suis peut-être le moins puissant d'ici, mais je suis le plus dangereux. En même temps, quand je vois les tapettes qu'il y a comme présidents dans les autres clubs dits puissants, ça me fait bien rire. Entre un qui s'est suicidé, car sa nana s'est fait tuer, l'autre qui est love de ma pute de sœur et le nouveau, le Mike, qui est, selon les rumeurs, PD, je suis verni. C'est ma chance d'ailleurs de tous les baiser. Je n'ai pas d'attache, pas de limite, je me fous de tout et c'est ce qui fait ma force.

Mon père m'a toujours valorisé, il me disait que j'étais le meilleur et il avait raison. Il ne m'a jamais battu, humilier, il n'en a jamais eu besoin, car j'ai toujours voulu être le meilleur sans qu'il me le demande. J'ai été chouchouté par ma mère et lui, personne n'avait le droit de me faire du mal ni de mal me parler, sous peine de mort. Le petit garçon qui devait reprendre la relève, il était hors de question qu'on l'emmerde. Je sais que c'est un privilège dans notre monde, que certains me jalousent, mais ils n'avaient qu'à naître d'un père président. Ce n'est quand même pas ma faute si leurs parents, à eux, se sont retrouvés dans le club, limite par hasard, juste, car ils étaient des déchets de l'humanité et qu'être dans un groupe de bikers était le seul truc qui donnait un sens à leur vie. Moi, je suis né comme ça, avec un père puissant qui me donnait le pouvoir qu'il avait lui-même reçu de son propre père. J'ai la chance, en plus, d'être très beau…J'aime me regarder dans la glace et me branler en même temps. Si je devais être gay, ce serait avec moi que j'aimerais coucher et, dommage que je n'ai pas de jumeau, car j'aurais bien aimé tester. Je m'aime et je suis la seule personne que j'arrive à supporter. Je lâche le guidon et je me touche la bite. Ouais, moi qui me baise, moi, enfoncer le cul à mon double… Putain, je vais jouir sur ma moto si je continue !

Une fois arrivé à proximité de l'endroit, on se gare sur le côté. Ma moto fait énormément de bruit, c'est voulu, je veux qu'on m'entende de loin, qu'on sache que c'est moi. Mais là, il faut rester discret, ces enfoirés ne doivent pas se douter que nous sommes déjà arrivés.

— On fait quoi, Prés' ?

Je réfléchis, le mieux, c'est d'y aller frontalement, je pense. De toute façon, la vue est assez dégagée près de l'entrepôt, on va nous repérer tout de suite.

— On y va et on les tue tous. Nous sommes les Hell Souls, pas un pauvre club de bikers qui passe son week-end dans des hôpitaux pour enfants pour faire l'animation.

Je regarde un de mes gars avec le sourire en disant

ça. Il vient d'un club comme ça, où tout est en légalité et où on ne fait que du bien autour de soi. Mais quelle connerie ! S'il voulait devenir un saint, c'est dans un club de couture ou de poterie qu'il aurait dû aller, pas chez les bikers. J'ai honte de ces mecs-là, qui ridiculisent les clubs en général.

On me passe un AK-47, je retire le chargeur et vérifie qu'il est plein. C'est bon, il y a trente jolies balles qui vont se retrouver dans quelques têtes. Je mets le mode automatique, je n'aurai pas le temps de recharger à chaque fois. Une fois que tout le monde est prêt, nous y allons. Je ne pars pas qu'avec mon arme de guerre comme seule défense, j'ai mon colt sur moi et mon couteau aussi. Tout le monde me suit, j'y vais en mode guerrier. Je vais peut-être mourir aujourd'hui, mais, comme tout le reste, je n'en ai rien à faire. J'espère juste qu'ils ne viseront pas ma belle gueule, j'aimerais rester canon jusque dans le trou qu'ils creuseront pour moi.

On arrive et je laisse mes gars commencer à tirer pour faire le ménage en premier lieu. Je n'interviendrai qu'après. Nous avons tous un rôle.

Ils tirent, on attend et, quand ils ont fini, enfin pendant qu'ils rechargent leurs armes, à nous de jouer. Je vois des têtes exploser sous l'impact, c'est jouissif. Quand nous sommes assez proches, il est temps pour moi, et certains de mes compères de prendre le relais.

C'est pour ça que je ne veux pas tirer de loin, je veux être devant eux, quand je leur tire dessus, j'aime que le sang m'asperge le visage. Sinon, qu'est-ce qu'il y aurait de drôle à tuer des gens ? Rien du tout ! Il me faut ça pour triper ! Je vois un mec pas loin, je vise et tire… Bam, je le vois s'affaler comme une merde au sol. Je me demande combien ils sont, car ils ont l'air nombreux. Ceux qui étaient à l'intérieur de l'entrepôt, à nous attendre, sortent et se mettent à tirer eux aussi, mais, bientôt, le silence commence à se faire. J'aime bien aussi ce moment où, à part les derniers mecs qui crient, on n'entend rien. Le calme après la bataille.

Tout le monde me connaît, les dernières personnes vivantes ne doivent pas être tuées, on va jouer avec, leur montrer notre supériorité et, surtout, essayer d'avoir des infos. Ce n'est pas toujours facile, ils ne veulent rien dire en général, mais je suis assez persuasif.

J'entre dans l'entrepôt et je constate que plusieurs de mes gars ont aussi été touchés.

— Merde !

Je saisis mon téléphone, appelle, mais on ne me répond pas. Je recommence encore et encore, mais il n'y a rien à faire.

— Je vais trouver une solution, continuez à les maintenir en vie ! Toi, toi et toi, suivez-moi !

J'aime pas les imprévus ! Sinon, j'aurais prévu le médecin avec nous ! Mais là, je me retrouve comme un con. Pas question qu'un de mes hommes meure. Je cours pour rejoindre ma moto. Je me retourne et, derrière moi, les mecs vont doucement comme si on n'avait que ça à faire.

— Vous voulez un petit café et des gâteaux ? Vous courez, bande d'enculés, on doit se dépêcher, là !

Enfin, ils se mettent à suivre mon allure, on rejoint rapidement nos motos et on part vers le centre-ville. Je ne sais même pas où chercher, je roule un peu et je remarque enfin une plaque que je regarde attentivement. Dentiste, merde ! Ce n'est pas ça que je cherche, mais bon, c'est un médecin des dents, non ? Donc la personne a dû faire médecine avant aussi. Chirurgien en plus, donc, oui. Je pose ma moto et dis aux gars derrière moi de m'attendre là. Je prends mon arme, mais ne la montre pas tout de suite. Quand j'entre, la secrétaire me regarde avec un sourire, mais, quand elle voit mon blouson, elle blanchit d'un coup.

— Elle est où, la dentiste ?

— Heu… Heu…

Elle est trop longue à répondre, je continue d'avancer et ouvre les portes jusqu'à tomber sur celle que je cherchais. Elle a une tenue d'opération, un truc sur la tête, un masque, tient un appareil en main et s'apprête à le plonger dans la bouche du gars assis sur le fauteuil. Elle se retourne.

— Oui ? Nous avons rendez-vous ?

— Non, mais j'ai besoin de toi.

— Prenez rendez-vous comme tout le monde, monsieur, ici, ce n'est pas un fast-food.

Elle me tourne le dos et commence à enfoncer l'appareil dans la bouche de l'homme. Oh, non, connasse, c'est moi le prioritaire ici ! Je lève mon arme, tire sur un de ses placards, elle arrête de m'ignorer enfin, enlève son masque et me regarde avec colère.

— Dégagez de là ! Je n'ai pas d'argent ici et je suis occupée.

Je m'approche d'elle, très près.

— Ça ne sert à rien de m'intimider, j'ai dit que vous devez attendre et c'est tout.

L'homme, sur le fauteuil, comprend d'un coup qui je suis.

— Je suis Tyron, mec, on t'a déjà parlé de moi ?

Il ouvre les yeux en grand et retire ce qui lui coince la bouche.

— Mais je n'ai pas fini, monsieur Grimsons.

— On… On… Je reviendrai plus tard.

Sage décision !

Le gars se lève et part en courant.

— Non, mais vous êtes malade ! Vous ne pouvez

pas débarquer ici et faire comme chez vous.

— Je fais ce que je veux, c'est mon quartier ! Magne-toi, prends ce qu'il te faut, je t'emmène avec moi soigner mes gars.

— Les soigner de quoi ? Ils ont mal aux dents ?

— Non, ils ont reçu des balles.

— Et je suis censée faire quoi ? Je suis dentiste, pas médecin !

— Ce n'est pas mon problème, tu viens et tu vas les soigner.

— Pas question ! Je m'en fiche, moi, de vos hommes !

Hum… Une rebelle ! Si je n'étais pas si pressé, je l'aurais baisée, là, contre son fauteuil.

— Tu sais qui je suis, ma jolie ?

— Vous avez dit Tyron, il y a quelques minutes, vous me prenez pour une sourde ?

Je me retourne et lui montre l'arrière de mon blouson. Quand je reviens devant elle, elle lève un sourcil et me regarde, même pas impressionnée.

— Vous êtes le président d'un club de bikers rempli de bandits, mais je n'en ai toujours rien à faire.

Là, elle commence à m'énerver ! Qui est cette fille pour me parler comme ça ? Je devrais être son dieu, elle devrait déjà me supplier de la laisser en vie, et non me provoquer ! Surtout que je n'ai pas le temps, là, la vie de mes hommes est en jeu.

Je lève mon arme et la menace.

— Écoute bien, ma belle, soit-tu me suis bien gentiment, soit je tue ta secrétaire, non sans qu'avant, un de mes gars ait profité de son joli petit cul. À toi de choisir !

Elle fait un oui de la tête et va, enfin, préparer des affaires. C'est le problème d'avoir de l'empathie, c'est qu'on peut vous faire ce qu'on veut. Moi, par exemple, vu que je n'ai pas d'attache, les autres n'ont aucun moyen de pression sur moi.

Une fois qu'elle est prête, elle enlève son chapeau qu'elle fourre dans la poche. Bon sang, mais elle est magnifique, cette meuf ! Je me lèche les lèvres, je vais peut-être décider de les laisser tous crever et profiter pour me glisser dans la dentiste.

— Bon, je suis prête, on y va ?

— Tu t'appelles comment ?

Comme un con, je n'ai même pas regardé la plaque à l'entrée.

— Je m'appelle Ava.

Je lui prends la main et la tire hors de son cabinet

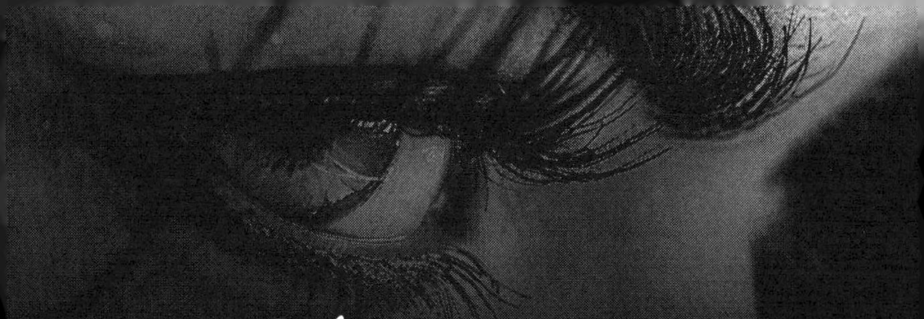

Chapitre 2

Ava

Mais pour qui il se prend, ce connard ? Je n'en ai rien à faire, moi, de son histoire de vilain voyou. Il m'a fait perdre un client ! En plus, le pauvre type est reparti sans que j'aie fini de soigner sa rage de dents. Il va souffrir.

Je le suis avec colère, en ruminant… Oh, mon petit gars, je vais me venger, tu vas me payer ce que tu viens de me faire.

— Monte derrière moi !

Je souffle un « connard » entre mes dents.

— Quoi ?

Je ne lui réponds même pas et monte derrière lui. Je suis dentiste, bordel, il a cru quoi ? Que je pourrais faire une opération à cœur ouvert ? Ma spécialité, ce sont les dents. S'il m'avait demandé « gentiment je précise » de venir, car un de ses gars avait mal à l'intérieur de la bouche, j'aurais fini ma tâche et je l'aurais suivi avec plaisir. Mais, là, ses manières ne me plaisent pas du tout. Il me tend un casque, je le prends et le regarde.

— Mets-le, la greluche ! Je n'ai pas que ça à foutre, de t'attendre !

Bon sang, je vais l'étriper, ce connard ! Je mets ce qu'il m'a donné et monte derrière lui, mais à contrecœur. Je passe la lanière de mon sac sur mon épaule et m'accroche à lui, mais pas trop, je n'ai pas envie qu'il s'imagine des choses. Il est, certes, pas mal, mais les types dans son genre, je ne peux pas les blairer.

— Tu devrais mieux t'accrocher, tu vas basculer sinon.

— Tais-toi et roule, qu'on en finisse !

— Comme tu veux, bébé.

Il se moque de moi, en plus !

Il démarre d'un seul coup, je recule et je me rattrape à lui. Heureusement ! Il avait raison, sinon je me serais retrouvée le cul par terre. Je l'entends rire à travers mon casque et le bruit du moteur, je sens que ça va être long, cette promenade. J'en ai déjà marre !

Il traverse les rues de la ville à toute vitesse, on dirait qu'il n'a peur de rien, il n'a pas de casque en plus. Arrivé à une espèce d'entrepôt, reculé de tout, il s'arrête enfin. Je descends le plus vite possible, il prend le temps de mettre la béquille de sa moto et de se passer la main dans les cheveux.

— Bon, on n'est pas chez le coiffeur, là ! J'ai cru que j'étais là pour aider tes amis, alors que je suis dentiste, et je n'ai pas que ça à faire ! Sûrement pas te regarder te coiffer. Pour ça, je vais chez Blandine, la coiffeuse à côté de chez moi, une fois par mois. Arrête de me faire perdre mon temps, le mannequin de mes deux et montre-moi où sont les blessés.

Il me regarde avec de gros yeux et explose de rire. Et pas qu'un peu, il se tord en deux.

— Putain, je t'adore, toi, tu sais ?

— Ce n'est pas réciproque, alors magne-toi.

— Comment une dentiste peut parler comme une brebis ?

— On va se raconter nos vies maintenant ? C'est là que tu dis que tu as eu le coup de foudre et que tu ne peux pas vivre sans moi ? Tu vas m'offrir des fleurs et des chocolats aussi ? Je n'ai pas l'envie ni le temps pour ça.

Je m'avance vers ce qui me paraît être l'entrée de leur truc et j'entre. Quand je vois l'horreur devant mes yeux, je recule de quelques pas. Mais c'est quoi, ce bordel ? On dirait une boucherie, un abattoir pour les humains. Il y a des corps les uns sur les autres, à gauche, et d'autres, qui gueulent comme des fillettes sur la droite. Je m'avance vers les pleurnichards, je m'arrête sur le premier.

— Eh bien, pour un soi-disant biker dangereux, t'es pas très courageux, toi ! Tu veux un câlin et que je te chante une chanson pour te consoler ?

Je me retourne et crie à travers la salle. Ce qui est drôle, c'est à quel point ça résonne.

— Quelqu'un aurait-il son doudou ? J'aimerais bien qu'il arrête de pleurer avant que je ne le regarde.

Tout le monde éclate de rire, mais, quand je me retourne, le gars se relève et essaie de m'attraper. Il est vite arrêté par le fameux Tyron.

— Laisse-la tranquille, elle est venue pour t'aider.

— Je ne veux pas que cette connasse me touche.

Je lève les épaules et commence à partir vers un autre.

— Grand bien te fasse, tu n'as qu'à mourir, je m'en fous.

J'arrive devant un homme beaucoup plus jeune et, là, je n'ai pas envie de dire des vacheries, j'ai de la peine pour lui. Je lui prends la main et le regarde avec compassion.

— Je peux te regarder ?

— Oui, madame, merci.

Un homme bien élevé, ça doit être rare par ici. Je cherche dans mon sac ce que j'ai. J'ai pris ce que j'ai pu, mais je ne suis clairement pas équipée et, surtout, ce n'est pas mon métier. Je déchire son haut à l'endroit où la balle est passée, à l'épaule. Je pense qu'il va s'en sortir, ce n'est pas méchant. Je prends une pince, désinfecte l'endroit et l'enfonce dans la plaie pour essayer de chercher une balle.

— Je suis désolée si je te fais mal, je n'ai pas d'anesthésiant assez fort pour une épaule sur moi. Tu veux bien me dire ton prénom ?

J'essaie de le faire parler pour qu'il pense à autre chose. Il me dit qu'il est prospect, qu'il est là depuis quelques semaines seulement. Je me disais bien qu'il était jeune pour entrer dans ce club de connards. Je peux comprendre aussi qu'il en soit arrivé là, la pauvreté peut parfois vous pousser dans le mauvais chemin. Je lui extirpe enfin l'objet. Je ne connais pas grand-chose en balles, je ne sais pas vraiment s'il reste des fragments, alors j'espère juste que non et je lui referme le tout avec du fil avant de lui mettre un pansement. Je me retourne pour trouver l'autre et je le vois juste derrière moi, à vérifier tout ce que je fais.

— Il faudra le faire ausculter par un médecin.

— C'est prévu.

Je passe au suivant en essayant de faire de mon mieux. Une fois que j'ai fini, je reviens au premier.

— Tu es calmé, on peut y aller ?

— Va te faire foutre, sale pute.

— Oh, vraiment ?

Je prends mon pouce et j'appuie de toutes mes

forces sur ses blessures. J'ai vu que ce n'était pas vital, alors je sais qu'il ne mourra pas, mais, au moins, il va apprendre à me respecter. Il gueule comme un putois et m'insulte en même temps. Je recule avant qu'il n'essaie de me frapper, range mes affaires et commence à partir.

— Il faut que tu le soignes lui aussi.

— Non.

— Pourquoi ?

— Je viens déjà vous aider, j'estime mériter un minimum de respect.

— Tu penses ?

— J'en suis même sûre. Tu ne me fais pas peur, tu peux me tuer, me faire ce que tu veux, ça ne changera rien.

Il s'approche de moi et me caresse le visage. Je me recule comme s'il m'avait brûlée.

— Tu fais quoi, putain ? Je t'ai déjà dit que je n'étais pas ta meuf.

Ses yeux sont transcendants, il me regarde avec une telle intensité.

— Soigne-le, je te promets qu'il va fermer sa gueule. Et je te ramène juste après.

— Et si je refuse ?

— Eh bien, tu vas rester là jusqu'à ce que tu cèdes.

Je souffle et retourne le faire, je n'ai pas envie d'y passer la journée.

— Viens, approche-toi de moi, sale petite garce, que je te fasse ta fête.

— Léo, ferme ta gueule et laisse-la te soigner.

— Mais Tyron, je…

— Tu la fermes, putain ! Sinon je t'abats et ça ira plus vite pour tout le monde, bordel !

Le fameux Léo se tait enfin, je sors ce qu'il me faut et le soigne à son tour. Quand j'ai fini, je me prépare à partir, je me dirige seule jusqu'à la moto et mets le casque sur ma tête. Tyron vient enfin, l'enfourche, je m'installe derrière et il démarre. Cette fois-ci, je ne me fais pas avoir, je m'accroche à lui, tant pis si c'est indécent, je m'en fiche. Une fois devant mon cabinet, je suis soulagée. J'ai fait ma fière, mais j'ai quand même eu peur qu'il me tue. Oh, pas pour moi, mais pour ma sœur. Sans moi, elle mourra…

Je descends vite, lui tends son casque et commence à partir, mais il me retient.

— Quoi encore ?

Il me tire vers lui, je tape dans son torse dur et il pose ses lèvres sur les miennes. Je n'ai même pas le temps de réagir qu'il est déjà parti et me retrouve comme une conne sur le trottoir. Merde ! Pourquoi je ne l'ai pas castré pour ce qu'il a fait ? En général, j'ai directement le réflexe. Je rentre dans mon cabinet et… les flics sont là ! Bien sûr, je ne vais pas les dénoncer, je ne suis pas dingue, mais c'est moi qui vais avoir des problèmes, je connais la loi de la rue.

— Oui, c'est pour quoi ?

— Ah, tu es là, Ava.

— Bah oui, il se passe quoi ?

Je la regarde en essayant de lui exprimer, avec les yeux, qu'elle est dingue d'avoir fait ça. Mais, elle n'a pas l'air de comprendre le message.

— J'expliquer à ces messieurs que tu avais été enlevée par des hommes à moto.

Pfff… ! Je vais devoir mentir. J'ai horreur de faire ça.

— C'est mon petit copain qui est venu me chercher. On s'était disputés, on s'est expliqués, c'est tout.

— Mais tu n'as jamais dit que tu avais un petit copain !

— Et alors ? J'ai le droit de ne pas te raconter toute ma vie.

Elle me saoule, là ! Je m'écouterais, je lui foutrais un pain, pile dans le nez, en espérant que ça la fasse s'évanouir et qu'elle se taise enfin. La seule chose qui me retient, c'est qu'il va être bientôt l'heure d'aller récupérer Mia. Les flics me parlent toujours et je constate que les minutes défilent sans qu'ils me lâchent la grappe. Je ne vois qu'une solution, j'espère juste qu'ils n'iront pas vérifier ou autre.

— Je suis la petite amie de Tyron, le président des Hell Souls.

Heureusement que j'ai vu en gros, sur son espèce de manteau, le nom du club, sinon j'aurais été coincée. Les policiers changent d'abord de couleur.

— Je ne savais pas. Excusez-nous ! Euh… On va y aller.

Ouais, faites donc ça ! Je me doute bien que ça leur fait peur, ils sont connus ici. Même moi, j'en avais déjà entendu parler. Juste après leur départ, je cours à l'école, avant que la garderie ne ferme. Je vais encore me faire envoyer paître, je suis souvent en retard.

— Oui, madame Miller, je suis désolée.

— Ça arrive tout le temps, madame Cox, je vais être obligée de prévenir l'assistance publique si vous recommencez, je ne peux pas rester aussi tard, je…

— J'ai été retenue par la police, j'ai eu un souci au cabinet.

— Le minimum, c'est de me prévenir…

C'est vrai, je n'ai pas pensé à appeler cette morue, j'étais surtout très occupée à essayer de me sortir de là, sans finir en prison. Après m'être excusée encore, je prends la main de Mia et on s'en va. Sur le chemin pour retourner à ma voiture, j'ai l'impression que quelqu'un nous surveille, mais, à force de me retourner et de ne voir personne, j'ai surtout le sentiment que je deviens plutôt folle. En même temps, avec la journée que j'ai passée, je n'en serais même pas étonnée.

J'attache la petite dans la voiture et je rentre enfin

chez moi. Je loue une petite maison, pas très loin, nous y sommes en quelques minutes.

— Maman, j'ai faim.

— Je sais, ma puce, on va commander quelque chose et tu iras prendre ta douche le temps que ça arrive, d'accord ?

— D'accord.

Je commande des pizzas pendant que Mia va se laver. Heureusement qu'elle a huit ans maintenant, c'est quand même moins de travail qu'il y a plusieurs années. Je m'assois sur le canapé en attendant le livreur. Oh, bon sang, je suis épuisée, j'espère qu'il va arriver vite, j'ai besoin d'aller dormir.

Maintenant, il va falloir que j'oublie mes pauses déjeuner, au moins pendant dix jours, si je veux rattraper l'argent que j'ai perdu aujourd'hui. J'espère que cette enflure ne m'a pas fait perdre mes clients, sinon je suis dans la merde. Le livreur est rapide, pour une fois et après avoir payé, je pose la pizza sur la table basse. On va dîner à la cool, j'ai besoin de ça pour décompresser et la petite va être contente, elle aime bien quand on mange en regardant la télé.

— Mia, la pizza va être froide.

Elle arrive, les cheveux mouillés, dans son pyjama rose. Mon petit cœur, ce qu'elle est belle ! Je ne regrette pas un seul jour de l'avoir gardée, malgré les difficultés que ça m'a apportée quand je l'ai eue.

Je faisais mes études et j'ai tout assumé, pendant de nombreuses années, je n'ai pas abandonné et je nous ai donné une chance, d'avoir une vie normale. Je me suis accrochée à parfois ne pas dormir. Je ne regrette rien de mon passé et, si c'était à refaire, je choisirais exactement la même option. Sept années à en chier, mais aujourd'hui, ça nous permet de nous payer cette maison et une école privée.

C'est mon bébé qui décide du programme, ce soir, et elle nous met des dessins animés. Je lève les yeux au ciel, je les connais tous par cœur à force. Quand elle a fini sa pizza, elle vient poser sa tête sur mes genoux, comme presque chaque soir. Je lui caresse les cheveux et, quand je sens que sa respiration devient plus lente, je la déplace, la soulève et l'emmène dans son lit.

— Dors bien, petit ange.

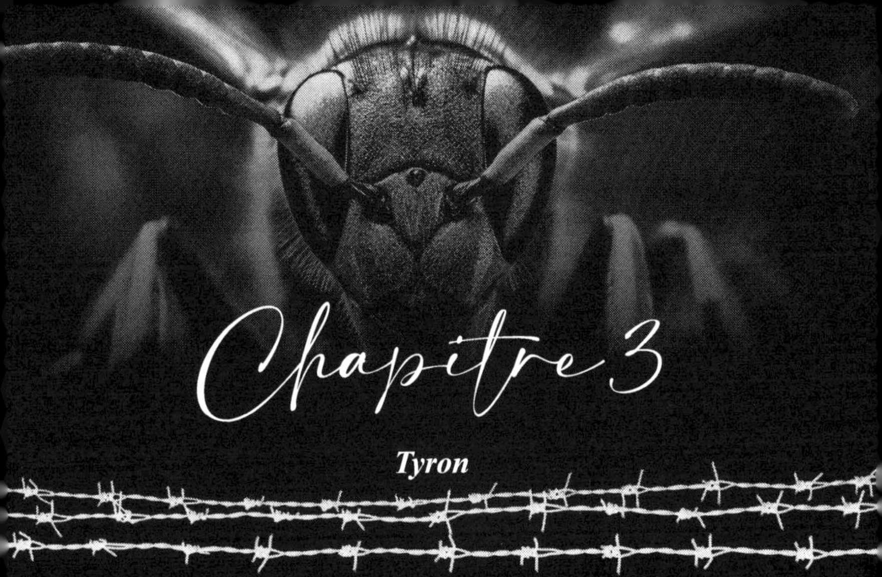

Chapitre 3

Tyron

Je la regarde en train de manger une pizza avec la gamine. Elle a une gosse, putain ! Je m'attendais à tout, sauf à ça. En tout cas, il n'y a pas l'air d'avoir de père, mais quand même ! La nana a, quoi, vingt-cinq ans, pas plus, et elle est déjà maman. D'une grande enfant, en plus. J'ai pensé au début que c'était sa sœur, sa nounou n'importe quoi, mais mes espoirs ont vite été évincés quand j'ai entendu la gosse l'appeler maman. Je les suivais, j'avais besoin de savoir qui elle était exactement et où elle habitait. J'aurais sûrement trouvé ces informations grâce à Guear, qui s'occupe de tout ce qui est informatique, pour moi, mais quel aurait été le plaisir ? Traquer, suivre, espionner, j'adore ça. Tout découvrir, par moi-même, comme à l'ancienne.

Le soleil s'est couché, je suis dans le noir et je

peux la regarder chez elle, comme le mateur que je suis. Elle vient de coucher la gosse et de tout éteindre. Je fais le tour de la maison et je cherche la fenêtre de sa chambre. C'est fermé, mais je vois certaines ombres avec la lumière et, quand je la vois commencer à enlever son haut, je bande. Je peux apercevoir la forme de ses seins et, quand elle enlève son soutien-gorge, je vois même ses tétons pointer. Merde ! J'ouvre mes boutons et descends mon futal juste ce qu'il faut, pour me branler vite et fort devant ces images subjectives. Ensuite, elle enlève son pantalon et je vois la forme parfaite de ses fesses. Elle est nue et je l'imagine, là, devant moi, et non avec ce rideau qui nous sépare. Je vois son ombre se rapprocher de moi, je me cache vite sur le côté. Elle ouvre la fenêtre, juste un peu, sûrement pour l'aérer. Moi, ça m'arrange, surtout quand elle ferme la lumière. J'arrive à passer un peu ma tête dans l'ouverture, la lune n'éclaire pas assez, je ne la vois plus, mais, quand j'entends les premiers sons de ses doux gémissements, je crois devenir fou. La dentiste se masturbe et je ne suis même pas là pour l'aider ! J'hésite à ouvrir la fenêtre en grand pour aller la rejoindre, mais je sais que je gâcherais tout. Ce n'est pas encore le moment… J'approche mon oreille pour continuer à me branler au son de sa voix. Putain, elle a un son parfait qui me fait triper ! J'entends aussi les draps se froisser à chaque mouvement de sa main. C'est ça, ma belle, accélère, j'ai envie de t'entendre jouir. Bientôt, ses gémissements sont de plus en plus vifs, mais ça reste assez léger. Je suppose qu'avoir la gosse qui peut l'entendre à côté, ça doit la bloquer un peu. Quand elle jouit, je la suis et asperge son mur.

Je n'aurais jamais penser à cette situation, elle s'est masturbée et j'étais là ! Je crois que c'est mon jour de chance, aujourd'hui. Ce n'est pas la première fois que je fais ça, mais c'est rare qu'une nana se touche dès le premier jour. En même temps, elle a dû soigner mes gars aujourd'hui, elle a sûrement eu besoin de se détendre. J'attends qu'elle s'endorme. Je ne veux pas la voir, je veux la sentir. J'ai aimé quand elle s'est serrée contre moi sur ma moto. Je ne fais jamais monter personne derrière moi, surtout pas des putes, mais, là, quand je l'ai vue dans ce foutu cabinet, j'ai su que personne ne la prendrait derrière lui, sous peine que je le tue. J'ai senti qu'elle allait devenir ma nouvelle obsession… Jusqu'à ce que je m'en lasse, comme d'habitude ! Après avoir attendu plus que le temps raisonnable, je fais glisser la fenêtre, je souffle doucement, il ne faut absolument pas qu'elle m'attrape. J'entre en faisant le plus silencieusement possible. Une fois à l'intérieur, je me dirige vers son lit, je ne vois pas grand-chose, même très près. J'approche ma main pour toucher ses cheveux, mais je la retire tout de suite, je ne sais pas si elle dort profondément et je voudrais éviter le diable. Son parfum remonte jusqu'à mes narines, je me penche et, sans la toucher, je la respire. Putain, je bande encore !

Il faut que je parte avant de faire une connerie…

Je repasse par où je suis venu, je ferme un peu mieux la fenêtre et je cours. Il faut que je m'éloigne avant de perdre la tête. Je reprends ma moto et roule comme un dingue jusqu'au club. Les gars ont été pris en charge par le médecin, enfin arrivé. Normalement, j'aurais dû lui tirer une balle dans la jambe pour ne pas avoir répondu à mon appel tout de suite, mais là, je devrais plutôt le remercier.

Une fois devant mon club, je descends de ma moto, souffle un bon coup et passe la main dans mes cheveux. Il va bientôt falloir que je passe chez Marion pour qu'elle me les coupe, ils deviennent trop longs. J'aime quand tout est carré, même mes cheveux. Quand j'entre, je ne regarde même pas les autres faire la fête, je vais dans mon antre direct, m'assois en posant les pieds sur mon bureau. La porte s'ouvre juste après et Quinns débarque.

— Elle est toujours en vie ?

— Ouais.

Il me connaît, il sait que, quand j'entre dans cette phase de délire, parfois, je vais trop loin et qu'il m'arrive de tuer certaines femmes. Avec ma sœur, ce n'était pas pareil, j'avais bien ancré dans ma tête que c'était ma famille et que je devais la laisser en vie en mémoire de mon père. Il a quand même fallu que je l'essaie avant de la laisser repartir chez son mec, c'était plus fort que moi, mais je savais que je ne pouvais pas la tuer à cause de notre lien de parenté. Là, ce n'est pas pareil, je n'ai aucun lien avec Ava, j'aurais pu l'étrangler, dans son lit, pour la punir de me rendre fou. Ça m'est déjà arrivé plus d'une fois, quand mon obsession prend le pas sur tout le reste.

— C'est déjà un début.

— Ouais.

Je ne sais pas quoi lui dire d'autre. Je l'ai suivie jusque chez elle tout à l'heure, après être allée à l'école récupérer cette gamine. Je n'aime pas que mes obsessions soient des produits périmés comme ça. En général, je les aime vierges. Prendre la seule chose que moi seul aurai me fait kiffer, mais je m'en moque, là. C'est assez surprenant d'ailleurs.

— Je vais l'enlever et la ramener ici.

— Tu sais que c'est dangereux, ce n'est pas une fille paumée comme les autres.

— Elle a un enfant.

— Quoi ?

Il me regarde, étonné. L'ensemble semble complètement fou. Mais je suis Tyron, je fais ce que je veux et, si je souhaite qu'elle soit là, avec moi, elle le sera.

— Une fille assez grande.

— Grande comment ?

Il commence à se lécher les lèvres d'anticipation.

— Une enfant, mec, je ne sais pas, dix ans peut-être.

— Ah, ouais, non, ce n'est pas mon truc. Mais certains, ici, seraient enchantés de la recevoir.

Je ne sais pas pourquoi, mais d'un seul coup, j'ai un frisson qui remonte le long de la colonne…

— On touche pas à la gosse, putain !

— Ouh là, calme-toi !

Je ne m'énerve pas pour ça, chacun fait ce qu'il veut tant que ce n'est pas à moi, je m'en fiche, gosse, vieux, mort. Je m'en fous, mais, là, je ne veux pas qu'on y touche.

— Le premier qui touche à la gosse, je le tue.

— Tu sais bien que tout le monde suivra ce que tu dis. Préviens-les juste et personne ne l'approchera, ne t'énerve pas comme ça. Tu es sûr que c'est une bonne idée de la ramener ici ? Vu comment elle te rend déjà dingue ? Et si tu la tues, qui va s'occuper de la gosse, vu qu'on n'a pas le droit d'y toucher ?

— On n'en est pas là.

Oui, je vais l'enlever. Mais, avant, je veux la chasser. Ça, il le sait parfaitement. Quinns commence à se lever.

— Préviens-moi, quand il faudra aller les attraper, je t'aiderai.

Il part et me laisse là, avec mes réflexions. Non, putain, on ne touche pas à la gosse ! En dessous de seize ans, je n'y arrive pas, personnellement. Pourtant, je suis un taré du cul, mais je ne bande pas avec les petites. Ça n'a pas toujours été comme ça, quand j'avais treize ans, baiser des filles de mon âge, ou plus jeunes, ne me gênait pas, mais plus depuis que je suis adulte. Mon père, lui, les petites filles, ça ne le gênait pas. Je me souviens qu'une fois, il avait violé une gosse devant le père de celle-ci, pour lui montrer qu'on ne se moquait pas de lui. Mon père n'avait aucune limite, la preuve, il avait même une double vie. Je me demande parfois ce qu'il trouvait dans le fait de vivre comme ça, reculé de tout, avec une bobonne qu'il devait baiser une fois par semaine et une fille. Il avait une vie parfaitement normale là-bas, alors qu'ici, il baisait tout ce qui bougeait. Je me souviens, quand j'étais plus jeune, il voulait que je participe à ses parties fines. Ma mère n'était jamais là, toujours enfermée dans sa chambre. Je pense qu'il avait les mêmes pulsions que moi, ça doit être héréditaire ! D'ailleurs, j'ai encore envie de baiser, me branler en écoutant l'autre prendre son pied ne m'a pas suffi.

Je me lève et vais dans la grande salle. Voir les autres se déchaîner m'émoustille, je m'assois dans un des fauteuils et regarde le spectacle. Je claque des doigts pour que l'on m'apporte un verre et une des putes se dépêche de me l'apporter.

— J'ai failli attendre !

— Désolée, Prés', j'irai plus vite la prochaine fois.

J'ai attendu à peine trente secondes, mais j'aime bien leur faire peur. La prochaine fois, elle mettra vingt secondes, de peur que je lui fasse du mal.

— Pour te faire pardonner, lèche-moi le gland !

Elle se met tout de suite à genoux et déboutonne mon pantalon. Je lève juste les fesses pour qu'elle fasse passer le tout. Elle s'active, ce n'est pas vraiment intéressant, mais ça va me détendre un peu. Je regarde autour de moi, tout en buvant mon verre et, quand je l'ai fini, je sens juste un frisson me traverser la colonne et je me déverse enfin dans son gosier.

— C'était nul, putain.

Je le pense vraiment. Un homme lambda n'aurait même pas réussi à la lever.

— Pour te punir, tu vas sucer les bites de tous mes gars.

— Quoi ?

Ouais… l'humilier, ça va m'exciter ! Quand elle va avoir pris des kilomètres de bites dans sa bouche, après, elle saura peut-être ce que c'est de faire une bonne pipe. Je monte sur mon fauteuil. Elle commence à se lever, mais je la stoppe et la fusillant du regard.

— Reste à genoux, toi !

Elle baisse la tête, je vois une larme couler sur le sol. Je siffle entre mes doigts, tout le monde s'arrête et attend de savoir la suite.

— Je veux une ligne ici, vous vous mettez les uns derrière les autres et vous baissez votre froc quand c'est votre tour.

— Pour faire quoi ?

Je lève un sourcil.

— Tu verras. Tu passes le premier, d'ailleurs.

Lui, je l'ai dans mon viseur, il m'agace. Dès que je propose un truc sexuel, il refuse toujours. Pourquoi ? Car il est amoureux de sa régulière et veut rester fidèle. Connerie ! Il va se faire sucer, cette fois, comme les autres. Il regarde sa régulière et s'approche doucement.

— Baisse ton pantalon !

Il me regarde, gêné, mais le fait quand même.

— Suce-le, ma jolie.

— Non, non ! Tu sais que je ne peux pas.

Il se recule, effrayé, et se retourne vers sa nana. Ça devient de plus en plus intéressant ! Ça me rappelle ce que j'ai fait à ma sœur quand elle était avec Snow, son régulier. Je l'avais obligé à baiser une pute. Le plus drôle n'était pas le visage de ma sœur, c'était lui en train de prendre son pied comme si elle n'était pas là. Je suis sûr qu'avec ces deux-là, ça peut être aussi distrayant.

— Je suis ton président, quand je te donne un ordre, tu dois le faire.

— Mais pas ça, s'il te plaît, Tyron !

Je lève les yeux au ciel. Je n'aime pas qu'on me dise non.

— Si tu refuses, c'est pas elle qui va prendre toutes les teubes qui attendent derrière toi, mais ta régulière, et dans le cul !

— Putain, ouais, moi, je préfère ça.

Quinns, toujours à me suivre.

— On ne touche pas aux régulières, c'est la règle.

— Oups, c'est vrai. Seul moi en ai le droit.

Je descends mon pantalon, que j'avais remonté, et commence à me toucher en regardant sa régulière.

— Je vais moi-même la baiser pendant des jours, alors.

Je gémis, exprès pour lui mettre la pression.

— Amandine, je crois que mon mini Tyron a besoin de tes attentions.

— Non, non, c'est bon, je vais le faire.

— Tu vas me sucer la bite ?

Il me regarde, encore plus choqué que tout à l'heure.

— Non !

— Alors, descends ton pantalon et laisse cette salope te faire jouir !

Il regarde une dernière fois sa nana et s'approche.

La fille me regarde et attend mon autorisation. Je lui fais signe de s'approcher de moi, elle me rejoint à quatre pattes, et je me penche sur son oreille.

— Si tu arrives à lui faire perdre la tête, je te promets que tes copines t'aideront à satisfaire tout le monde. Ça t'en fera moins pour toi.

Elle se recule et me regarde avec détermination. Brave petite pute, j'espère qu'elle ne va pas me décevoir. Je claque des doigts pour qu'une des filles vienne remplacer ma main. Une nana s'avance et se poste entre mes jambes.

— Tu as intérêt d'assurer, sinon tu auras la même punition que ta copine.

Elle me fait oui de la tête et prend mon sexe en bouche.

— Allez-y ! J'attends !

Elle commence à le sucer et même si, au début, c'est mou, il devient vite dur. Je sens qu'il se retient de mettre des coups de reins, il en a envie. Toujours baiser la même bouche, ça doit être ennuyant. Je ne le punis pas, je lui donne l'occasion de prendre son pied sans remords. Je regarde Quinns pour qu'il amène Amandine à côté de nous. Il la pousse et la rapproche. Son mec est tellement pris dedans qu'il ne voit pas qu'elle est juste à côté, en train de regarder le spectacle, complètement dégoûtée. Il finit, comme un homme normal, par prendre la tête de la fille et enfoncer son chibre encore plus loin. Il gémit tellement qu'il emplit la pièce. Ma pipe est mauvaise, mais la situation me fait prendre mon pied.

— Tu veux la remplacer pour te venger, Amandine ?

Elle regarde son homme en train de soulever la fille, de la pousser sur le fauteuil à côté de moi, de lui lever la jupe pour la tringler. Oh, bon sang, c'est encore mieux que je ne le pensais. Amandine pleure.

— Approche-toi, ma belle.

Elle continue à le regarder, mais son corps se dirige vers moi. Les peaux claquent à côté de moi, Calamar prend son pied comme jamais. J'ai envie de taper des mains et de sauter de joie. Détruire les couples, j'adore ça. Je tends la main et commence à toucher Amandine. Je ne me masturbe que très rarement mes partenaires. J'estime qu'elles sont là pour mon seul plaisir, pas l'inverse. Mais, là, je veux qu'elle se souvienne de cette soirée et surtout qu'elle se dise que je suis le meilleur. Elle commence à gémir sous mes doigts experts et, quand elle est bien mouillée, je pousse l'autre entre mes jambes et j'installe Amandine sur moi, à califourchon. Calamar jouit enfin, alors je jette un coup d'œil à Quinns, qui comprend le message. Je ne veux pas être dérangé par ce mec, je veux lui donner une leçon, lui montrer que je peux faire ce que je veux, que c'est moi le plus puissant ici et qu'il réfléchira à deux fois, la prochaine fois, avant de me poser des questions.

J'insère mon sexe dans Amandine. Je suis bien plus imposant que son régulier, elle se déchaîne contre moi telle une amazone. Putain, ce n'est pas mal du tout ! Je regarde derrière elle, je le vois en train de bouillir de rage, de se débattre, mais il n'arrive à rien, avec tout le monde qui le tient. Je le regarde dans les yeux, prends les hanches de sa régulière et j'accélère le rythme sans quitter ses rétines enragées. Sa nana commence à hurler, je la stoppe, la soulève pour la retourner, afin que tout le monde voie son corps en train de jouir. J'ai son dos en face de moi, mais je la sens vibrer entre mes mains et ça me suffit pour savoir qu'elle prend toujours son pied. On reprend les mouvements, je pose une main sur un de ses seins et le pince, ce qui l'a fait instantanément jouir. Je ne la suis pas, je n'en ai pas envie tout de suite.

Amandine s'affale sur mon torse et essaie de reprendre son souffle. Je l'aide à se lever, je remets mon pantalon et elle se retourne pour me regarder avec envie, encore. Hum, je vais recommencer ça, c'est sûr, mais pas maintenant, je ne suis pas dans le mouv.

— Lâchez-le.

Calamar arrive vers sa régulière et la gifle. Elle lui en remet une. C'est moi, cette fois-ci, qui suis choqué.

J’éclate de rire, j’ai une idée encore plus intéressante. Oui, j’ai toujours des idées perverses et dingues. Je remonte sur le fauteuil pour attirer l’attention.

— À partir de maintenant, j’interdis qui que ce soit de baiser avec Calamar, sauf sa régulière. Si j’en chope une, c’est la mort des deux. Amandine, par contre, a le droit d’aller avec qui elle veut.

— Quoi ? Mais non, tu n’as pas le droit de faire ça !

— Tu crois ?

Il me provoque encore, comme si la petite leçon que je viens de lui donner n’avait pas suffi.

— Personne ne l’oblige, c’est qui elle veut et quand elle veut. Personne ne lui fait de mal. Même pas une gifle. Régulier ou pas.

Elle me regarde avec reconnaissance. Voilà, je les mets dans ma poche et je me suis vengé !

J’ai fini de foutre ma merde pour ce soir, je redescends de mon perchoir et vais me coucher. Cette journée m’a épuisé.

Chapitre 4

Tyron

Je la regarde à travers sa fenêtre. Quinze jours que je la surveille, comme le voyeur que je suis. J'ai envie de l'enlever et de la ramener enfin dans sa nouvelle maison, mais la petite me pose un problème. Je compte la prendre aussi, je ne peux pas la laisser seule, mais c'est plus compliqué et je n'aime pas les choses compliquées. Ça me met très en colère de ne pas pouvoir prendre mon jouet tout de suite. Je suis énervé, ça y est, je serre mes poings jusqu'à enfoncer mes ongles dans la peau. Je la veux ! Maintenant ! Putain !

J'ai suivi sa vie de merde et, à part aller au cabinet, s'occuper de sa fille et se masturber un soir sur deux, sa vie est à chier. Si, encore, je suivais des péripéties intéressantes, mais même pas, il ne se passe rien du tout. Elle est d'un ennui mortel et, si je n'avais pas envie de la baiser autant dans tous les sens, j'aurais lâché l'affaire depuis longtemps. Mais je la veux et je suis prêt à supporter tout ça encore un peu.

Je vais devoir partir pendant quelques jours dans un autre club. Je ne voulais pas y aller, je trouvais ça trop dangereux, mais ils sont dans la merde. C'est l'autre connard avec sa pute, qui voulait y aller, qui va être content, il est tellement pressé de la revoir.

Je la regarde une dernière fois, j'imprime son visage dans mon esprit même si je le connais par cœur. Je vais avoir besoin d'elle pour baiser encore un peu. Plus le temps passe et plus je trouve fade les baises que je fais. Même Amandine ne m'amuse plus. Pourtant, elle en fait baver à son régulier qui ne fait que se branler en regardant les autres faire. Je jubile à chaque fois, je sais qu'il a envie de passer outre mes ordres, mais il ne peut pas. Je sais aussi qu'Amandine le fait dormir par terre. Je jubile à chaque fois qu'elle se venge, j'aime les femmes de caractère. Je pense que c'est ça qui me plaît chez Ava, elle ne se laisse pas faire et elle est prête à mordre. Ça me fait rire et ça m'excite. En revanche, toutes les femmes, même fortes, finissent toutes par gémir de la même façon et par se soumettre quand elles sont sous le corps d'un homme, ce ne sont que des chiennes en chaleur.

Je quitte mon poste devant chez mon joujou pour repartir au club. Je vais direct dans mon bureau et commence à tout balayer dessus. La porte s'ouvre, Quinns entre et se marre.

— Tu vas la chercher quand ? Car, là, tu perds la tête, mec.

— Quand on revient, j'espère vite.

— On peut régler le problème rapidement.

Ouais, il faut que je l'aie rapidement, sinon je vais devenir fou.

— Et pour la gosse ?

— On ne change rien, on l'endort tranquillement pendant son sommeil et on la ramène avec ?

— Pourquoi tu es aussi prévenant avec la gosse ? D'habitude, tu les assommes et c'est tout.

Je ne sais pas, mais je n'ai pas envie de faire du mal à cet enfant, ce qui n'est pas du tout mon genre, pourtant. Mais je ne veux pas qu'elle ait peur. Putain, je deviens une femmelette à force d'attendre !

Je m'assois sur mon bureau dévasté et allume mon ordinateur. J'ai posé des caméras chez elle pour pouvoir la surveiller, mais ça ne me suffit pas. C'est pour ça que je passe la voir chaque jour quand elle est chez elle. Une fois que j'ai tout allumé, je la regarde, avachi dans mon fauteuil. Je n'avais même pas vu Quinns se mettre à côté de moi.

— C'est vrai qu'elle est canon.

Je relève la tête et regarde.

— Dégage de devant mon ordi.

— J'ai hâte que tu l'amènes ici et que tu t'en lasses pour que je puisse la baiser à mon tour.

Mon cerveau fait un tour, je ne me rends même pas compte de ce que je fais, je me lève et lui mets une droite. Il ne me la rend pas, évidemment, mais me regarde avec un petit sourire au coin des lèvres.

— Je te connais, je sais qu'il y a quelque chose de spécial avec elle. Tout ce que je peux dire, c'est de faire gaffe à toi, car, l'amour et tout ça, ça peut arriver vite.

— Mais tu es malade, toi ! Tu me connais assez pour savoir comment je suis et quel est mon degré de folie. Elle m'intéresse pour le moment, mais, quand j'aurai assouvi toutes mes pulsions avec elle, ça sera fini.

— Ou pas. Tu ne m'avais jamais agressé pour une femme.

Il part en me laissant là. À peine la porte fermée, je me dirige de nouveau vers mon ordi et je me remets à mater Ava. Elle regarde la télé, tranquillement, avec un plaid sur elle comme une vieille dame. Bon sang, qu'est-ce que je lui trouve ? Je repose mes pieds sur le bureau et je ne regarde rien, en fait, que du vide. Elle ne bouge pas, elle ne fait rien. Ça m'énerve. Je ferme l'ordinateur et sors d'ici. Je n'ai même pas envie de faire la fête avec les autres, alors je vais directement dans ma chambre. En ouvrant la porte, j'ai la surprise de voir Amandine avec une autre pétasse, nues sur mon lit. Elle a vraiment changé depuis que je lui ai donné une totale liberté. Elle n'a jamais été brebis, Calamar l'a rencontrée hors du club et il a demandé s'il pouvait la prendre comme régulière il y a déjà deux ans. Bien sûr que je n'allais pas lui dire non, j'aime bien quand mes gars ont des femmes dans leur vie, ça me donne toujours un moyen de pression sur eux comme ça.

— Dégagez de ma chambre !

— Mais on voulait te faire plaisir.

— Bah, là, je n'en ai pas envie.

Je n'aime pas les surprises et je n'aime pas non plus quand on me force la main comme elles font. Avec moi, c'est quand je veux et où je veux. Ce ne sont pas ces putes qui vont décider du moment, c'est clair.

— On se magne, les filles, y a plein d'hommes en bas qui rêvent de vous prendre par tous les trous.

Elles se rhabillent, enfin. Elles ont une espèce de robe chacune, on dirait plutôt un tee-shirt qu'autre chose.

— Il faut que je te parle, président.

Je m'assois sur mon lit et commence à enlever mes chaussures.

— Je t'écoute et vite.

— Calamar veut me virer comme régulière.

— Dis à Calamar que je ne l'autoriserai pas, il doit te garder jusqu'à ce que, toi, tu décides le contraire. Je ne t'oblige pas à rester avec, c'est toi qui as les cartes en main, tu peux devenir une brebis, la préférée ou la régulière de quelqu'un d'autre. Mais tant que tu décides de rester avec lui, il doit se tenir.

— D'accord, merci.

Elles sortent et je m'allonge, tout habillé, sur mon lit, sur le dos et je passe un bras derrière la tête. Je comprends le mec, mais il doit assumer jusqu'au bout. Amandine n'a pas envie de redescendre de statut, d'être une brebis et de ne plus être respectée, alors c'est sûr qu'elle va s'accrocher à lui jusqu'à ce qu'elle trouve un autre régulier. Et, si ça n'arrive pas, le pauvre gars devra vivre comme ça jusqu'à la fin de sa vie. Seul, avec sa main droite. Il ne baisera que de temps en temps, la peur au ventre que je le découvre. Un sourire sadique se forme sur ma face, j'aime cette idée, j'espère qu'elle restera des années sa régulière.

Je repense à ma future victime et, là, je suis encore plus content. Plus que quelques jours et elle sera enfin avec moi. Je n'attends que ce moment. Il ne faut pas que je me loupe, pas question qu'elle me file entre les doigts. Je finis par vite m'endormir sans même m'être déshabillé.

Quand je me réveille le lendemain, il fait encore

nuit. Je me lève, enlève mes vêtements et je prends une douche. Bonjour, petit Tyron, tu as bien dormi ? Ouais, je sais, je t'ai laissé en galère hier soir, petit bonhomme, mais promis, aujourd'hui, tu pourras goûter de la chair fraîche. J'aimerais bien, juste une fois, que mon sexe me réponde, quand je lui parle comme je le fait le matin, mais il reste là, juste dur et sensible. Je sors de la douche, m'essuie et m'habille. J'ai la dalle, je n'ai rien bouffé hier soir encore. C'est souvent le soir en ce moment, je suis plus intéressé par guetter Ava que par manger. Je trouve que j'ai perdu un peu de poids et il faut absolument que je me reprenne. En même temps, je pars quelques jours, dès ce matin, je vais avoir le temps d'avoir une vie à peu près normale et des repas réguliers.

En bas, à peine on me voit que mon café arrive. Elles se sont levées tôt aujourd'hui, les brebis, car elles savaient qu'on allait partir. Je me demande si toutes ces nanas sont contentes quand on se casse. Elles doivent être plus tranquilles. Les brebis, ici, le sont à vie alors que, dans d'autres clubs, elles peuvent partir si un jour elles le souhaitent. Pas dans le mien. Elles pourraient raconter nos petits secrets ailleurs, alors, elles sont toutes au courant, si elles viennent chez les Hell Souls, c'est à vie et, si elles souhaitent partir, ce sera les pieds devant. Elles savent à quoi s'attendre ! Ou peut-être pas, en fait, car elles sont nos esclaves. Je sais qu'elles en chient, mais on ne leur cache rien. À chaque fille qui arrive, on lui explique ce qu'elle va devenir. Certaines ont pris peur et sont parties et beaucoup restent quand même, en espérant que j'ai exagéré pour les décourager. En fait, je ne leur dis qu'une partie pour qu'elles ne s'enfuient pas toutes, mais je suis loin de la réalité.

Je sirote mon café tranquillement, je mange un croissant aussi. Je déjeune rarement le matin, je n'aime pas avoir l'estomac rempli, mais, là, je vais faire de la moto, sûrement retrouver en plus dans une guerre qui n'est pas la mienne, alors il me faut des forces. Une fois que j'ai fini, je remonte, me coiffe, je suis encore plus beau depuis que je suis allé chez le coiffeur. J'aime bien ma coupe. Je mets un peu de cire pour que le tout tienne, je me lave les dents, puis je prends un sac et j'y mets quelques affaires. Ce qui est chiant, c'est que je ne sais pas combien de temps on part.

Une fois fait, je redescends pour attendre les autres. Nous avons fait deux groupes, Quinns reste ici et, moi, je pars, comme d'habitude. Je siffle quelque temps après et, sans attendre les autres, je vais vers ma moto, mets mon sac à dos et monte sur mon engin. Je démarre et commence à rouler, sans un regard en arrière. Ce n'est pas très loin, heureusement, car déjà ça me fait chier d'y aller, alors, si ça avait été à plus d'une heure d'ici, je les aurais laissés crever. C'est tout de même à plusieurs kilomètres de là et il faut sortir de l'État. Je vais devoir mettre mon foutu casque quand je vais sortir de la ville, il y a le risque que des flics, qui veulent faire du zèle et qui ne nous reconnaissent pas, nous arrêtent. Je ne veux pas aller en prison, jamais de la vie ! Si, un jour, les flics se retournaient contre nous, la première chose que je ferais, ce serait de dénoncer plusieurs de mes gars. Je pense que tout le monde sait à quel point je suis un enculé. Et je n'en ai rien à faire.

Je connais certains présidents qui y vont et qui ne dénoncent personne. Le souci, c'est qu'ils ne réfléchissent pas que, même si tu gardes un certain pouvoir, en prison, tu es vulnérable. Outre que tu es enfermé, tu n'as plus le contrôle de l'extérieur, même si tu crois toujours l'avoir. Le gars qui est désigné à ta place fait sa vie et prie pour que tu ne sortes jamais. Normal. Moi, je ne veux pas de ça, j'aime trop ma liberté et je deviendrais encore plus fou que je ne le suis déjà dans un endroit pareil. Mon casier judiciaire est vierge. Je dois être le seul du club à ne pas en avoir un. Je connais du monde et je suis protégé de ce côté-là. Maintenant en plus, j'envoie surtout les autres faire les trucs hors la loi. Sans tuer, en revanche, ça personne ne sait mieux faire que moi et, ce petit plaisir, je ne suis pas prêt de m'en passer pour me protéger.

Une fois arrivé, je suis de mauvaise humeur, il me faut un café direct. Je vois leurs vieilles gueules, à tous, là, à nous accueillir, et j'ai envie de faire demi-tour tout de suite. Je souffle un bon coup et je me dis que ce n'est que pour quelques jours et que, dès que je reviendrai au club, je pourrai aller chercher ma récompense. Je m'avance et serre la main du président. Lui, à la différence de moi, il ressemble au père Noël. Il est gros, moche, barbu avec des lunettes de soleil, alors qu'il ne fait même pas beau. Le biker typique ! Moi, je ressemble plus à un mec qui pourrait faire de la pub pour Vogue. J'aime être comme ça.

On entre enfin, j'ai besoin de savoir ce qu'il veut exactement, quel est le danger et qu'on en termine. Une fois dans son bureau, je m'assois et attends que le père Noël se décide.

— Il y a un nouveau gang qui essaie de me voler mon business.

— Ces mecs ne savent pas qui vous êtes ?

— Je pensais que si, mais ils nous ont tendu un piège la dernière fois et je veux les éliminer.

— Ils sont beaucoup ?

— Non, mais plus que nous quand même. Tous réunis, nous devons être une soixantaine, j'espère que ça sera suffisant.

— Quel est ton plan ?

Une fois qu'il m'a expliqué, je lui dis direct que c'est un peu suicidaire. Aller les attaquer chez eux directement, il n'y a que les tarés de Latinos Master ou les White Lords pour faire une chose aussi bête.

— Je n'ai pas envie de crever. Je vais être honnête, pour moi, c'est dingue, ton histoire.

— Je suis sûr qu'on peut réussir.

— Tu as un plan complet ?

— Ouais, ça fait des jours qu'on est dessus.

— Montre-moi ça.

Il me sort ses feuilles et m'explique tout ce à quoi il a pensé. Sauf qu'on le sait, les plans initiaux ne se passent jamais comme on l'a prévu.

— Tu me laisses jusqu'à demain pour réfléchir ? D'accord ?

Il n'est pas question que j'embarque mes hommes, et moi, dans un truc non réfléchi. J'ai besoin de faire ma propre évaluation de la situation, j'ai besoin de penser à tout ça et, si les risques sont trop grands, je me casse. Je ne leur dois rien, ce n'est pas parce que nous sommes du même groupe de clubs que je suis dans l'obligation de quoi que ce soit. Surtout qu'on ne leur a jamais rien demandé, nous, et mon père avant non plus. On essaie, dans la mesure du possible, de se débrouiller seuls. Les autres clubs ont besoin de nounou, car ils sont faibles, ils ne se sentent pas capables de faire des choses sans l'aide des gens.

C'est n'importe quoi.

— Pas de problème, profite de mon hospitalité.

— Ouais.

— Je te montre ta chambre.

Je le suis avec mes affaires, j'ai ramené mon PC, il va me servir pour faire mes plans. Je vis avec mon temps, moi, pas avec deux siècles de retard. À peine dans ce qui va être mon gîte, j'ouvre mon ordinateur et commence à travailler. Avant d'aller faire des repérages, je vérifie tout sur le satellite, c'est bien plus pratique. Sur place, on ne peut pas tout voir alors que, du ciel, chaque partie qu'on pourrait nous cacher est à découvert. Quand je lève enfin le nez de mon écran, je constate qu'il fait déjà nuit. Pfff, c'est compliqué, son truc, au père Noël, mais pas impossible. J'en profite, avant de descendre, pour regarder un peu ce que fait Ava ce soir. Même si je sais que je vais mourir d'ennui, j'ai quand même envie de la voir, de regarder son visage avant d'aller me détendre et d'aller en baiser une autre. Dès que l'application se met en route, je crois avoir une hallucination. C'est quoi, ça ? J'appelle Quinns tout de suite sur son portable.

— Ouais, Tyron ?

— Va me la récupérer tout de suite !

— Qui ?

— Ava ! Va la chercher et ramène-la au club, avec

sa gosse, et enferme-les jusqu'à ce que j'arrive.

— Pourquoi ? Il se passe quoi ?

— Elle est en rendez-vous avec un mec, putain ! Je veux que tu me la récupères maintenant !

— Je vais devoir y aller avec force, je ne pourrai endormir personne si tout le monde est réveillé.

— Je m'en tape ! Je pars, là, j'arrive le plus vite possible. En attendant, va me la chercher, avant que ce fils de pute pose les mains sur ma chose.

— On va y aller, calme-toi !

Non, je ne me calme pas ! Je cours hors de la pièce en emportant mon téléphone et, dans les escaliers, je rencontre le président d'ici. Ça tombe très bien. Même si je n'ai pas à me justifier, au moins, il pourra prévenir mes gars.

— Je dois retourner à mon club, j'ai une urgence.

— Tu vas revenir ?

— Je pars seul, je serai de retour dans la matinée. J'ai étudié le truc, on peut le faire, mais on en parlera demain.

Je passe à côté de lui et me dépêche de récupérer ma moto. Je suis très en colère, il faut encore que je règle quelque chose dans la précipitation, mais il est hors de question que cet homme la touche avant moi ! Je mets en route le moteur et roule comme un dingue. Il est temps qu'Ava rentre dans sa nouvelle vie ! J'en suis tout excité, mais, en même temps, j'espère que je vais me calmer en route, sinon, en arrivant, elle risque de prendre toute ma haine et de ne pas aimer ça.

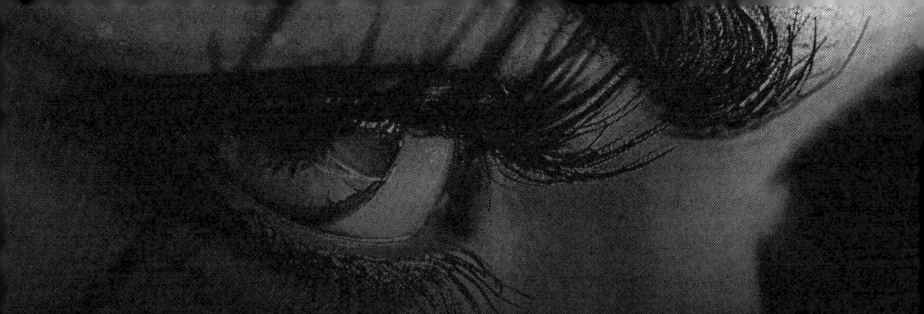

Chapitre 5

Ava

Je me prépare, car, ce soir, j'ai un rendez-vous. La dernière fois que j'en ai eu un, c'était… Je ne me rappelle même plus. Il y a beaucoup trop longtemps ! Je ne peux pas laisser Mia aux mains de n'importe qui, on ne sait jamais, je n'ai confiance en personne, alors j'ai dû faire autrement pour mon rendez-vous. Le gars vient ici pour boire un verre, une fois que ma puce sera au lit. Je sais que ça ne se fait pas, mais, dans ma situation, je n'ai pas trop le choix. J'aimerais, juste pour une fois, pouvoir parler avec une personne différente de mon boulot ou de ma fille. Je suis enfermée ici, seule, tout le temps. J'ai juste besoin de vivre, d'imaginer que j'ai une vie normale pour le temps d'une soirée.

On mange, avec Mia, devant la télé.

— Tu es sûre que je ne peux pas rester ?

Elle me regarde avec espièglerie. Je ne lui ai pas caché la vérité, car je lui mens rarement dans la vie de tous les jours, il y a déjà assez de mensonges autour de nous et de secrets, mais, en plus, si elle se réveille, je ne veux pas qu'elle ait un choc en voyant un étranger chez nous.

— Je suis sûre.

— Je t'embête. Je ne vais même pas me lever pour venir t'espionner, je veux que tu profites de ta soirée, maman.

C'est une petite fille hors norme, elle est d'une intelligence impressionnante. Elle parle parfois comme une adulte et elle connaît mieux les choses de la vie que certaines personnes. J'essaie, chaque jour, de tout faire pour qu'elle reste dans son monde d'enfant, que les seuls problèmes qu'elle puisse avoir, c'est se poser la question de pourquoi Kévin lui fait du boudin. Mais elle est au-dessus de ça, elle comprend tout, et parfois mieux que moi.

Une fois qu'on a fini de manger, elle me prend dans ses bras.

— Tu t'occupes tout le temps que de moi, maman, profite de ta soirée pour une fois.

— Merci, mon poussin.

Une fois qu'elle est partie, je cours dans la salle de bains pour me faire belle, enfin essayer. Je regarde l'heure, il devrait arriver d'ici trente minutes. Je saute dans la douche, pas le temps pour me laver les cheveux. Je m'étais déjà épilée hier, je voulais gagner du temps. Une fois douchée, je prends la robe que j'avais prévue, non sans avoir mis un string avant, mais je ne mets pas de soutien-gorge, en revanche. Ce soir, je vais coucher avec lui. Même si c'est un connard, je m'en fous, ce qui compte, c'est son entre-jambes. Je veux profiter des plaisirs de la chair. J'en ai marre d'être une bonne sœur et de me masturber seule, depuis des années, dans mon lit. Ce soir, je baise enfin, c'est décidé. Je me maquille sobrement, me coiffe, puis je me regarde dans le miroir. Ça va, je ne suis pas trop mal. Je retourne dans le salon et prépare deux verres. Ce soir, je me saoule un peu, j'ai besoin de ça, les relations, je ne suis tellement pas habituée.

Quand on sonne, je souffle un bon coup, ça va bien se passer, Ava. Je vais ouvrir la porte et je le trouve toujours très beau.

— Bonjour, Roman.

— Bonjour, beauté.

Bon, je n'aime clairement pas sa façon de parler. Roman, je l'ai rencontré à l'école de ma fille, il est papa célibataire, riche, pas trop mal et, surtout, je vois parfaitement la forme de son sexe à travers son pantalon et c'est sûr qu'avec un homme comme ça, on ne doit pas s'ennuyer. Je ne ferai pas ma vie avec, mais, pour passer quelques soirées, il me plaît bien.

— Entre !

Il me regarde de haut en bas et je repère qu'il a très envie de moi, lui aussi. On s'installe sur le canapé, je ne sais pas quoi dire, il y a un gros blanc avant qu'il n'entame enfin la conversation.

— C'est très joli chez toi, tu es propriétaire ?

— Non, locataire.

— Mais tu es dentiste, non ? Pourquoi ne pas investir ?

Il commence à me parler d'investissement immobilier, je ne l'écoute pas. Bien évidemment, si je le pouvais, j'aurais acheté, ce loyer me coûte un bras. Mais je ne peux pas. Oui, je gagne très bien ma vie, je suis dans les très hauts salaires ici, je gagne environ treize mille dollars par mois. J'essaie, chaque mois, de gagner toujours plus, mais c'est parfois difficile, car je veux aussi consacrer du temps à Mia et, si j'augmente mes rendez-vous, c'est elle qui va en pâtir. Je l'ai toujours fait passer en priorité et mes problèmes d'argent ne sont que secondaires. Ce qui est important, c'est d'avoir un toit au-dessus de nous, une assiette toujours pleine, qu'elle puisse s'habiller correctement et que je puisse payer son école privée. Le reste, que je ne puisse rien m'acheter, ça n'a pas d'importance, je n'ai besoin de rien d'autre que de la voir heureuse.

Je n'ai plus envie de l'écouter, il est ennuyeux. Je pose mon verre, je me penche et pose mes lèvres sur lui. Je n'ai jamais été aussi entreprenante. Il se recule et me regarde. Oh, oui, il se lèche les lèvres, je sens qu'il a envie de me dévorer. Il pose son verre, se lève, enlève sa veste, tout en me regardant et retire son tee-shirt. La vache, il est vachement bien gaulé !

— Où est ta chambre ?

Je me lève à mon tour et lui prends la main pour l'emmener dans mon antre. Une fois la porte fermée, il me saute dessus. Il m'embrasse de partout, enlève ma robe et se recule.

— Oh, seigneur, tu es sublime !

Je suis juste en string et en talons, devant lui, je ne sais pas quelle est la marche à suivre, alors je reste là, à attendre qu'il décide de la suite. Il reprend ses baisers enflammés et me pousse un peu pour que je recule. Je sens mon lit taper derrière mes mollets.

— Allonge-toi, ma belle.

Je fais ce qu'il dit pendant qu'il enlève tout le reste de ses vêtements. Je tends la main vers ma table de nuit pour sortir les capotes que j'ai achetées aujourd'hui. Il est là, devant moi, nu, et je me dis que ses vêtements ne lui font pas honneur, il a un sexe, c'est un monstre. Il est tellement gros qu'il penche vers le bas. Est-ce que tout ça va entrer en moi ? J'en doute, ça me parait hors norme. Il revient sur moi et commence à se frotter. Je sens une chaleur se diffuser le long de mon corps. Putain, oui, j'aime cette sensation ! Il m'embrasse partout jusqu'à atterrir sur mes seins, il les lèche, les mordille. S'il continue, je vais jouir avant même qu'on ne commence ! Il descend ensuite plus bas. Sa langue trouve mon entre-jambes et il commence à me lécher.

— Oh, putain de merde !

Mon corps ondule avec ses mouvements et je mets ma main dans ses cheveux. Est-ce pour qu'il n'arrête pas ou parce que je veux qu'il aille plus vite ? Je ne sais plus… Je sens que je vais jouir, j'y suis presque quand… quelqu'un ouvre la porte de ma chambre. Je suis d'un coup paniquée, Mia n'aurait pas osé faire ça quand même ?

— Dégage ta bouche de la nana du président des Hell Souls, sinon je te jure que je te la coupe !

— Quoi ?

Je me redresse et je me retrouve devant tout un bataillon de bikers. Oh, non, ce n'est pas vrai ! Qu'est-ce qu'ils me veulent encore ?

— Putain, les gars, vous n'arrivez pas au bon moment, là ! Vous ne voulez pas attendre dans le salon, le temps qu'on finisse ? J'ai du thé et des petits gâteaux si vous voulez.

Un des gars s'approche de moi et lève un sourcil en détaillant mon corps.

— Je serais toi, je me couvrirais.

Oh, merde, je n'y pensais même plus, mais Roman n'est plus sur moi et je suis complètement nue, chatte ouverte devant tous les bikers qui me regardent. Je tire sur le drap pour me couvrir.

— Tu veux quoi ?

Pourquoi ils débarquent tous chez moi, comme ça ? Et comment ils savent où j'habite ? Putain, mais merde, je ne peux jamais être tranquille ou quoi ?

— Abrégez ! Dites-moi ce que vous voulez et partez, que je finisse ce que j'ai commencé avec le mec à côté de moi.

Le biker regarde Roman qui a perdu toute sa splendeur.

— Casse-toi, mec, sinon je te troue la peau !

Roman se lève, prend ses affaires et part en courant.

— Putain, mais quel courage ! Pas la peine de revenir me voir surtout, hein !

Je lui crie ça, mais je ne suis pas sûre qu'il ait tout entendu, tellement il déguerpit vite.

— Sortez, les mecs.

Ils sortent tous et me laissent avec le gars.

— Je suis Quinns, le second de Tyron, il veut te voir maintenant.

— Non ! Dégagez de chez moi, bordel !

— Chut, tu vas réveiller ta fille ! Tu ne voudrais

pas qu'elle voie cette scène, n'est-ce pas ?

Je comprends l'horreur de la situation. Je suis toujours forte, sauf quand on parle de ma fille. Des larmes perlent au coin de mes yeux.

— Ne lui faites pas de mal, s'il vous plaît !

— Tyron m'a dit de bien me tenir avec elle, mais je ne suis pas de ce genre-là, tu vois. Donc, si tu veux pas qu'on ait de problème, fais tout ce que je te demande !

Je suis prête à tout pour qu'on ne lui fasse pas de mal. N'importe quoi.

— Tu veux quoi ?

Il regarde mon corps à travers le drap.

— Tu veux coucher avec moi, contre le fait que tu laisses tranquille ma fille ?

Il se met à rire.

— Oh, non, je tiens à ma vie ! Tyron me tuerait pour ça, même si j'en ai très envie, là.

Il se tripote l'entre-jambes en me regardant.

— Alors, tu veux quoi ?

— Que tu prépares gentiment tes affaires et celles de la gosse. Tyron veut te voir.

— En plein milieu de la nuit ?

— Fallait pas jouer ta salope et vouloir coucher avec le premier venu, et il serait venu te chercher en journée.

— Mais comment il sait que… Je suis surveillée, c'est ça ?

— Tu penses qu'il va te laisser vivre tranquillement après la dernière fois ? Putain, tu es aussi naïve qu'une gosse !

— Je…

Il a raison, je pensais que je l'avais aidé et que c'était tout. Je n'ai pas pensé à la suite.

— Mais je ne peux pas venir comme ça, je…

Il commence à partir, mais, après un mètre, il se retourne.

— Bon, eh bien, je vais demander à Camicase d'aller réveiller la gosse, il aime les enfants, surtout les très jeunes.

Il se lèche les lèvres en disant ça. Oh, non, non, non ! Je me lève et le retiens avant qu'il ne parte.

— On vient, on vient… Laissez-la tranquille, ce n'est qu'une enfant.

— Bien, habille-toi et prépare tes affaires, je t'attends ici.

Il se pose dans un coin, les bras croisés.

— Je ne pourrais pas avoir un peu d'intimité ?

— J'ai déjà tout vu et je préfère te surveiller.

Tant pis ! Je vais jusqu'à mon armoire, prends un vieux pantalon et un pull, puis j'attrape un sac et le remplis de vêtements. Il faut que je fasse vite, ma porte de chambre est fermée, qui me dit qu'ils ne sont pas déjà dans celle de Mia ? Une terreur me prend, mon bébé, non, non, non… !

— Je prends des vêtements pour combien de temps ?

— Seul Tyron le sait.

Bon, je prends le minimum, je verrai plus tard. Une fois passée dans la salle de bains pour y prendre des affaires de toilette, je me poste devant le fameux Quinns.

— Je suis prête.

Il ouvre la porte et attend que je passe devant lui. J'arrive dans le salon où plein de bikers sont là. Je pose mon sac par terre.

— Je vais réveiller ma fille.

Il me fait juste un signe de tête et je vais dans la chambre de Mia. J'allume la lampe, m'assois sur son lit et lui caresse les cheveux.

— Ma puce, debout, il faut qu'on parte.

Elle papillonne des yeux et me regarde.

— Maman ?

Je lui fais un câlin rapide avant de me reculer.

— Il faut qu'on parte chez ces gentils messieurs, d'accord ?

— Pourquoi, maman ?

— Parce qu'il le faut.

Je ne sais pas quoi lui dire de plus, alors je me lève et commence à préparer ses affaires. Je ne veux pas l'habiller ici, elle va rester en pyjama, je ne veux pas que ce pervers mate ma fille nue. Une fois son sac prêt, Quinns me le prend des mains.

— La gosse monte avec moi, je prends donc le sac.

— Pourquoi ?

Je n'ai pas confiance en lui, pourquoi veut-il prendre ma fille particulièrement ?

— Parce que s'il lui arrive quelque chose, Tyron tuera le responsable. Alors, je préfère la surveiller moi-même.

Je reste suspicieuse, mais sa réponse est logique.

— Pourquoi veut-il protéger ma fille ?

— Seul lui sait ce qu'il pense. Si tu veux des réponses, il faudra lui demander directement.

C'est un bon toutou, ce mec, il fait tout ce qu'on lui dit. J'enfile un gros pull, son manteau et des chaussures à Mia.

— Prends ton doudou, d'accord ?

Mia n'ose plus rien dire, elle tourne la tête un coup vers moi et un coup vers Quinns. Je la soulève de son lit et la porte. On retourne au salon et tout le monde se lève à notre arrivée.

— Conan, tu prends la nana et, n'oublie pas, tu la laisses tranquille, sinon Tyron te fera la peau. Je prends la gosse.

— Quel dommage, je l'aurais bien prise sur la mienne…

Il accentue ses dires en se touchant l'entre-jambes. Je vais vomir ! Heureusement que ma puce ne voit pas ça, elle est nichée dans mon cou.

On sort de la maison, je la ferme à clef avant de partir, je n'ai pas envie de me faire cambrioler pendant que je ne serai pas là. Je lâche Mia, Quinns lui tend la main qu'elle hésite à prendre.

— Va avec lui, on se retrouve après la balade à moto.

Elle tend sa petite main, il l'attrape en douceur et l'emmène vers sa moto. Il met son sac de sport sur ses épaules par les anses, prend un casque qu'il a dans le siège et le lui met. Il est trop grand, mais, après qu'il l'a serré à fond, ça fera bien l'affaire pour quelques minutes. Quinns monte d'abord et soulève ma fille pour la mettre devant lui.

— Tiens, toi, mets ça !

Je regarde le casque qu'on me tend et je le mets. Je suis le gars jusqu'à sa propre moto et je fais comme l'autre, je mets mon sac sur le dos. Une fois qu'on est tous installés, le convoi part. Ma peur descend un peu et la colère est en train de prendre le dessus. Je vais tuer Tyron pour ce qu'il vient de me faire. Je vais l'étriper, ce connard !

Chapitre 6

Ava

Une fois que nous sommes arrivés, je descends de la moto et cours vers ma fille, qui descend tranquillement, aidée par Quinns alors qu'il met la béquille sur sa bécane. Ma fille, au lieu de courir vers moi, prend la main de Quinns, qui a d'abord un mouvement de recul, avant de l'accepter. Il semble gêné, mais ne dit rien. Il l'emmène vers la porte d'entrée d'où s'échappent beaucoup de bruits. J'accélère le pas pour les rejoindre, il ne va pas me prendre ma fille, non ?

Ils entrent tous les deux sans m'attendre. Le spectacle que je découvre me donne envie de vomir, ça baise de partout, ça boit, les nanas sont nues. Mon Dieu, mais où suis-je ? Je regarde Mia pour vite la prendre dans mes bras et lui cacher ça, mais Quinns l'a déjà fait et lui occulte la vue. Au moins, il fait attention !

Tout ce brouhaha me donne mal à la tête et je les suis sans plus regarder autour de moi, je ne veux plus voir tout ça. Nous montons des escaliers et, quand nous arrivons au premier étage, le son est plus distant. Quinns ouvre une porte et, quand j'y pénètre, je devine tout de suite que c'est la chambre de Tyron, il y a son odeur partout. Je l'ai sentie en plein dans les narines, quand j'étais derrière lui à moto la dernière fois, et n'ai pas oublié.

— Pourquoi sommes-nous ici ?

— Attends…

Il ouvre la porte qui communique avec une autre chambre, pousse les draps et dépose ma fille sur le lit, avec le sac à côté d'elle.

— Il me faut mon doudou.

— Il est où ?

— Dans mon sac.

Il ouvre le fameux sac et sort le doudou en forme de lapin.

— Tu n'es pas un peu grande pour ça ?

— Il n'y a pas d'âge quand on aime quelque chose.

Il se relève et se marre.

— Tu es futée, gamine ! En effet, tu as raison.

— Vous n'allez pas me faire de mal, hein ?

— Non, personne ne te fera rien. Dors, il faut que tu sois en forme pour demain.

— Pourquoi ? Tu vas me faire faire encore un tour de moto ?

— C’est ce que tu veux ?

— Oui.

Elle tape des mains en sautillant.

— Si tu dors bien, demain, on ira faire un petit tour tous les deux.

— Promis, hein ? Car souvent les adultes mentent.

— Je ne mens jamais, petite ! Dors et tu verras.

— D’accord.

Il se dirige vers moi. Il est vraiment bizarre, ce mec, à un moment, il voulait donner ma fille à un violeur et, maintenant, il la materne comme une maman poule. Il ferme la porte de séparation entre les deux chambres.

— Il est où, Tyron ?

— Il arrive, il sera là dans pas longtemps.

— Dis, vous n’allez pas faire de mal à ma fille, hein ?

— Non, je t’ai dit ça pour que tu me suives, mais jamais je n’aurais laissé quelqu’un faire du mal à une gosse devant mes yeux.

Il m’a bien eue sur ce coup-là ! Il n’est pas aussi terrible que je le pensais, en fin de compte.

— Il me veut quoi, Tyron ?

— Ça, je ne sais pas ! Il m’a dit d’aller te chercher et qu’il arrivait. Après, je ne suis que son messager.

Il commence à se diriger vers la porte.

— Je te laisse, je ne ferme pas la porte à clef, mais

je préfère te prévenir, il n'y a qu'une seule sortie et c'est par l'entrée. Si un des gars te voit et que je ne suis pas là, il risque de te faire du mal. Surtout que, là, je compte aller boire et baiser, donc seule avec les gars, je ne donne pas cher de ta peau, enfin surtout de ta petite chatte.

Et il me laisse là, complètement dépitée. Je vais à la fenêtre, qui donne directement dans la cour où des gars sont en train de faire une ronde. Je retourne ouvrir la porte de séparation et m'approche de Mia qui dort déjà. Au moins, elle n'a pas l'air trop perturbée. Je retourne dans la chambre de Tyron, m'assois sur le lit et je frotte mon visage avec mes mains. Qu'est-ce que je fais ici ? Je ne comprends pas ! S'il voulait me voir, il suffisait de venir à mon cabinet ou chez moi, vu qu'il sait où j'habite. Pourquoi me sortir de force à coups de chantage ? Je n'ai pas longtemps à attendre que la porte s'ouvre sur un Tyron qui a l'air en colère. J'ai fait quoi encore ?

Une fois qu'il est à l'intérieur, il claque la porte.

— Chut ! Putain, tu vas réveiller la petite !

Il lève un sourcil et va, sans un autre regard vers moi, vers l'autre chambre. Il ouvre la porte et se dirige vers le lit. Je prépare déjà mon mental, au cas où je devrais le frapper, car il a agressé ma petite. Mais non, il la regarde quelques secondes, fait demi-tour et referme la porte de séparation.

— Je fais quoi ici, Tyron ? Pourquoi m'avoir à moitié kidnappée ?

— Pourquoi ? Tu me demandes pourquoi ?

Il s'approche de moi, nos visages ne sont plus qu'à quelques centimètres.

— Bien sûr ! Tu es dingue ou quoi ? Qu'est-ce que je fous ici ?

— Tu es ici parce que je le veux !

Je lève les yeux au ciel, il tourne autour du pot.

— Magne-toi de répondre, don Juan, j'ai autre chose à faire !

— Comme aller baiser avec ce connard ?

— Ouais, par exemple.

Il me prend d'un coup par la gorge et me serre. Je commence à crier, mais il approche sa bouche de mon oreille.

— Tu ne voudrais pas réveiller ta gosse, n'est-ce pas ?

Je lui griffe les mains, mais il n'y a rien à faire, il serre même encore plus. Je lève mon genou et vise les couilles, ce qui le fait me lâcher instantanément. Il se plie en deux et crie.

— Ferme-la ! Tu ne voudrais pas réveiller ma gosse, n'est-ce pas ?

— Putain de connasse ! Je vais te détruire !

— Oh, mais tu n'as pas la voix aiguë d'un castré, donc c'est que je n'ai pas dû taper assez fort. Alors, estime-toi heureux !

Il se relève, me met une grande gifle, je tombe par terre, complètement sonnée. J'ai les oreilles qui se mettent à siffler. Il part et me laisse comme ça. Pendant un moment, je suis complètement sourde, puis tout revient. Je touche ma joue, elle est chaude. Les larmes commencent à dévaler sur mes joues, je suis allée trop loin, je crois. C'est mon problème, je pousse les gens à bout. En même temps, il n'aurait pas dû me prendre à la gorge comme il la fait. Il se prend pour qui, lui ? Je me relève et décide d'aller voir si Mia n'a pas été réveillée par ce raffut. Quand j'essaie d'ouvrir la porte de séparation, cela m'est impossible, elle ne s'ouvre pas. Oh, non, non, non, ce n'est pas vrai ! Je frappe dessus, je m'en fiche de la réveiller, là, je veux juste être sûre qu'elle aille bien ! Aucun bruit ni aucun son ne me parviennent de l'autre côté. Je me jette sur la porte de ma chambre, mais elle est fermée à clef elle aussi. Je force dessus, mais rien ne cède, je suis comme dans une prison. Je me recule pour essayer de la défoncer, comme j'ai vu dans les films, mais je ne réussis qu'à me faire du mal. Je m'assois par terre et je pleure, crie en espérant que cela va attirer quelqu'un, même si j'ai un doute. J'entends enfin un clic, je me mets vite debout et je saute sur Tyron à peine, je vois sa silhouette.

— Ma fille ! Elle est où ? S'il te plaît, rends-la-moi !

— Non ! C'est ta punition. Tu m'as fait mal à la bite, j'ai besoin de la soulager maintenant et quoi de mieux qu'une jeune vierge qui…

— Non ! Tu ne peux pas faire ça. Prends-moi à sa place, si tu veux.

— Mais tu n'es pas vierge.

— Si ! Si, je le suis.

Il éclate de rire.

— En plus, tu me prends pour un con ?

— Je ferai tout ce que tu veux, mais ne la touche pas, s'il te plaît ! Je ferais n'importe quoi pour elle.

— Eh bien, ce que tu pourrais faire pour elle, c'est ne plus provoquer le président d'un club de motards…

— Je ne le ferai plus, je serai docile, promis, mais ne lui fais pas de mal, pitié !

— Mes couilles aussi avaient demandé pitié.

— Je…

Il me pousse de toutes ses forces et je tombe encore par terre.

— À demain ! Et passe une bonne nuit à penser à tout ce que je vais lui faire.

— Non !

Je hurle et me relève, mais je ne suis pas assez rapide, il a eu le temps de fermer la porte à clef. Je tape dessus et essaie de la défoncer.

— Pitié, Tyron, ne lui fais rien !

Je continue comme ça une bonne partie de la

nuit. Des images de ce qu'il pourrait être en train de faire à Mia passent devant mes yeux. J'en ai la nausée, je pars en courant vomir le peu que j'ai dans mon estomac, puis je reste à pleurer, la tête dans les toilettes, jusqu'à ce que ça soit le trou noir.

— Debout !

J'ouvre les yeux difficilement. J'ai froid. Quand je regarde autour de moi, je vois du carrelage partout. Je mets quelques secondes à me rappeler ce qui s'est passé et, quand la mémoire me revient, je me relève d'un coup. Je me retrouve devant Quinns.

— Ma fille est où, s'il te plaît ? Elle va bien ?

— Elle est en bas en train de prendre le petit déjeuner.

Je cours sans attendre, ouf, la porte est ouverte. Je continue ma course dans les escaliers, puis en bas. Ils sont tous là à me regarder, mais je m'en fous. Je cherche Mia partout et, quand je la vois enfin, je me précipite sur elle et la serre contre moi. Puis je recule un peu et je l'examine, avec les yeux, partout. Physiquement, elle a l'air de ne rien avoir.

— Ça va, ma puce, tu n'as rien ?

— Bah, non, maman. Je me suis réveillée dans une chambre, elle est trop belle. Tyron m'a dit que c'était celle de sa sœur avant. Moi, je ne veux dormir que dans celle-là. On peut rester, hein, maman ? J'aime bien ici et Tyron est gentil, et Quinns aussi.

Oh, maman, ce matin, avant de déjeuner, Tyron m'a appris à dessiner une moto, c'était trop bien et…

Je ne l'écoute plus, je me tourne pour regarder Tyron qui est juste à côté. Il me fixe avec un sourire de vainqueur et il ose même me faire un clin d'œil. Quel enfoiré ! Il n'a rien fait à la petite, il a juste manigancé ça pour me faire payer. Un jour, je me vengerai de ce connard.

— Tu m'écoutes, maman ?

— Oui, oui, pardon.

— Assois-toi, Ava, on va t'apporter de quoi déjeuner.

— Je suis capable de me servir toute seule !

— Pourquoi t'es énervée, maman ?

Je regarde ma puce qui est étonnée, car je m'énerve rarement quand elle est là.

— Pour rien, ma puce, je n'ai pas beaucoup dormi, c'est pour ça.

Je me lève et m'assois. Une nana, qui me regarde de travers, me demande ce que je veux boire.

— Café, s'il te plaît.

J'entends un «pétasse» avant qu'elle ne disparaisse. Non, mais, elle se prend pour qui, elle ? Qu'elle ne me cherche pas dès le matin, sinon je n'hésiterai pas à lui refaire le portrait, à cette greluche. Ma fille m'ignore complètement et semble en grande conversation avec Tyron qui a l'air d'apprécier. Je suis étonnée par tous ces barbares, les deux seuls qui ont été en contact avec ma fille ont été bienveillants avec elle. Je connais ces salauds, ce n'est pas leur genre pourtant, je suis sûre que c'est encore un piège. Je ne dis rien pour l'instant, je ne veux pas encore fâcher Tyron. Il a trouvé mon point faible et ne se gêne pas pour l'utiliser, il faut donc que je fasse de même et que je trouve quelque chose pour le contrer. Il est temps qu'il me dise ce que je fais là. Je mange un croissant et finis ma boisson chaude.

— On va aller parler dans mon bureau, Ava, pendant que Quinns va emmener la petite faire un tour de moto.

— Oui ! Merci, Tyron, je suis trop contente !

Elle lui saute au cou, il reste là, les bras ballants, ne sachant pas quoi faire. Tiens, connard, ma fille te punit à coups d'amour, tu ne t'y attendais pas, à celle-là, hein ? Mia le lâche enfin et regarde partout derrière. Elle court vers Quinns.

— Quinns, Quinns, c'est vrai qu'on va faire de la moto ?

Tout le monde la regarde, sa joie de vivre a l'air de choquer. Moi, je trouve ça adorable. C'est ça qui doit leur manquer ici, un peu de bonheur.

— Il ne lui fera rien, il aime bien les gosses.

Je lève la tête et regarde Tyron. C'est peut-être naïf de ma part, mais je le crois, je sens que Quinns ne lui fera pas de mal, il suffit de penser à tout ce qu'il a fait hier soir. La porter pour qu'elle ne voie pas toute cette débauche autour d'elle. La mettre au lit en la déposant délicatement. Peut-être que je me trompe, mais, pour moi, il veut vraiment juste l'emmener faire un tour de moto. Ma fille lui prend la main et ils sortent tous les deux.

— Tu es sûr ?

— Oui, sinon je ne l'aurais pas laissée partir avec. Elle est sous ma protection, je ne veux pas qu'on lui fasse du mal.

— Mais à moi, oui ?

Je sais à l'avance ce qu'il va dire, rien qu'à l'expression de ses yeux.

— Oui.

Je baisse la tête et regarde mes mains.

— On va aller parler dans mon bureau, Ava.

Il se lève et je fais de même. Il part et, comme un petit toutou, je le suis. Une fois dans son bureau, il s'assoit dans son fauteuil et je m'installe sur celui d'en face.

— Tyron, tu me veux quoi ?

— Je te veux, toi.

— C'est-à-dire ?

Il se lève et s'approche de moi.

— Tu sais parfaitement ce que je veux dire.

— Non, je t'assure.

— Je veux que tu m'appartiennes.

Je me lève et recule.

— Je n'appartiens à personne ! Tu es dingue ou quoi ?

— Oui.

Il lève les épaules comme si c'était normal. Il s'approche et, plus il le fait, plus je recule. Quand je suis coincée sur le mur, je commence à paniquer. Il m'attrape et me retourne, je me retrouve dos à lui. Je commence à crier, mais il me chuchote un « chut » dans l'oreille. Je le sens se frotter contre mes fesses.

— Tu sens ça, Ava ? Bientôt, ça se retrouvera dans ta petite chatte.

— Jamais de la vie, plutôt crever !

— Si tu insistes, on peut arranger ça.

Il me mord alors dans le cou. Ce chien me fait mal ! J'essaie de me débattre, mais je suis coincée. Oh non, il va finir par me tuer, vraiment !

Chapitre 7

Tyron

Putain, je suis content de moi de l'avoir fait flipper comme ça. Je l'ai entendue, derrière la porte, cette nuit, hurler, pleurer et supplier. Je me suis branlé tellement ses cris m'excitaient.

Je l'ai enfin avec moi. Elle est toujours aussi enragée. Le coup de genou qu'elle m'a foutu m'a mis K.-O. Il faudra que je fasse très attention, car c'est une dingue. Mais je suis un rusé et, quand Quinns m'a raconté que sa fille était son point faible, je savais que je gagnerais la partie. Je veux qu'elle soit docile, qu'elle me supplie de la baiser. Bien sûr que je ne vais pas toucher à la petite et je crois bien que Quinns ne m'aurait pas laissé faire de toute façon. Il est aussi fou que moi, mais, les gosses, il n'aime pas qu'on les touche, même s'il ferme les yeux avec les gros pervers qu'on a ici. Je pense qu'il s'est attaché à cette gosse qu'il ne connaît même pas. Après tout, ça m'arrange, il l'a surveillée pendant que j'étais parti boire et baiser pour fêter ça.

Ouais, j'ai passé une nuit éreintante. Je suis mort de fatigue. Et j'ai la bite en feu tellement j'ai limé de la chatte. Mais je m'en fous, je suis content. Il ne me faut pas grand-chose pour me donner le sourire, juste une femme qui me rend dingue, enfin captive entre mes mains. Maintenant, il est temps de passer à la deuxième étape pour qu'elle fasse tout ce que je dis. Je pourrais la violer, je l'ai fait avec des tas d'autres femmes. Je me fiche de leur consentement, en général, mais elle, j'ai envie qu'elle se donne d'elle-même à moi. Elle ne se laissera pas faire, elle est loin d'être docile, ça sera donc un jeu de pouvoir. Ça m'excite, rien que de penser qu'elle va céder au bout du compte… Elle finira par venir d'elle-même, car elles ne peuvent jamais me résister, c'est comme ça, je suis trop exceptionnel, trop beau.

Je continue à me frotter contre ce petit cul qui m'appartient. Quand je pense à l'autre connard qui l'a tripotée, j'ai envie de le buter. Je le ferai peut-être, je vais y réfléchir. En attendant, il faut qu'elle comprenne que c'est moi qui commande, ici, et pas elle.

Je lâche enfin son cou quand le sang commence à perler. Je me marre, j'adore cette couleur sur elle.

— Tu es appétissante, ma chérie.

— Lâche-moi, Tyron, s'il te plaît, tu me fais vraiment mal.

Je recule et repars m'asseoir derrière mon bureau. Ava se retourne et se laisse glisser contre le mur. Elle se tient les jambes entre les bras.

— Je t'ai connue plus combative que ça, mon cœur.

Elle me regarde avec haine, je sais qu'elle déteste que je l'appelle comme ça. Je n'appelle jamais aucune nana avec des petits surnoms à la con, mais, quand je vois les éclairs dans ses yeux, je me dis que je ne suis pas près d'arrêter.

— Je vais te dire ce que je veux. Je veux que tu deviennes ma préférée.

— C'est quoi, ça, encore ?

C'est le désavantage quand je prends une fille qui n'a pas évolué dans mon monde, il faut tout lui expliquer et je n'aime pas ça.

— Tu es ma nana, en gros.

Ce n'est pas vraiment ça, mais c'est plus simple, je n'ai pas envie de partir dans de longues explications. Elle aura bien le temps de tout découvrir.

— Mais je ne veux pas ! Et, en plus, d'où tu sors, toi ?

Elle se lève et se dirige vers moi, déterminée. Je sens que je vais adorer la suite, je m'en frotte les mains d'avance.

— On demande, on n'impose pas. On va au restau, on offre des fleurs.

J'éclate de rire.

— Le mec d'hier n'a pas eu besoin de faire ça pour que tu écartes les cuisses, pourtant !

Elle grogne. Oh, oui, ma belle, je ne suis pas près d'oublier cet affront, j'ai vu la vidéo de lui en train de bouffer la chatte qui m'appartenait. On ne touche pas à mes putes sans mon autorisation, putain !

— Tu ne vaux pas mieux qu'une brebis d'ici, alors ne fais pas ta mijaurée ! Je te propose un statut au-dessus.

— C'est quoi, une brebis ?

— Une pute.

Elle devient rouge de colère.

— Je ne suis pas une pute !

— C'est ce que j'ai vu, moi.

Je lève les épaules et attends son prochain coup.

— Donc, toi aussi, tu es une pute, non ? Tu baises tout ce qui bouge sans gêne.

— Oui, mais, moi, je l'avoue, je ne fais pas mon saint comme toi. Les filles, ici, assument parfaitement d'écarter les cuisses pour une chope de bière alors que, toi, tu fais ta dentiste prude.

Elle se passe la main sur le visage, elle sait que j'ai raison. Je n'ai rien contre toutes les salopes faciles, j'aime plutôt bien ça pour tirer mon coup sans chichi, mais qu'on le nie, ça, non.

— Ça consiste en quoi « être ta préférée » ?

— Tu es avec moi, fidèle, et tu fais tout ce que je veux.

— Une esclave, quoi.

— Tu peux appeler ça comme tu veux.

— Je ne veux pas, je veux juste rentrer chez moi.

Ça n'arrivera plus jamais, ici, c'est à vie, mais je ne vais pas lui dire cette si bonne nouvelle maintenant, je vais la laisser le découvrir seule, c'est plus drôle.

— Libre à toi, mais je garde la petite.

— Pour quoi faire ?

Et voilà, la manipulation est en marche.

— Quinns aime la gosse. Oh, rien de sexuel, mais il ne sera pas content si je la lui enlève maintenant. Elle reste donc avec nous.

— Mais vous êtes dingues ! Je vais aller voir la police et vous dénoncer pour enlèvement d'enfant, espèce de fou !

— Fais donc ça.

J'attrape mon téléphone et le fais glisser le long de mon bureau.

— Tu veux l'adresse d'ici ? Oh, non, pas besoin, dis juste que c'est Tyron des Hell Souls qui a ta gosse, ils savent où j'habite.

Ava s'approche et prend le téléphone en me

regardant d'un œil.

— Bonjour, je m'appelle Ava Cox, ma fille a été enlevée. Oui, bien sûr que je sais par qui, par les Hell Souls. Quoi ? Allô ? Allô ?

Elle balance mon téléphone contre le mur. Note à moi-même : aller en acheter un avant de retourner au chapitre.

— Tu es calmée, c'est bon ?

— Espèce de salaud ! Il m'a dit qu'il ne pouvait rien faire pour moi et m'a raccroché au nez. Tu savais qu'il allait faire ça !

— Bien sûr ! Je les paye assez cher pour fermer les yeux sur tout. Je suis le roi, ici, tu ne peux rien contre moi.

— Mais je ne peux pas abandonner ma fille ! Qui ferait ça ? Personne !

— Tu en es sûre ?

— Non, bien sûr qu'il y a de mauvais parents, mais pas moi, bordel !

Elle tourne en rond, comme un lion en cage. Si elle continue, elle va me faire un AVC.

— Il faut que je bosse, Tyron. Il faut que j'aille au cabinet. Je n'ai pas vu l'heure et ma fille devrait être à l'école. C'est n'importe quoi, ce que tu fais.

La petite va continuer à aller à l'école, c'est Quinns qui est chargé d'elle, et il s'est proposé. Je n'ai même pas eu besoin de faire du chantage pour qu'il m'en débarrasse. Mais qu'Ava aille bosser, ça, ça me fait chier !

— La petite, Quinns s'en occupe. Mais toi, je ne veux plus que tu travailles.

— S'il te plaît, Tyron, j'ai besoin de cet argent, il faut que je travaille.

Elle a peut-être des dettes, c'est sûrement pour ça qu'elle vit si sobrement, alors qu'elle gagne très bien sa vie.

— Je vais rembourser tes dettes, comme ça, tu seras tranquille.

Et, surtout, elle sera ici à me servir de vide-baloches quand j'en aurai envie.

— Ce n'est pas possible, il faut vraiment que je travaille. S'il te plaît, rends-moi ma vie. On fera comme si rien ne s'était passé. Trouve-toi une jolie fille qui sera d'accord pour être ta préférée ou je ne sais pas quoi. Tu es plutôt pas mal, je suis sûre que tu as du succès auprès de la gent féminine.

— Pas mal ?

Je suis limite vexé, là ! Je suis plus que pas mal, je suis l'homme parfait. Je me lève, la rejoins, la fixe dans les yeux et caresse sa joue.

— Je suis seulement pas mal ? Tu trouves ?

J'approche ma bouche de la sienne, je la frôle, juste, j'entends sa respiration de plus en plus saccadée. Ça va peut-être être plus facile que je ne le pensais, de la faire céder.

— Oui.

Son « oui » est dit dans un souffle. C'est bon, j'ai assez joué la comédie, je me recule. Elle me regarde et se réveille comme d'un rêve.

— Tu es moche ! Voilà, tu veux la vérité, je te la donne.

J'éclate de rire, je sais que ce n'est pas vrai, et elle aussi.

— Tu peux aller travailler, mais je te veux chaque soir avec moi, dans mon lit.

— Je ne coucherai pas avec toi, espèce de malade !

— C'est ce qu'on verra. Dans quelque temps, tu me supplieras de te lécher la chatte comme l'autre connard d'hier soir.

— Dans tes rêves !

— Non, dans mes rêves, tu es attachée, bâillonnée et je te baise jusqu'à ce que je n'en puisse plus. Et, ne plus en pouvoir, ça ne m'arrive jamais.

Je récupère mon portable cassé par terre, il me faut quand même ma puce.

— Tu peux disposer, je dois repartir.

— Tu m'obliges à rester là pour me laisser seule ?

Je me retourne et la regarde avec un sourire.

— Je vais te manquer, c'est ça, ma puce ?

— Roh, tu m'énerves ! Bien sûr que non ! Mais je suis ici sans connaître personne, je vais faire quoi, moi ? Et je peux aller quand travailler ?

— Cet après-midi.

— Qui va garder la petite vu qu'elle ne sera pas à l'école ?

— Quinns va s'en occuper quand tu n'es pas là.

— Tu as déjà tout décidé pour moi, en fait ? Je n'ai le choix de rien.

— Le seul choix que tu as, c'est quand tu vas sauter sur ma bite ! C'est déjà pas mal. Bon nombre de femmes aimeraient avoir ce choix, alors remercie-moi et casse-toi de mon bureau.

Elle s'en va, non sans un « espèce de connard ». J'aime décidément bien sa répartie, ça me change et j'aime la nouveauté.

Je n'ai même plus envie de partir. Déjà, à la base, ça me faisait chier, mais, alors, là, c'est encore pire, je ne veux pas la laisser, ici, seule, alors que moi je pars ailleurs. Je me lève et vais vers l'entrée, j'ouvre la porte. Je sais que Quinns ne va pas tarder, il ne va pas rester des lustres avec la petite. Je referme la porte et vais au bar, tout le monde est déjà là ou presque, certains doivent dessoûler encore. Amandine s'approche de moi, telle une prédatrice. Elle a vraiment changé, elle qui était si timide, maintenant c'est la plus grande salope de mon club. Sous l'œil de son régulier qui me fusille du regard, elle me touche le torse, ça me fait me contracter.

— Tu ne voudrais pas qu'on aille s'amuser, avant

que tu repartes ?

Elle descend sa main et frotte la bosse que j'ai dans mon jeans. Je bande depuis hier soir, je n'arrête pas, mais, si je continue à baiser autant que je fais, ma bite va finir par tomber toute seule. Je suis parfois obligé de me modérer et ça me fait chier. Elle s'approche, colle ses seins à moi et continue toujours ses mouvements de va-et-vient. Et merde, tant pis pour mon irritation, il faut que je baise, là.

— Montre-moi de quoi tu es capable, ma jolie.

Elle me sourit, se met à genoux, défait les boutons de mon jeans et, à peine celui-ci descendu, mon sexe jaillit. Je sens que je suis aussi dur que si je n'avais pas baisé depuis quinze jours. Elle commence à lécher, mais ne s'attarde pas sur ça, elle sait que je n'aime pas quand on joue avec moi. Elle commence à m'engloutir et je pousse mes hanches vers l'avant. Je sens la douleur, mais je m'en fiche, je prends sa tête entre mes mains et accélère le mouvement. Putain, ouais, une bouche chaude autour de moi ! Je continue jusqu'à ce que je sente un courant électrique me traverser la colonne, non pas d'une proche jouissance, mais due à une présence. Je tourne la tête et vois Ava qui nous regarde. Elle serre les dents et les poings. Je continue comme si de rien n'était tout en la fixant, moi aussi. Je bande encore plus dur et je sens la jouissance proche quand, d'un coup, elle s'approche en courant. Je n'ai pas le temps de réagir avant qu'elle donne un coup de pied à Amandine. Je reste là, à regarder la scène.

— Il m'a demandé d'être sa préférée, je ne sais pas ce que ça veut dire exactement, mais la définition pour moi, c'est qu'il y a une question de fidélité quelque part !

Elle lui en remet un. Oh, putain ! Je prends mon sexe en main, qui se sent seul sans personne pour s'occuper de lui et je me branle devant la correction que met Ava à la connasse devant elle. Ça y va à coups de poing, de pied, elles ne s'arrêtent plus. Personne n'intervient et, moi, je finis par jouir sur le sol au moment où Ava se met à califourchon sur Amandine et qu'elle continue de la frapper. Putain, j'adore ça, c'est trop bandant quand on se bat pour moi. Mais bon, il est temps que j'intervienne avant qu'elle ne la tue. Je remonte mon pantalon et m'approche des catcheuses. Je soulève Ava qui se débat.

— Lâche-moi, je vais la tuer, cette morue !

Je la porte jusque dans mon bureau, je claque la porte avec mon pied, la colle au mur et l'embrasse. Je pense qu'elle va me repousser, encore trop fière, mais non. Elle me grimpe carrément dessus, me tire les cheveux, c'est un des baisers les plus torrides que j'ai jamais eus. Pourtant, ma langue en a rencontré, des bouches. Elle se frotte à moi, je bande toujours depuis tout à l'heure. Je pense que je peux la baiser, là, maintenant, mais je veux qu'elle me supplie, qu'elle soit tellement pleine de désir pour moi qu'elle jouisse juste à mon toucher. Je me recule donc et la regarde, essoufflé.

— Je ne te serai pas fidèle, tu ne vaux pas le coup à ce point.

Je la laisse là et vais directement prendre ma moto, pour repartir au chapitre où on m'attend. Échec et mat, ma petite, je suis plus fort que toi à ce jeu. Même si c'était drôle, je fais ce que je veux ! En tant que préférée, elle devra s'habituer à me voir aller ailleurs, c'est comme ça et c'est tout.

Chapitre 8

Ava

Mais qu'est-ce qui m'a pris ? J'ai perdu la tête ou quoi ? Parfois, j'ai des absences, je ne sais même pas d'où ça vient. Pourquoi j'ai touché à cette nana ? Je me fiche de ce qu'il fait ou… peut-être pas ? Je n'en sais rien, je pense juste que je n'aime pas être humiliée comme je les étais. Tyron m'oblige à être sa pseudo nana et, deux secondes après, il a sa bite dans la bouche d'une autre. Il se fout vraiment de ma gueule, en fait. J'avais besoin de me détendre aussi, je pense que cette fille a pris pour tout le monde. Quand je pense à son nez qui a craqué sous mes doigts, j'explose de rire. Pauvre fille, va ! Elle a été élevée dans les quartiers riches pour ne pas savoir se battre ? Et ouais, meuf, quand tu viens du Bronx, comme moi, tu sais foutre une bonne raclée, enfin, tu es obligée de savoir faire. Il faut toujours se méfier de l'eau qui dort.

Certes, je suis devenue dentiste, mais ce n'est pas dû à mes riches parents qui m'auraient payé l'école, j'en ai chié, j'ai dû décrocher une foutue bourse, plus un crédit que je rembourse et j'ai travaillé. J'avais un bébé, en plus de tout ça. Personne ne peut penser que j'en ai chié plus que la plupart des faux caïds d'ici. Je me suis tellement battue pour m'en sortir et, en fin de compte, pour finir comment ? Une pute à bikers !

Je vais trouver un moyen pour me sortir de cette merde. Déjà, Tyron est parti, ça me laisse du temps pour réfléchir.

— Maman, maman !

Je sors du bureau et rejoins ma fille qui vient de rentrer de sa balade et qui me cherche partout.

— C'était génial, maman, Quinns m'a fait faire un grand tour de moto, il a dit que je pourrais en refaire bientôt si tu es d'accord, tu es d'accord, hein, maman ?

— On verra.

— Mais les « on verra », ça veut dire jamais, je te connais.

— On verra, Mia.

— Où est Tyron ? Il faut que je lui raconte à lui aussi, il va bientôt devenir mon papa et…

— Quoi ? Qui t'a dit ça ?

— Bah, c'est Quinns qui me l'a dit, tu veux que ça soit qui d'autre ?

Je lève la tête et le fusille du regard, vu qu'il est juste derrière ma fille. Mais pourquoi il lui a dit ça, cette tête de nœud ?

— C'est faux, il ne va pas devenir ton papa.

— Mais pourquoi, maman ? Je l'aime bien, moi…

— Je ne sais pas. Bon, tu n'auras qu'à lui poser la question, d'accord ?

Je souris en regardant Quinns, il sait que Tyron va faire une attaque quand la petite va lui parler de papa. Ma fille ne m'écoutera pas, de toute façon, même si je lui dis le contraire, alors il vaut mieux que Tyron s'occupe de ça.

— Je monte, il faut absolument que je change de pull, j'ai eu froid.

— Vas-y, je te rejoins.

Je la regarde courir pour aller dans sa chambre, puis je me retourne vers Quinns d'un air pas du tout aimable.

— Tu fais quoi avec ma fille ?

— Rien du tout, j'aime bien les gosses. Je les trouve pleins de vie.

— Et naïfs surtout ! Je te jure que si tu la touches un jour, je te tue.

— Ce n'est pas pour ça, j'aime juste les gosses et la tienne est rafraîchissante.

— Tyron m'a dit que tu t'occuperas de la petite pendant que j'irai bosser. Je peux te faire confiance ou pas ?

— Elle ira jouer avec les autres enfants la plupart du temps, personne ne lui fera de mal.

— Il y a intérêt ! Comment je fais pour aller bosser ?

— Pète, un prospect, t'emmènera.

— D'accord.

Il me plante là, j'en profite pour aller rejoindre ma fille. À peine j'entre dans sa chambre qu'elle me parle, sans s'arrêter, de sa balade à moto. Elle a l'air de se plaire ici, à l'inverse de moi. Je regarde l'heure et remarque qu'il faut que je mange, si je ne veux pas être en retard pour mes rendez-vous de l'après-midi. Je me rappelle que je n'ai même pas prévenu pour mon absence de ce matin. J'attrape mon propre sac, fouille dedans et allume mon téléphone. À peine il reçoit du réseau qu'il bipe de partout. J'appelle ma secrétaire en premier.

— Allô ?

— Enfin, Ava, mais qu'est-ce que tu fais ? J'ai des clients qui viennent depuis ce matin pour des rendez-vous, mais la dentiste n'est pas là.

— J'ai eu un souci, mais je serai là cet après-midi.

— Rien de grave, j'espère ?

— Non, ça va. Je suis désolée, je dois te laisser. À tout à l'heure.

Je raccroche avant qu'elle ne me parle plus, car, une fois qu'elle est lancée, celle-là, elle ne s'arrête pas. Je constate que l'école a aussi appelé, je les rappelle donc, eux aussi, et les préviens que Mia ne se sent pas bien aujourd'hui, mais que, demain, elle sera bien présente aux cours. Ma vie est complètement chamboulée par un connard misogyne.

— Maman, tu as quoi aux mains ?

Je les regarde, elles sont toutes écorchées avec du sang. Je n'avais pas remarqué que je m'étais blessée en donnant une correction à l'autre.

— Ce n'est rien, ma puce, on va descendre, il faut que je mange et, après, je pars travailler.

— Qui va me garder ?

— C'est Quinns.

— Oui !

Elle saute partout de joie. Plus elle est joyeuse de vivre avec ces bikers dingos, et plus je suis dépitée. Je n'ai pas envie qu'elle s'y habitue trop, car je ne veux pas rester ici des années.

On descend et, comme je m'y attendais, on me regarde comme si on avait envie de me frapper. Mais je ne baisse pas la tête, pas question que je m'écrase devant ces nanas, sinon elles vont me bouffer la gueule. Je m'assois.

— Tu ne veux pas nous aider au lieu de faire ta reine, là ? On fait toutes quelque chose ici.

Je sens une présence derrière moi.

— Tu travailles en extérieur aussi ?

C'est Quinns, il est toujours là, lui.

— Non, mais…

— Elle est dentiste, elle va travailler jusqu'en fin d'après-midi et tous les jours du reste de la semaine. Tu crois qu'après un boulot comme ça, tu as envie de faire la cuisine et le ménage ? Alors que, vous, vous n'avez que ça à faire de la journée !

— Non, mais…

— Mais c'est tout ! Pour contribuer, je suis sûr qu'elle sera d'accord pour soigner les dents de tout le monde ici, pendant son jour de congé. Chacun son travail dans ce club, comme tu le sais et, elle, ce n'est clairement pas d'être la boniche, alors que toi, si. Dégage maintenant avant que je dise au président que tu fais chier sa future régulière.

Elle couine et part. Qu'est-ce que c'est que ça, encore ? Régulière ? Quinns vient s'asseoir à côté de Mia qui est toute contente.

— Merci.

— C'est la vérité.

— C'est quoi, une régulière ?

— C'est le statut de femme, comme un mariage, version bikers, si tu préfères.

— Ah, d'accord, mais je ne vais pas être sa femme, je ne vois pas pourquoi mentir.

— Oh, je suis sûr, moi, que tu vas le devenir.

Il serre la main de ma fille et va s'asseoir à une

autre table, où il n'y a que des hommes tandis que les autres femmes nous servent. Bon, en vrai, je suis contente de la petite victoire de tout à l'heure, mais je me sens quand même gênée, c'est vrai que je pourrais aider au moins un peu. Je le ferai ce week-end. Demain, nous sommes vendredi, alors, ça va arriver vite.

Quand j'ai terminé mon repas, je pars voir Quinns à sa table. Les discussions s'arrêtent dès que les mecs me voient.

— Désolée de te déranger, mais il faudrait que je parte travailler. Mon premier rendez-vous de l'après-midi est dans quarante-cinq minutes.

— Pète, tu l'emmènes au travail et tu restes avec elle jusqu'à ce qu'elle rentre.

— Non, mais je n'ai pas besoin de nounou, ça va. Je finis à 18 h, il peut venir me récupérer après.

— Non. Pète, c'est la future régulière à ton président, tu sais d'avance que, s'il lui arrive quoi que ce soit, tu seras un homme mort, alors fais attention à elle.

— Oui, promis.

— Quinncy !

On se retourne vers Mia qui nous rejoint.

— Comment tu m'as appelé ?

— Bah, Quinncy, je trouve ça plus mignon.

Tous les hommes à table éclatent de rire, même

Quinns le prend avec humour.

— Viens avec moi, Mia, je vais t'emmener voir les enfants de Camilla. Tu vas voir, tu vas te faire plein d'amis ici.

— Je ne vais pas rester avec toi ?

— Et non, désolé, moi aussi je dois travailler. Allez, on y va.

Ma fille commence à le suivre, mais elle oublie quelque chose, cette chipie.

— On ne me dit pas au revoir, Mia ?

— Oh, mince…

Elle court pour venir me faire un bisou.

— À tout à l'heure, maman.

Elle repart vers Quinns et m'ignore, je me sens légèrement jalouse. Elle n'a toujours eu que moi et, là, elle prend d'autres personnes comme figures parentales et ça ne me plaît pas trop.

Je suis le prospect jusqu'à sa moto, monte derrière lui, mais je ne me sens pas à l'aise. On a parcouru la ville jusqu'à mon cabinet, il est allé assez doucement, sûrement de peur de me blesser. Une fois arrivée, je souffle, je n'ai plus envie qu'il m'emmène, je me sens gênée et je ne sais pas pourquoi.

Dès que j'entre dans mon cabinet, ma secrétaire me saute dessus.

— Ah, tu es enfin là ! Ça va ?

Elle regarde derrière moi et voit Pète.

— C’est ton nouveau petit ami ?

— Euh… non, pas du tout.

Je les laisse là et je vais préparer tout ce qu’il faut dans la pièce de soins. Je mets ma blouse, mon masque que je baisse et mon calot. Je désinfecte le fauteuil, je mets mes instruments dans l’appareil qui va les stériliser, prends ceux déjà faits. Je regarde autour de moi, tout est prêt, c’est bon. Je m’installe devant mon bureau, allume mon ordinateur et je regarde qui est mon prochain patient. C’est juste un détartrage.

On frappe à la porte et ma secrétaire entre.

— J’ai redonné des rendez-vous à tous ceux que tu devais voir ce matin, au fait. J’ai dit que tu étais malade.

— Super, merci !

Elle pose une tasse de café à côté de moi.

— Merci, j’en avais besoin.

Elle s’en va sans poser de questions, ce n’est pas son genre, alors je suis sûre qu’elle est pressée de retourner auprès du biker. C’est vrai qu’il est mignon, mais il est tout jeune. Bon, après tout, si elle veut jouer la cougar, libre à elle.

Mon premier client arrive, puis c’est le défilé toute l’après-midi. Au moment où je range mes affaires, ma porte s’ouvre sur Tyron. Mais qu’est-ce qu’il fait là ? Il n’était pas censé être parti pour plusieurs jours ? Il s’approche de moi, je reste les bras ballants, je ne dis pas un mot. Il se colle à moi et ses yeux transpercent les miens.

— Tu es là ?

— Non, non, je suis le fantôme de Tyron qui vient te hanter.

— Ça veut dire que tu es mort ? C'est une bonne nouvelle, ça veut dire que je suis libre.

— Tu voudrais que je meure ?

Il pose sa main sur ma hanche. Je lui dis la seule réponse logique, reflet de ce que je ressens, la vérité.

— Non.

Il pose ses lèvres sur les miennes, c'est doux et chaud à la fois. Notre baiser devient vite enflammé. Il me porte sur le bureau et commence à m'embrasser partout.

— Oh, Tyron, oui !

Il commence à me déshabiller. Je sens son sexe, à travers son pantalon, se frotter contre moi.

— Tu voudrais que je te baise, hein ?

— Oui, oui, maintenant !

Il descend son futal, prend son sexe en main et commence à entrer en moi…

— Oh, réveille-toi !

Je lève la tête et je vois Pète devant moi. Merde, ce n'était qu'un rêve ? Je passe une main sur mon visage pour essayer de revenir à la réalité.

— Tu appelles Tyron dans ton sommeil…

Et il éclate de rire.

— Le président va être content de savoir ça.

— Tu ne vas rien lui dire ou je t'étripe.

Il lève les yeux au ciel et repart vers le secrétariat. Je sens mon sexe pulser dans ma culotte. Pourquoi j'ai rêvé de lui ? Dans mon subconscient, j'aurais envie de faire l'amour avec ce connard ? Non, jamais ! Je ne peux pas céder ! Si je veux baiser et me faire du bien, il faut que j'en trouve un autre, mais surtout pas lui. Sinon, il aura gagné et je ne veux pas qu'il ait mon corps, en plus du reste. Il me rend dingue. C'est la première fois que je m'endors au travail, d'ailleurs. En général, je suis toujours en pleine forme et, là, je ne me suis même pas senti piquer du nez. Il faut que je dorme et que je me repose, il faut que je me masturbe aussi, je pense que c'est l'ensemble de tout ça, qui me fait délirer pendant mes rêves. Je range tout et, quand j'ai fini, je rejoins le prospect qui m'attend. Ma secrétaire le regarde avec des yeux remplis de petits cœurs. N'importe quoi ! C'est elle qui ferme le cabinet, alors je monte derrière le gars et nous voilà repartis pour ce foutu club, où je n'ai absolument pas envie d'aller. J'ai envie de rentrer chez moi et j'espère le plus vite possible.

Quand nous arrivons, j'appelle tout de suite ma fille. Personne ne sait où elle est, je suis en panique. Je la cherche partout et demande à tout le monde de trouver quelqu'un qui peut enfin me renseigner.

— Elle est dans la chambre de Johanna, avec Quinns.

— Johanna ?

— Ouais, la sœur de Tyron.

— Il a une sœur ?

Oui, bon, je viens d'apprendre une nouvelle information, mais je verrai ça plus tard. Là, ma priorité, c'est ma fille, pas les potins, j'aurai le temps de faire mon enquête plus tard.

— Elle est où, cette chambre ?

Elle m'indique l'endroit et j'y cours. Mia, seule dans une chambre, avec un homme, je pense à tout sauf à une partie de scrabble. J'ouvre la porte en grand en espérant que ça soit la bonne, et je détends mes épaules d'un coup. Ma fille dort dans le lit et Quinns est assis, par terre, avec une manette à la main.

— Elle s'est endormie en bas, je l'ai remontée ici, car elle a demandé la chambre de princesse.

— Et tu la surveilles ?

— Oui.

Il lève les épaules et continue sa partie comme si je n'étais pas là. Il n'a pas l'air de vouloir lui faire du mal. Il est vachement protecteur, même avec elle, mais pourquoi ? C'est cet élément qui me manque pour lui faire entièrement confiance.

— Pète m'a dit que tu t'étais endormie au travail.

Va te reposer, si tu veux, je reste là.

Je ne devrais pas, mais j'ai envie de m'allonger sur un lit, je suis encore épuisée.

— D'accord ! Mais, s'il y a un souci, tu viens me chercher ?

— Il n'y aura rien, je m'en occupe et ne t'inquiète pas.

Je lui fais oui de la tête et vais dans ma chambre, qui n'est pas très loin. Enfin, quand je dis ma chambre, c'est plutôt celle de Tyron. Disons que c'est la mienne pendant qu'il me retient prisonnière ici. Je me déshabille complètement, j'ai quelque chose à faire avant de pouvoir dormir sereinement. Je me mets sous des draps, leur contact contre ma peau me donne des frissons. Je descends ma main et commence à me caresser les seins, des milliers de petits picotements me traversent le corps. Ma main descend toujours jusqu'à l'endroit qui a besoin d'être soulagé. Je commence à malaxer, oh, la vache, ça fait du bien ! Je vais de plus en plus vite et, même si j'essaie de bloquer les images dans ma tête, rien n'y fait, c'est le visage de Tyron que je vois devant moi. J'ai l'impression de sentir ses mains sur mon corps. Je jouis vite et fort puis, enfin, je me sens plus calme et mes yeux se ferment tout seuls. Je suis vraiment dingue de rêver de ce connard, je me rends compte que je suis aussi folle que lui, en fait.

Chapitre 9

Tyron

Je suis encore plein de sang et de morceaux des mecs qu'on a butés. Je n'aime pas être sale comme je le suis, ça gâche ma beauté. J'aime être beau, pas faire peur ! Je n'éprouve rien d'avoir tué ces gens. Je n'ai perdu personne, heureusement, car, là, j'aurais été très en colère. On a donné une putain de leçon à ces connards, qui essayaient de voler du territoire à ce chapitre.

Je regarde l'heure, il est encore assez tôt pour que je prenne une douche et que je rentre chez moi. Ça nous a pris un après-midi et une soirée pour les corriger, c'était du rapide. Ils ne sont pas aussi costauds qu'ils le pensaient.

— Je passe prendre une douche chez vous et je rentre chez moi. Mais ceux qui veulent rester là le peuvent.

Je sais qu'il y en a, comme moi, qui n'aiment pas être ailleurs qu'à la maison et, d'autres, qui se disent qu'une petite chatte fraîche, ça n'est pas si mal. Enfin, fraîche, tout est relatif, c'est surtout une nouvelle chatte. Je me demande quand même si je baise, moi aussi, vite fait, avant de partir. La nouveauté ne me ferait pas de mal. Je réfléchis encore à ça sous la douche, mon sexe est dressé et attend juste que quelqu'un vienne le cajoler. Merde, ouais, je vais baiser !

Quand je sors de la douche, je mets juste un bas de jogging et je descends. Je tombe sur une orgie comme je les aime. Ça baise de partout, c'est encore pire que d'habitude dans notre club, c'est sans gêne et sans limites. Je m'approche d'une nana qui est au-dessus d'un mec que je ne connais pas. Elle le chevauche sans jamais s'essouffler. Putain, c'est ça qu'il me faut ! Je suis tellement pris par ma contemplation que je n'avais même pas remarqué que le mec me fixait.

— Tu veux participer ? Son cul est dispo, si tu veux.

Oh, il sait me parler, lui !

— Ouais.

J'enlève mon pantalon, il dit à la fille de s'allonger sur lui. Ce n'est pas qu'on est gay, c'est qu'une double pénétration, ainsi, permet que les parois soient plus serrées et d'avoir donc un maximum de plaisir. Même si, en général, entre la partie fine, on sent la bite de l'autre, je m'en fous complètement. Je me mets à genoux et me branle tout en m'approchant d'eux. Je pose une main par terre et, une fois que je suis à l'entrée de ses globes, je pousse mon sexe vers son anus. Elle est sèche, mais je n'en ai rien à faire, j'aime quand elles ont mal. Une fois passée la rondelle, je pousse d'un coup sur mes hanches pour la prendre complètement. Elle se crispe, elle souffre, mais ne dit rien. Moi aussi, je me suis rayé le casque, mais ça n'a pas d'importance, je commence mes va-et-vient et le mec me suit. Il jouit vite, moi, je n'ai pas fini, alors il reste dans la fille, même s'il ne doit plus vraiment bander, car c'est plus lâche. Je regarde autour de moi, pour m'aider à jouir et je finis par lâcher la purée dans la nana. J'aime qu'elles soient toutes surveillées au niveau des maladies, ça me permet de baiser sans capote. Je ne le fais qu'à mon club et dans mes chapitres. Mais, dans un club ami, je ne le ferais pas. Ami ne veut pas dire à vie.

Je sors de la nana, me relève et remets mon pantalon.

— Merci, c'était sympa.

Le mec pousse la fille pour se lever également.

— Ouais.

Je passe la main dans mes cheveux pour me recoiffer et je retourne dans la chambre qu'on me prête. Je me sens un peu mieux, c'est ça qu'il me fallait. Je finis de m'habiller, j'attrape mes affaires et retourne dans la pièce principale.

— On se casse, ceux qui veulent partir, c'est maintenant.

On monte sur nos motos et nous voilà en route pour rentrer à la maison. Pendant tout le chemin, je trépigne d'impatience de retrouver Ava. Quinns m'a dit qu'elle s'était endormie au boulot et qu'apparemment elle avait rêvé de moi. J'aime assez cette idée, ça veut dire que le piège que je tisse autour d'elle fonctionne. Je suis dans ses pensées les plus profondes, bientôt, c'est sur ma bite qu'elle sera.

Une fois qu'on est devant le club, je souffle. Je préfère être ici, y a pas photo. Un prospect vient s'occuper de ma moto. Je cherche Quinns, mais il n'est pas là. Je chope un des gars qui passe.

— Il est où, Quinns ?

— Dans la chambre de ta sœur, avec la gosse.

Tiens, tiens, qu'est-ce qu'il fout là-bas, lui ? Je monte directement vérifier ça, j'ouvre la porte et ce con est devant la console.

— Tu fous quoi ?

— La ferme ! La petite dort, merde !

— Et qu'est-ce que j'en ai à foutre ?

— Tyron, s'il te plaît !

Je lève un sourcil et la regarde en train de dormir.

— Tu es amoureux de la gosse, ou quoi ?

— Mais tu es malade !

— Ben, je ne sais pas, tu réagis comme si c'était ta femme.

— Ce n'est pas ça du tout. Pourquoi, dès que je fais quelque chose avec elle, on pense que c'est pervers ?

— Bah, je te connais.

— Pas avec les gosses, apparemment.

C'est vrai, il n'a jamais fait de mal à un enfant, mais tout peut arriver un jour.

— Ne t'attache pas trop, si je tue la mère, la fille va dégager.

— Tu ne tueras pas la mère, elle va finir comme régulière et elle te tiendra par le bout de la bite.

— Ne raconte pas de connerie ! Tu me connais, merde !

— Justement.

Bon, cette discussion m'agace.

— Elle est où, Ava ?

— Dans son lit, je pense.

Je pars sans même lui demander si ça le dérange de garder encore la gamine. Je m'en fous, qu'il en fasse ce qu'il veut. Je vais dans ma chambre, il fait nuit noire, je prends mon téléphone, éclaire la pièce et je vois qu'elle est bien là. Elle dort. Je suis crevé, je me déshabille, mais décide de rester en caleçon. D'habitude, je suis à poil pour dormir, mais, là, j'ai peur que la bête se réveille trop et s'introduise en elle sans que je m'en rende compte. Je pose mon téléphone et soulève le drap pour m'installer. J'essaie de ne pas la toucher, sinon j'ai peur de ne pas savoir me contrôler. Je ferme les yeux et commence à m'endormir quand je sens un poids se poser à moitié sur mon corps. Quoi ? Mais elle va virer, je ne fais pas de câlin et je ne dors dans les bras de personne. Déjà que dormir avec une femme, ça ne m'arrive jamais. Je sens ses seins sur moi. Euh… Je pose ma main pour être sûr de ce que je crois. Elle est à poil, bordel de merde ! Ma bite, qui bandait déjà, devient encore plus dure. Ce n'est pas vrai, Ava, pourquoi tu dors à poil ? Elle essaie de me rendre fou ou quoi ? J'essaie de la pousser sur le côté, mais elle s'accroche. Mais qu'est-ce que j'ai fait pour mériter ça ? C'est elle qui va me faire craquer si elle continue.

— Dégage, Ava, putain !

Je pense que le meilleur moyen, c'est de la réveiller. Elle se pousse enfin, je prends mon téléphone et j'allume pour voir ce qu'elle fait. Bordel, elle est assise, n'a même pas remarqué que le drap avait glissé, et que j'avais une vue parfaite sur sa poitrine. Mais elle veut ma mort, cette dingue ?

— Putain, mais remets-moi ce drap, bordel !

— C'est toi, Tyron, qu'est-ce que tu fais là ?

Elle remarque enfin sa nudité et se cache.

— C'est mon lit, je suis venu dormir. Mais tu me colles comme si j'étais ton mec, là, et tu me chauffes !

— Mais je n'ai rien fait, je dormais !

Ouais, c'est ça. Je me lève et allume. Je commence à mettre mon pantalon, il faut que je sorte de là et vite.

— Tu t'en vas ?

— Oui, à moins que tu me supplies de te baiser, sinon je vais aller voir une autre pour me soulager.

— Mais tu es vraiment un connard !

— Ce n'est pas nouveau, ça !

Elle se rallonge et je ne sais pas pourquoi, d'un coup, je n'ai plus envie de m'en aller. Et merde ! Je suis indécis. J'ai envie de me soulager, mais, en même temps… Putain, je déraille complètement !

Je me passe la main dans mes cheveux.

— Je vais m'habiller si tu veux rester là.

Oui, c'est la solution, mais, en même temps, j'ai toujours la trique.

— OK.

— Retourne-toi.

— Tu te fous de ma gueule ?

— S'il te plaît.

Je… Putain ! Je repasse la main dans mes cheveux. Je ne sais pas ce qui m'arrive, là, mais je l'écoute comme si j'étais son bon toutou. Ça ne m'arrive jamais, je ne plie pas, et certainement pas devant une femme. Je l'entends se lever et mon instinct me fait me retourner. Elle est de côté, elle s'habille… Et merde ! Je m'approche d'elle, presque en courant, je lui tire les cheveux en arrière et je l'embrasse. Son corps, juste couvert d'une culotte, se frotte contre moi. Elle me rend fou. Je la recule jusqu'à ce qu'elle bute sur le lit et je la pousse dessus avant de monter sur elle. Je recule juste un peu pour la contempler.

— Supplie-moi de te prendre, maintenant !

— Non !

— Tu nous tortures tous les deux, là !

— Je ne le ferai pas, Tyron.

Et merde ! Il n'est pas question que je perde la partie. Je la lâche et me relève.

— Je ne te toucherai pas tant que tu ne me supplieras pas.

— Alors, ça n'arrivera jamais.

— C'est ce qu'on verra, putain !

Je sors de la chambre en vitesse en claquant la porte. Il n'est pas question que je perde, ça ne m'arrive jamais. Alors, ce n'est pas cette connasse qui va me faire céder. J'arrive en bas et je prends la première salope que je trouve, je la tire par le bras jusqu'à mon bureau et je la pousse dedans.

— À genoux, merde, et les fesses en l'air !

Elle a peur et elle fait bien. Cette fille, ce soir, va me servir de défouloir. J'ai besoin d'extérioriser toute ma frustration et ma colère que j'ai contre la nana qui est dans mon lit. Je vais vers l'armoire où je garde quelques vêtements de secours et attrape une ceinture. Quand la fille voit avec quoi je reviens près d'elle, elle panique.

— Non, non !

— Oh, si, et tu vas fermer ta gueule pendant que je le fais, sinon je te bute.

Je commence par un premier coup de ceinture, ça claque, mais ce n'est pas assez pour moi. J'y vais de toutes mes forces, je ne m'arrête plus. J'entends, de loin, la fille par terre en train de pleurer et de me supplier, mais rien ne m'émeut, seule ma haine me dirige. Jusqu'à ce que j'entende un coup de feu derrière moi. Je me retourne et je vois Ava. Je suis en colère.

— Mais tu fais quoi, Tyron ? Tu es malade ou quoi ?

Plusieurs de mes gars débarquent, mais je les dégage aussitôt. Ava aide la pauvre fille à se relever.

— Comment tu t'appelles ?

— Coralie.

— Tu connais la chambre de Tyron ?

— Oui.

— Va dans celle à côté, je te rejoins dans cinq minutes et je vais te soigner. D'accord ?

La fille boite en sortant de mon bureau. Ava se dirige vers moi et me gifle. Je la prends par la gorge et je la serre. Elle me frappe alors à la tête avec la crosse de mon arme qu'elle avait apparemment gardée.

— Mais tu es dingue !

Je la lâche, me tiens la tête, puis je lui mets un revers qui la fait tomber par terre. Je suis encore dans le brouillard avec le coup qu'elle m'a mis, je n'ai pas remarqué qu'elle m'a attrapé la jambe et qu'elle me mord. Putain de salope ! Je lui fous un coup de poing et enfin elle me lâche. Mais je suis déstabilisé et, même alors qu'elle est couchée, elle me fait une béquille. Je tombe carrément sur elle, me recule un peu pour lui en remettre une, mais je suis happé par ses yeux pleins de larmes. Ça me stoppe direct dans ma course et, au lieu de lui en mettre une autre, mes lèvres se posent sur les siennes. Tout devient fougueux, nous sommes des animaux, nos vêtements commencent à voler. En cet instant, je me fous qu'elle ne me supplie pas, tout ce que je veux, c'est me fondre en elle et de m'y perdre. On se frotte, on s'excite. Je commence à rentrer ma bite en elle, mais elle me stoppe.

— Je ne te supplierai pas.

Ça me fait redescendre sur terre. Je me relève et la regarde. Ma colère a disparu. Je sens un liquide chaud dévaler sur mon visage. Je remarque qu'elle a un coquard qui se forme. J'adore ! Je la veux, cette nana ! Je veux qu'elle cède et qu'elle soit à moi entièrement. Elle se relève et commence à s'habiller.

— Ne fais plus ça, Tyron, ne frappe pas les filles.

— Je fais ce que je veux !

Elle m'énerve à vouloir me diriger ! Une fois qu'elle est habillée, alors que je suis toujours nu et en érection, elle s'approche de moi. Je ne bouge pas, j'attends de savoir ce qu'elle va faire. Elle me serre juste contre elle et pose sa tête sur mon torse.

— Arrête d'être un monstre et je te donnerai ce que tu veux…

Elle m'embrasse la poitrine et s'en va. Je reste toujours dans la même position en ne sachant toujours pas ce qui s'est passé. On vient de se battre, non ? C'est la première fois qu'une nana m'affronte comme ça et, au lieu d'être en colère, je souris comme un con.

Je vais m'asseoir à mon bureau et actionne la sonnette en dessous. Une fille débarque, je vois qu'elle a peur, mais je ne vais pas lui faire de mal, enfin pas avec une ceinture du moins. Avec mon sexe, c'est possible, en revanche.

— Suce-moi, j'ai besoin de me détendre.

Elle s'approche sans un mot et commence à faire son taf. Je ferme les yeux et je m'imagine que c'est la bouche de mon démon en haut qui me suce. Putain, je me vois encore lui en mettre une et, elle, me mettre presque K.-O. J'adore cette femme ! Je pense que mon obsession vient de prendre une tournure dont je ne m'attendais pas. Je me lève, prends la tête de la fille et accélère le rythme. Des images de ce qu'on vient de faire passent en boucle et je jouis au fond de la gorge de la fille. C'est ce qu'il me fallait pour finir, maintenant je suis détendu. Mais crevé.

— Tu peux te barrer.

Je me rhabille le temps qu'elle parte et, dès que c'est fait, je remonte dans ma chambre. Ava n'est pas là, mais je suis sûr qu'elle est avec l'autre salope. Je vais sous la douche pour essayer d'enlever le sang que j'ai le long du visage. Je regarde la marque sur mon mollet, elle ne m'a pas loupé, la garce, on voit la trace de ses crocs et elle m'a à moitié arraché la peau. J'entends un bruit, mais je ne bouge pas. Puis des mains m'entourent.

— Juste ça.

Je sens sa tête qui se pose sur mon dos. Je n'aime pas qu'on me touche, mais, là, ça ne me gêne pas. Après m'avoir fait un bisou, elle sort. Je finis de me rincer, vite, je remets mon pantalon et vais me coucher. Ava est déjà dans le lit, je sais qu'elle ne dort pas, mais je ne sais pas quoi lui dire.

— Ta tête, ça va ?

— Oui, je n'ai pas mal.

— D'accord.

Je m'allonge, essaie de dormir, mais je n'y arrive pas.

— Arrête de bouger, Tyron, je n'arrive pas à

dormir à cause de toi.

Je souffle un grand coup, m'apprête à faire une chose que je n'ai jamais faite dans ma vie, mais dont j'ai envie.

— Viens.

— Où ?

— Sur moi, pour dormir.

— Je pensais que je n'étais pas ta femme, tout ça, tout ça…

— Putain, mais tu ne peux pas la fermer et faire ce qu'on te dit ?

— C'est demandé tellement gentiment, connard !

Pourtant, elle vient dans mes bras et, d'un coup, je me sens comme apaisé. Mes démons s'amenuisent un peu pour me laisser dormir.

Quinns avait raison, je suis dans la merde…

Chapitre 10

Ava

Ce qu'on a fait hier soir est digne d'un grand film de tarés. On s'est battus comme des chiens, mais je suis contente de moi, je ne me suis pas laissé faire, il a mangé autant que moi. Je me doutais qu'il allait faire un truc quand il est parti en claquant la porte. Je voulais voir ce que c'était, mais je ne suis pas partie les mains vides, je ne suis pas totalement inconsciente quand même. J'ai fouillé dans sa table de nuit et pris son arme. Quand j'ai entendu les pleurs et les hurlements de la fille derrière la porte, je savais qu'il fallait agir vite, il allait la tuer, j'en étais sûre. Il la punissait à ma place. L'horreur de la chose, quand j'ai ouvert ce foutu bureau ! Tyron se déchaînait sur cette pauvre fille, elle était en sang. J'ai encore les images dans ma tête qui, je pense, vont me hanter pendant très longtemps. Ce qui s'est passé, ensuite, était complètement fou. On s'est battu, tapé et, surtout, on a failli baiser sur ce sol crade où il y avait encore du sang de la fille. Il fallait que je le stoppe et je savais que lui dire que je ne le supplierai pas allait le faire arrêter. J'avais raison. Je me dis, maintenant, que je n'aurais peut-être pas dû, car il aurait cédé et on aurait peut-être pu passer à autre chose… ou pas ! En tout cas, quand je suis remontée, la fille était bien là où je lui avais demandé et je l'ai soignée du mieux que j'ai pu. Je ne suis pas médecin, mais je sais quand même faire les premiers secours. Elle se remettra, mais moi peut-être moins.

Ensuite, j'étais allée dans la salle de bains pour vérifier s'il allait bien, car je l'avais quand même frappé à la tête. J'aurais pu lui faire un traumatisme crânien ou autre. Quand je l'ai vu, là, complètement perdu, autant que moi, j'ai senti un lien qui m'a attirée vers lui. Je me suis déshabillée et je suis entrée avec lui dans cette foutue douche, juste pour lui faire un câlin. Il n'a montré aucun retour, mais je sais que ne pas me repousser était un grand pas. Une fois au lit, il a fini par me prendre dans ses bras et je me suis demandé quel traumatisme il avait vécu dans l'enfance pour être comme ça. Être élevé dans un endroit pareil ne doit pas être la seule explication. Quand je vois Quinns, il paraît bien plus normal quand même. Tyron dort toujours, je le regarde, il me paraît bien plus détendu que quand il est réveillé.

D'un coup, la porte s'ouvre, ma fille court vers moi et saute sur le lit.

— Oh, putain, ce n'est pas vrai !

Tyron se retourne, nous montre son dos et il met la couverture au-dessus de sa tête.

— Désolé, j'ai essayé de la retenir, mais elle voulait absolument voir Tyron.

Euh… et pas moi ? Ma fille m'a oubliée ou quoi ? Je ne suis plus rien pour elle ? J'ai presque mal au cœur.

— Ce n'est pas grave, merci.

Quinns me fait un signe de la tête et s'en va. Mia saute sur Tyron, qui grogne.

— Tyron, Tyron, je peux te poser une question ?

— Ça ne peut pas attendre que j'aie, au moins, pris mon café ?

— Non.

Il souffle, s'assoit sur le lit et se passe plusieurs fois la main sur le visage.

— Qu'est-ce que tu veux ?

— C'est vrai que tu vas devenir mon papa ?

— Quoi ?

Tyron commence à tousser. Je n'ai qu'une seule envie, moi, c'est de rire. Ah, il ne s'attendait pas à celle-là.

— Pourquoi tu me demandes ça ?

— Bah, tu es avec maman et les papas sont avec les mamans, alors…

— Non, je ne suis pas ton papa et je ne le serai jamais.

— Pourquoi ?

— Parce que je ne suis pas fait pour être père.

Il se lève, enfile un tee-shirt avant de mettre des chaussettes et des chaussures. Je le regarde faire et je me demande ce qu'il a. Ça va, ma fille a huit ans, elle ne sait pas toute la situation, alors ça m'énerve qu'il n'essaie même pas de lui parler. En même temps, avec lui, je ne suis pas tellement étonnée.

Une fois que Tyron est sorti, ma fille me serre contre elle.

— Pourquoi il ne veut pas devenir mon papa ?

— Il n'est pas encore prêt, ma puce, laisse-lui du temps.

Je sais que le rêve de ma fille, c'est d'avoir un papa. À son école, les élèves en ont presque tous un. La pauvre est une des seules à devoir faire des cadeaux de fête des pères pour moi. Je me disais que c'était juste la période, qu'au fond elle avait peut-être besoin de moi, mais, quand je vois son air triste, je me demande si ce n'est pas plus profond. Je fais tout pour elle, pourtant, je prends mes deux rôles très au sérieux. Elle a toujours été ma priorité, même si je la laisse à Quinns en ce moment, elle reste la numéro un dans mon esprit et, quand nous partirons, tout redeviendra comme avant.

— Tu es déjà habillée ?

— Oui, Quinns m'a choisi des vêtements et il est sorti de la pièce pendant que je me changeais.

— C'est bien, prête pour l'école ?

— Je n'ai pas trop envie, je suis bien ici.

— Mais tu vas revoir tous tes copains et copines, c'est génial. Ça devrait te plaire, non ?

— Je ne sais pas trop.

Il va falloir que je me renseigne pour savoir si tout se passe bien à l'école. En tout cas, ce que je sais, c'est que je n'ai pas de nouvelle du père d'un de ses camarades, l'autre qui s'est échappé comme un voleur quand il a vu les bikers. Quel sale goujat sans couilles, celui-là, quand j'y repense ! Je pousse un peu ma fille pour me lever. J'irai me laver après, une fois qu'on aura mangé, j'ai faim, je n'ai même pas dîné hier soir.

— Maman, je peux te poser une question ?

— Oui.

— Pourquoi tu as le contour de l'œil tout noir ?

Et merde, je n'ai pas pensé à cacher les marques qu'il m'a faites.

— Je me suis cognée comme une idiote, hier.

Elle se lève et part vers la porte.

— Allez, maman, j'ai faim !

Je suis déjà habillée. Bon, certes, c'est loin d'être sexy comme les tenues que portent toutes celles en bas, mais c'est mieux que rien. Une fois dans la salle, je m'assois avec les filles, une me sert ce que je prends d'habitude, sans rien me demander, puis elle s'assoit à côté de moi. Je me méfie directement.

— Dis, Quinns m'a dit que tu pouvais nous aider autrement ?

Je ne m'attendais pas du tout à ce qu'elle me dise ça.

— Oui ?

— J'ai mal aux dents depuis un moment et…

— Tu as le droit d'aller en ville ?

— Oui, bien sûr.

— Tu peux venir quand ? Ici, je n'ai pas le matériel pour t'examiner, mais à mon cabinet, si. Tu peux venir, on va regarder ça.

— Quand tu veux.

— Ce midi ?

— Oui, parfait.

Je lui donne l'adresse et elle s'en va. Oui, bien sûr que c'est normal que je participe. Personne ne fait de remarque sur mon œil, mais ça ne doit pas les étonner. Vu comment Tyron a amoché la fille, hier, ça doit être récurrent, les bleus sur les filles. Je me demande ce qui les pousse à venir là, en sachant parfaitement qu'elles seront traitées comme des moins que rien et, surtout, je me demande pourquoi elles acceptent ça. Il faudra que j'essaie de me renseigner avec la fille de ce midi. D'ailleurs, ça me donne une idée, je monte sur la chaise et tout le monde me regarde.

— Vous savez tous que je suis dentiste, enfin je suppose. Si vous voulez que je regarde vos dents, demain, c'est mon jour de congé, je peux vous prendre à mon cabinet les uns derrière les autres. Bien sûr, tout est gratuit, je ne pose pas de question sur l'état de vos dents et votre hygiène de vie, je m'en fiche. Juste demain, je serai disponible pour vous.

Je descends de ma chaise et commence à manger, plusieurs femmes s'approchent de moi.

— On pourrait avoir l'adresse ?

Je l'écris sur un bout de papier en disant de partager avec les autres. Ce qui les gêne pour aller voir des spécialistes, ce n'est pas l'argent, car je suppose qu'il n'en manque pas ici, mais plutôt le jugement, la différence. J'ai bien compris, hier, avec Coralie, qu'ils ne vont pas à l'hôpital, ils s'arrangent et, si c'est trop grave, ils appellent un médecin. On dirait presque une secte. Je suppose donc qu'ils n'ont jamais vu de dentiste, je vais tomber sur des dents dans de sales états, je n'imagine même pas.

Ça me rappelle que je ne sais même pas où sont ceux que j'ai soignés et le connard qui m'avait à moitié insultée. Je ne les ai pas revus. J'aimerais bien avoir des nouvelles du prospect, il m'avait fait de la peine.

Après mon déjeuner, Quinns vient chercher Mia pour l'emmener à l'école. J'essaie de lui expliquer que s'il me donne une voiture, je peux le faire moi-même, que c'est mon rôle de maman. Mais il ne m'écoute pas et ma fille est tout excitée d'arriver à l'école à moto. Je n'insiste pas, de toute façon, je n'ai plus mon mot à dire, tout le monde se fiche de ce que je pense, de ce que je ressens, même ma propre fille. Je me lève et vais dans ma chambre, après lui avoir dit au revoir. J'ai trente minutes pour me préparer et essayer de cacher la marque sur mon visage. J'entre sous la douche, l'eau qui coule sur moi me fait un bien fou.

J'entends du bruit, je sais déjà qui va entrer pour la prendre avec moi, comme je l'ai fait hier, et je ne bouge pas. Tyron vient derrière moi, je vois son bras passer pour récupérer le gel douche et je sens ses mains, juste après, sur moi, qui glissent. Il me frotte de partout, doucement, je suis excitée, je voudrais qu'il les presse plus bas. C'est ce qu'il fait quand il nettoie mon sexe, mais il ne s'attarde pas et j'ai envie de grogner de frustration. Mais je ne le fais pas, j'ai quand même ma fierté. Une fois qu'il m'a lavée entièrement, il me rince, m'aide à sortir de la douche et part. Je suis en ébullition, mon clitoris pulse, j'ai envie de sexe. L'enfoiré, je suis sûre qu'il l'a fait exprès ! Je sors de là, en furie, prête à le chercher partout pour le défoncer, mais je le retrouve sur mon lit, nu, en train de se masturber. Oh, mon Dieu, la vision devant moi ne me calme pas, bien au contraire ! J'ai envie d'aller le rejoindre pour remplacer sa main par la mienne. Il me regarde et continue ses va-et-vient puissants. Ma gorge commence à devenir sèche, il a un corps tellement parfait. Depuis hier, je perds la tête, je devrais lui en vouloir, ne plus souhaiter qu'il m'approche, le détester en somme, mais c'est tout le contraire dont j'ai envie.

— Tu ne veux pas venir m'aider ?

— Non.

En revanche, j'ai envie de me faire plaisir, à moi. J'espère que ça va le foutre en rage, comme moi. Je lâche la serviette dans laquelle je m'étais enroulée et je me retrouve nue devant lui. Vu comment ses yeux se sont enflammés, il doit aimer ce qu'il voit. Je commence par me toucher les seins, sans jamais le lâcher du regard. Je commence à avoir chaud. Je dirige une de mes mains vers mon sexe et je me masturbe. J'essaie de le regarder tout le long même si c'est dur. Je perçois un mouvement, Tyron retire ma main. Je m'apprête à lui crier dessus, mais il la remplace tout de suite par la sienne. Je lève la tête et je le regarde.

— Touche-moi !

Je sais que ce n'est pas bien, que c'est mal même, pourtant, ma main s'enroule autour de lui sans même que j'arrive à la contrôler. Nous gémissons mutuellement, sa main est parfaite, il sait ce qui me fait plaisir. Il m'embrasse d'abord doucement, mais ça devient vite sauvage, on continue à faire du bien à l'autre. Son sexe est tellement long et dur. J'aime contrôler son désir, être un peu celle qui domine, même si ce n'est qu'une illusion, vu qu'il me fait la même chose. Je me contracte, je jouis sur ses doigts et, juste après, je sens un liquide s'écouler sur moi.

Nous sommes essoufflés, Tyron pose sa tête sur la mienne et nous restons là, un long moment. Je me rends compte au bout d'un certain temps que je n'ai même pas lâché son membre et qu'il est toujours dur. Normalement, ces bêtes-là ne redeviennent pas molles ? Je finis par reculer et j'essaie de percevoir son ressenti après ce petit interlude.

— On devrait faire ça plus souvent.

Je souris et lui mets une tape sur l'épaule avant de retourner à la salle de bains. Il me rejoint et nous nous lavons de nouveau, vite fait. Je me dépêche de m'habiller, ensuite, je vais être en retard à mon premier rendez-vous, à force d'avoir trop traîné. Une fois que je suis prête, je me place devant lui.

— C'est Pète qui m'emmène ?

— Non, c'est moi, mais il reste avec toi comme hier.

— D'accord.

On sort du bâtiment et je monte derrière lui. Si je dois comparer avec Pète, je dois avouer que ça n'a rien à voir. J'aime être derrière Tyron alors que, hier, j'étais plutôt gênée. Est-ce que je dois voir quelque chose dans cette différence ? Je préfère ne pas y réfléchir. Une fois arrivée devant mon cabinet, je descends, commence à lui dire au revoir juste avec la main, mais il me rattrape et m'embrasse. Je me laisse faire, je n'ai pas envie de l'en empêcher. Il me lâche rapidement après.

— J'ai des choses à faire aujourd'hui, mais c'est moi qui viendrai te chercher ce soir.

— D'accord.

Quand j'arrive devant ma secrétaire, elle me regarde avec horreur.

— Mais il t'est arrivé quoi au visage ?

Et merde, je n'y pensais plus à ce coquard, je n'ai même pas mis quelque chose dessus pour le camoufler.

— Je suis tombée comme une idiote, hier.

— Tu es sûre ?

Elle me regarde, suspicieuse. Même moi je ne crois pas en mon mensonge.

— Ben, oui.

— Si tu as des problèmes, tu sais que tu peux me parler, hein ?

— Oui, mais tout va très bien.

Elle me regarde avec peine, mais ouvre son sac et me tend un tube.

— Tiens, j'en ai toujours sur moi, ça devrait pouvoir t'aider.

Je regarde ce qu'elle me passe, c'est du fond de teint. Oh, c'est ma sauveuse ! Je vais dans la petite salle de bains et me mets de la crème magique sur le visage. Je trouve que c'est plutôt pas mal, on voit toujours un peu, mais c'est beaucoup plus discret.

Il est temps maintenant que je travaille, je suis en retard et je n'aime pas vraiment ça. J'espère que la journée va passer vite, j'ai juste envie d'encaisser l'argent et de faire le minimum. Il y a des jours comme ça où on préférerait rester au fond de son lit. Et je suis dans ce jour-là, mais, au fond de moi, c'est avec Tyron que je voudrais être dans le lit.

Il faut que je me ressaisisse ! Ce n'est pas possible de penser à ça et de faire ce que je fais, alors qu'il essaie de me détruire. Mais pourquoi je suis comme ça ? Pourquoi je n'arrive pas à résister ? Je sais que ce n'est pas physique, car je suis plutôt pas mal et ce n'est pas la première fois que je me fais draguer par un beau gosse.

Je suis complètement déroutée et perdue… Entre

ma fille et Tyron, je suis déboussolée et je ne sais pas quoi faire pour pallier tout ça. Faites que j'arrive à me comprendre, et le plus rapidement possible. Sinon, je pense qu'après avoir été enfermée dans ce club de bikers, ce n'est pas chez moi que je vais rentrer, mais en hôpital psychiatrique.

Je souffle un bon coup et le premier patient entre.

Chapitre 11

Tyron

— Alors, comme ça, on essaie de m'entuber ?

Des semaines qu'on cherche ce fils de pute et, enfin, on l'attrape. Il m'a volé de la came. C'est un petit dealer de bas étage, mais il a quand même réussi à m'avoir. C'est le problème quand on a des junkies comme vendeurs, parfois ils aiment bien goûter la drogue et c'est là, qu'il faut leur faire comprendre que c'est la mienne, qu'ils ne sont que des pions dans l'échiquier que j'ai mis en place.

Aujourd'hui, ce voleur va mourir, et pas d'une façon douce.

— Je te jure, Tyron, que je n'ai rien pris ! Ce n'est pas moi, c'est…

Et bim, je lui lance une droite, direct.

— Ma came, tu te l'es déjà toute sniffée ?

— Non, je…

Et bam, je lui en remets une autre, encore plus forte. Je lui éclate la lèvre.

— Ma came ?

Il commence à chialer et à se pisser dessus. C'est vraiment une merde, ce mec ! Mon téléphone se met à sonner, je le sors de ma poche, juste pour voir si c'est important. Merde, c'est Ava !

— Continuez à lui donner une leçon, je reviens.

Je recule et réponds, c'est bizarre qu'elle m'appelle.

— Oui ?

— Tyron, il faut que je quitte le cabinet en urgence, mais je ne trouve pas Pète.

Euh… c'est quoi encore, cette histoire ?

— Tu dois aller où ?

— L'école m'a appelée, Mia est malade et je dois aller la récupérer… s'il te plaît, Tyron…

J'aime quand elle me supplie comme ça, sa voix est connectée directement à ma bite.

— Elle a quoi ?

— Je ne sais pas, mais il faut que j'aille la chercher.

Je réfléchis quelques secondes, l'école de la gosse n'est pas loin, je suis sûr que si je vais moi-même la chercher, je vais gagner des points et que, pour me remercier, elle va me supplier enfin de la baiser.

— Je ne suis pas loin, je vais aller la chercher moi-même.

— Je ne suis pas sûre qu'ils te laisseront l'emmener, je préfère y aller moi-même.

— Tu penses vraiment qu'à moi, on ne donnera pas la gosse ?

— Je…

— Écoute, si elle est vraiment malade, le temps que je trouve Pète ou que je vienne te chercher, on aura perdu du temps. Je suis à deux minutes. Je la récupère et je t'appelle.

— D'accord, merci.

Eh bien, voilà ! Je retourne vers mes gars.

— Emmenez-le à la salle, j'ai quelque chose à faire.

Quinns me regarde avec étonnement.

— Quelque chose ne va pas ?

Je ne vais certainement pas lui dire, sinon il va vouloir y aller lui-même et, ça, pas question. C'est ma B.A. de l'année. Je vois déjà Ava me remercier à coups de langue sur mon sexe. Ouais, pas question que je laisse ma place.

— Je vous rejoins après.

Je prends ma moto et roule jusqu'à l'école. Ils vont avoir un choc, car, en plus de me voir, j'adore faire peur aux gens. Ça montre ma supériorité.

Je sonne à la grille de l'école.

— Oui ?

— Je viens chercher Mia qui est malade.

— Vous êtes de la famille ?

Et merde ! C'est sûr que, là, au son de ma voix, ils ne peuvent pas se douter que c'est moi. Je ne peux même pas les intimider ou quoi que ce soit.

— Je suis son père.

Je ne vois que ça qui puisse réussir à me faire rentrer. Après, il ne m'a jamais vu, donc il pourrait aussi me refouler. La grille sonne, je la pousse et je suis enfin à l'intérieur. Ça fait un bail que je ne suis pas allé dans un truc comme ça, il me faut quand même quelques minutes pour me repérer et trouver où aller. Rien n'est indiqué. Je frappe à un bureau noté accueil.

— Entrez !

J'ouvre la porte et je vois Mia, recroquevillée sur sa chaise. J'ai un pincement au cœur de la voir comme ça. Mais depuis quand j'ai un cœur, moi ? Depuis que ces femmes sont entrées dans ma vie, je découvre un organe au fond de moi, dont je ne connaissais même pas l'existence.

— Ça va, Mia ?

Elle ne répond pas. Je m'approche d'elle, me mets à genoux et lui relève la tête. Je serre les dents tellement fort que je vais finir par les casser, à coup sûr.

— Qui t'a fait ça ?

— Personne.

— Qui ?

— Un élève d'ici, le fils du monsieur que maman a vu la dernière fois.

— Monsieur, nous avons fait le nécessaire, nous avons appelé le père du petit et il a promis de parler avec lui et…

Je me relève et tape sur le bureau.

— Vous avez appelé le père et c'est tout ?

Mes poings se ferment, de petits points noirs obscurcissent ma vue, je sais que je ne vais pas savoir me contrôler. Si j'étais lui, je commencerais à avoir peur et j'irais me cacher.

— Nous sommes ici pour la bienveillance et…

— Et rien du tout, connard ! Quelle bienveillance ? Tu as vu la gueule de ma fille ?

— Monsieur, calmez-vous, je…

Je balaye tout ce qu'il y a sur le bureau. Là, il commence à avoir peur.

— Explique-moi comment, fils de pute, un garçon a frappé ma gosse, une fille en plus, et ne prend même pas un renvoi ? Explique-moi ça, et vite, avant que je te troue la tête avec mon flingue !

— Monsieur…

Quelqu'un entre dans le bureau, sûrement le directeur, vu sa posture, il nous regarde et évalue la situation.

— Qu'est-ce qu'il se passe ? On vous entend crier

jusque dans le fond du couloir ?

— Que se passe-t-il ? Vraiment ? Vous êtes qui d'ailleurs ?

— Je suis le directeur.

— Et vous n'êtes même pas au courant que, dans votre établissement, les garçons s'amusent à frapper les filles ? Regarde, putain, la tête de ma gosse, merde !

Le type regarde Mia, je vois qu'il est affolé, mais il se reprend vite.

— Qui lui a fait ça ?

— Le petit Mac Bryant.

Le directeur ne dit rien, il réfléchit à toute vitesse.

— Nous sommes désolés, monsieur, mais notre politique veut qu'on discute des choses et qu'on ne punisse pas.

— Oh, vraiment ?

Toujours se méfier quand je deviens calme.

— Oui, je lui parlerai moi-même et…

— Je veux qu'il s'excuse maintenant auprès de ma fille. Pas dans dix jours, maintenant !

— Monsieur, je…

Je m'approche de lui avec le regard mauvais.

— Vous savez qui je suis ?

Je tourne la tête sur le côté, croise les bras, j'attends sa réponse avec impatience, car il n'a pas dû remarquer le gilet de mon club. J'ai mis un blouson en cuir par-dessus, pour qu'on ne nous reconnaisse pas pendant qu'on passait à tabac l'autre connard.

— Vous êtes le papa de Mia.

— Oui, mais plus précisément ?

— Je…

J'enlève le blouson qui cache le nom de mon club et me retourne, pour qu'il voie bien ce qui est noté à l'arrière.

— Je suis Tyron, le président des Hell Souls, et vous avez laissé ma fille se faire maltraiter.

Je me retourne et vois l'horreur dans ses yeux. Il sait qui je suis, ici, c'est mon territoire. Heureusement pour moi, d'ailleurs, que l'école de la gosse soit chez moi.

— Je ne…

— Vous savez de quoi je suis capable, non ?

— Je ne savais pas, monsieur, je…

— Que vous le sachiez ou pas, je m'en tape ! Quelle école êtes-vous pour laisser un garçon taper une fille comme ça ? Vous avez vu la tête de ma gamine ? Vous n'avez pas honte ?

— C'est un généreux donateur et…

— Ah, c'est donc pour ça ! L'argent lui donne le droit de frapper une fille sans même être puni. Moi, je suis respecté par le pouvoir, connard, et non par l'argent !

— Je…

Je m'approche vers lui et le prends par le col. Vu la tête qu'il fait, il vaut mieux que je me recule un peu, car il est capable de me pisser dessus.

— Si c'est l'argent qui domine votre foutue école, je deviens le meilleur de vos donateurs. Non, non, ne me remerciez pas, mais surveillez ma fille ! Si elle a une seule marque ou qu'elle se sent triste en revenant de cette école, je vous tue tous les deux, sans aucune pitié. C'est clair ?

— Oui, oui, monsieur. Pardon.

— Amenez-moi le gosse maintenant, je veux qu'il présente ses excuses à ma fille, pour être sûr qu'il ne recommencera pas.

— Je ne pense pas que…

— Je n'en ai rien à foutre de ce que tu penses, tu l'appelles et c'est tout !

— Je…

Il part, l'autre est toujours assis, il est limite de pleurer.

— Je ne vais pas te faire de mal, pas la peine de chialer, la gonzesse ! Je veux juste que ce genre de chose n'arrive plus. De toute façon, je suis sûr que tu feras attention à elle dorénavant, sinon je te tuerai. Mais, avant, j'irai voir ta femme ou ta mère et je lui ferai les pires atrocités devant tes yeux.

Mia se lève et vient me serrer contre elle. Oh, merde, je n'avais pas prévu ça !

— Je suis contente que ce soit toi qui sois venu, merci.

Ma main se dirige toute seule vers ses cheveux et la caresse.

— Je suis content que ce soit moi qui suis venu aussi.

Ça aurait été Ava, je suis sûr qu'elle se serait excusée, elle, alors que c'est la faute du gamin. Elle est trop gentille avec les autres. Bien sûr, pas avec moi. Mais, je le vois bien, qu'au fond, elle a une âme, rien que ce matin, avec son histoire de soigner les dents de tout le monde. Personne ne l'a obligée à ça, et certainement pas moi.

La porte s'ouvre sur le gamin, il me regarde avec affront. Oh, mon gars, toi, tu vas sortir de ce bureau avec ton pantalon mouillé, c'est clair que tu vas payer. Mia me serre encore plus fort.

— Voilà le garçon.

— Pourquoi je suis là, moi ?

Je n'imagine même pas quand il va être grand, je suis sûr qu'il sera un bandit ou un biker. Il n'a peur de rien, même pas d'un adulte. Je pourrais être impressionné, si ce n'était pas à la petite qu'il s'était attaqué.

— Tu es là, mon garçon, pour t'excuser d'avoir blessé Mia.

— Pas question ! Mon père dit que sa mère est une

pute, que les gens comme ça ne devraient pas être mélangés avec nous.

— C'est pour ça que tu as frappé ma fille ? Car tu penses qu'elle est inférieure à toi ?

— Bien sûr, ce n'est qu'une merde, comme dit mon papa.

Je me baisse sur Mia qui est toujours collée à moi.

— Ma puce, tu veux bien te reculer et te tourner deux minutes ?

Elle ne pose aucune question et fait ce que je dis. Je ne veux pas qu'elle voie ce que je m'apprête à faire, surtout si ça tourne mal. Elle est plus fragile qu'elle ne le montre et je ne veux pas la traumatiser. Avec une autre gosse, je m'en serais foutu, mais là… Je ne sais pas, ça me gêne.

Je m'approche du gosse, le prends par la gorge et le soulève. Il se débat et crie, enfin, je vois de la frayeur dans ses yeux.

— Monsieur, calmez-vous, ce n'est qu'un enfant, je suis sûr qu'on peut trouver une solution non violente et…

Avec mon autre main, je sors mon arme et la pose sur le front de cet abruti.

— Tu veux payer à sa place ?

J'entends des sirènes au loin. Oh, comme ça, il a appelé les flics ? Eh bien, on va rire. Je le regarde avec un sourire.

— Tu aurais dû leur dire que c'était moi, tu les as fait déplacer pour rien.

Le gosse gesticule toujours, je le projette contre le mur. Il tombe et se tient la gorge.

— Écoute-moi bien, sale morveux, c'est ma fille, alors elle n'est pas rien, c'est clair ? Tu connais ça ?

Je me retourne encore une fois. Quand je le regarde de nouveau, il a les yeux grands ouverts.

— C'est la fille d'un président de bikers et, si tu la touches, je te tuerai ! Mais pas que, ton père aussi et tout le reste de ta famille. Si tu as déjà entendu parler de mon club, tu sais de quoi on est capable.

Sur ce, les flics entrent dans le bureau, armes aux poings. Je range mon arme et lève les mains en l'air, le temps qu'ils m'identifient. Quand c'est fait, ils baissent leurs armes et celui que je connais très bien entre.

— Bonjour, Tyron.

— Kliff.

— Qu'est-ce qu'il se passe encore ?

— Ce gamin a frappé ma fille au visage, je lui ai juste donné une petite leçon.

— Tu as une gosse, toi, maintenant ?

— Apparemment.

Je lève les épaules, il regarde Mia qui s'est retournée.

— Ah, oui, il ne l'a pas loupée.

— C’est ma fille, tu comprends que je ne pouvais pas laisser passer ça.

— Ça aurait été ma gosse, j’aurais fait pareil !

Et il lève les épaules. Je regarde autour de moi et ils sont tous choqués.

— C’est qui, le monsieur, papa ?

Oh, non, je vais vomir ! Entendre ce mot dans sa bouche me donne la nausée, je me suis fait passer pour son père pour légitimer la chose, mais basta. Je ne suis pas son père seulement. Kliff s’approche de Mia et tend la main.

— Bonjour, je suis Kliff, je suis le meilleur ami de ton papa.

Et oui ! Qui aurait cru que mon meilleur ami était le chef de la police d’ici ? C’est pour ça que j’ai un casier judiciaire vierge. Jamais il ne m’arrêtera, même si je tue quelqu’un devant lui, il m’aidera toujours à sortir de la merde. Pourquoi ? Car nous sommes comme des frères, il n’y a que le sang qui nous différencie. Le pire, c’est que jamais il ne s’en est caché et que tout le monde le sait.

Chapitre 12

Tyron

Dix-sept ans plus tôt

— Tu fous quoi là, toi ?

Il me fixe avec des yeux apeurés. Il a raison de me regarder comme ça, car je vais le tuer. Son père est un traître qui a trahi mon propre père, et celui-ci m'a demandé de m'occuper du fils. Ça ne serait pas le premier à mon âge et, j'espère, pas le dernier non plus.

— Je… je ne sais pas.

Il pleure. Je lève les yeux au ciel.

— Ton père est un voleur, tu le sais ?

— Oui.

Je le coince dans cette ruelle sale, j'entends des rats en train de se battre avec de la nourriture, pas loin de moi. C'est dégueulasse.

— Tu sais que je dois te tuer aussi ?

Il baisse la tête et se recroqueville.

— Je savais que ce jour-là arriverait.

— Tu as quel âge ?

Il parle comme un grand, pourtant, il a la taille d'un enfant.

— Quinze ans.

Je plisse les yeux. D'habitude, je tue sans poser de questions, mais, je ne sais pas pourquoi, lui, il m'intrigue. De toute façon, je n'ai rien de mieux à faire, mon père a tué le sien et il est parti en me disant de me débarrasser du fils et de me débrouiller pour rentrer tout seul.

— Tu as quel âge, toi ?

— Treize ans.

Je suis plus jeune, mais je suis beaucoup plus costaud et plus grand.

— Pourquoi es-tu dans cet état-là ?

Il refuse de me répondre. Je n'aime pas qu'on ne fasse pas ce que je dis. Mon père me dit toujours que c'est moi qui commande et que, si quelqu'un ne veut pas faire comme je lui dis, mon rôle est de l'obliger et de lui montrer qui commande.

— Pourquoi es-tu dans cet état-là ?

Il lève la tête et me regarde.

— Tu ne le devines pas ?

Pas du tout, je ne traîne pas avec les autres de ce monde, qu'avec les bikers. Mon père dit qu'il ne faut pas se mélanger, que tous les autres qui ne font pas partie de notre club sont des merdes.

— Non. Alors, dis-moi, putain !

Il se met debout et, je n'avais pas remarqué avant, il est maigre, très maigre même.

— Mon père n'était pas un homme bien, je suis content qu'il soit mort.

Je ne pose pas plus de questions. Il me fait douter. Pour la première fois, je ne sais pas quoi faire. Apparemment, il déteste son père. Et c'est ce dernier qui nous a volés, pas lui… Est-ce que, en fin de compte, il mérite réellement de mourir lui aussi ? En général, je ne me pose pas la question, je crois que c'est pour ça que je ne parle jamais avec mes futures victimes, je ne veux pas savoir. Mais, maintenant que je suis au courant, j'hésite à le tuer.

— Pourquoi tu es comme ça ? C'est la dernière fois que je te le demande.

— Parce que mon père est un bâtard ! Il m'oblige à faire la pute pour lui apporter toujours plus de fric, je n'ai pas mangé depuis trois jours ! Je suis content que vous l'ayez tué et, si je dois y passer, eh bien, ce n'est peut-être pas si mal. Je préfère mourir plutôt que continuer comme ça dans cette vie de chien.

Je sais parfaitement la chance que j'ai d'avoir un père qui me cède tout. Je le vois bien au club, d'autres pères ne traitent pas du tout leurs enfants de la même façon. Je le regarde, il est sale, il est maigre, c'est affreux. Je n'aurais jamais dû lui parler, bon sang ! Maintenant, mon humanité, que je pensais perdue pour toujours, remonte à la surface. Il ne mérite pas de mourir.

— Viens, on va manger un bout, et on va discuter.

Je ne le savais pas à ce moment-là, mais cette rencontre, cette dernière part d'humanité qui a pris vie en moi, a changé ma vie. Les années ont passé et je ne regrette pas de l'avoir sauvé. Après lui avoir payé un repas ce jour-là, je lui ai payé un hôtel. Mon père ne regarde pas comment je dépense mon argent et il n'en a jamais rien su. J'ai pu l'aider pendant de nombreuses années, je le voyais tous les jours, je l'ai sorti de la merde, il est devenu comme un frère pour moi, la seule personne à qui je ne pourrai jamais faire de mal. Il a toujours voulu entrer dans la police, mais son manque d'études a posé un problème, alors j'ai payé des pots-de-vin à n'en plus finir pour le faire accepter et lui permettre de monter en grade. Je n'ai pas honte et lui non plus. Je lui ai même offert la maison que mon père avait partagée avec sa maîtresse à sa mort. Je lui ai tout offert et il me le rend bien. Non que je l'oblige à quoi que ce soit. Il a décidé par lui-même qu'il devait, à son tour, me protéger et prendre soin de moi. Je n'en ai pas vraiment besoin, mais j'avoue que c'est appréciable d'avoir un poids comme lui dans la police. Il nous couvre pour tellement de choses que ça en est affolant.

Je me rappelle encore ses paroles quand je lui ai annoncé qu'il était pris à l'école de police.

Ce jour-là, il venait de rentrer de son boulot au fast-food. Il a toujours voulu travailler même si je lui donnais ce qu'il fallait. Il a même, à ses dix-huit ans, pris un appartement miteux, qu'il a payé lui-même. Il ne voulait pas que je pense qu'il était mon ami pour que je l'entretienne. J'ai toujours su que ce n'était pas le cas, je l'ai aidé comme un ami l'aurait fait, c'est tout. Je savais déjà à cette époque que si, moi-même, j'avais été à la rue ou dans la merde, il m'aurait tout donné malgré ses petits moyens. Je ne l'ai jamais considéré comme un parasite.

Quand mon père est mort, j'ai mis directement la maison à son nom et je la lui ai offerte. Je ne voulais pas la vendre et je ne voulais pas la garder, alors c'était un bon compromis. C'est une jolie maison où il vit toujours avec sa famille. Il a des enfants, il a rencontré une fille qui en est la mère, une institutrice. Moche selon mes critères, mais qui a l'air très gentille. Depuis, il vit ce qu'il souhaite depuis toujours, il est heureux et il pense toujours que tout ça n'est que grâce à moi. Alors que, à part lui avoir donné les cartes en main, c'est lui qui a tout fait. C'est un très bon policier, il est bosseur et, surtout, il est juste avec les gens. Ça se fait rare dans la police. En général, ils frappent, te rendent coupable avant même que tu ouvres la bouche, alors que ce n'est pas leur rôle. Ils sont, à la base, juste là pour t'arrêter. Lui, il discute, comme moi j'avais fait avec lui. Il aide aussi les enfants qui se retrouvent dans la rue. C'est tout mon contraire, cet homme est un saint, alors que moi, je suis le diable.

J'ai quand même tenté, quand j'ai repris la relève de mon père, de lui proposer de me rejoindre, il n'a jamais voulu et je ne l'ai jamais forcé, il a toujours eu ses propres rêves et j'ai toujours respecté ça. En revanche, tout le monde sait qu'on se connaît, il s'est déjà servi de mon nom comme moi du sien. Je fais peur, j'intimide et, quand il chope des trafiquants, parfois il me fait même venir pour les aider à avouer. Quand ils ne veulent rien dire, il m'appelle, mais ne veut même pas voir ce que je fais. Sa seule consigne, il faut qu'ils soient vivants et avec des informations.

Ça me rappelle la fois où un gamin de bonne famille avait disparu. Il avait un doute que ça soit le père qu'il l'avait tué. Les enfants étant son point faible, il m'a appelé et, quand je suis arrivé, il a laissé la porte ouverte et il est parti comme s'il ne m'avait pas vu. Comme je fais à chaque fois, j'avais montré l'arrière de mon blouson, c'est ma plus grande fierté, et le gars avait nié malgré sa peur évidente dès qu'il avait compris qui j'étais. Mais je l'avais fait craquer et pas qu'en paroles d'ailleurs, son nez et sa lèvre y étaient passés, je lui avais aussi pété la rotule. Je m'en étais donné à cœur joie, car j'avais carte blanche. Ça me permet de faire une bonne action et, en même temps, de me défouler sur des connards. Le type hurlait que je n'avais pas le droit, que ses avocats allaient me retrouver et un ramassis de conneries, avant de craquer. Il m'avait, alors, supplié d'arrêter. Quand je lui ai demandé, pour la dernière fois, où était le petit, il s'était mis à pleurer et avait avoué qu'il l'avait tué, que cette fois-ci il était allé trop loin et que le gosse ne l'avait pas supporté. Il m'avait aussi indiqué où était le corps du gosse.

Je savais que j'étais filmé, mais juste pour que Kliff puisse noter toutes les informations dont il avait besoin. Je sais qu'il efface tout ensuite.

Ce mec, j'avais failli le tuer quand il m'expliquait qu'en plus de frapper le môme, il le violait chaque nuit pendant qu'il droguait sa femme avec des somnifères. Le gamin avait vécu l'enfer.

Je suis parti juste après, écœuré, Kliff avait maintenant tout ce dont il avait besoin et, moi, je devais sortir vite, avant de faire un meurtre directement au commissariat.

Kliff m'avait ensuite appelé dans la journée pour me dire qu'ils avaient retrouvé le corps du gosse et que le père s'était étranglé avec les lacets qu'ils avaient

« oublié » de lui enlever. L'histoire était terminée, le père avait eu ce qu'il méritait.

Je sais, c'est dingue, notre lien, on dirait un film à la télé, pourtant c'est vrai.

Je remercie Kliff et sors de l'école avec la petite qui me tient la main.

— Ton visage, ça va ?

— Oui.

Une fois la grille passée, elle s'arrête devant moi.

— Je veux que tu sois mon papa, moi.

Je me passe la main dans les cheveux, elle n'a pas compris que c'était une comédie ce que je faisais à l'intérieur ou quoi ?

— Je ne suis pas ton père.

— Non, mais tu pourrais le devenir.

— Non, je ne veux pas. Si, un jour, j'ai un gosse, je veux qu'il sorte de mes couilles, pas de celles de quelqu'un d'autre.

— Que tu es vulgaire !

Je lève les épaules et avance vers ma moto sans attendre. Elle me rattrape et me reprend la main.

— Tu ne veux pas me lâcher ?

— Non ! C'est ce que font les enfants avec leurs parents.

Elle me regarde avec une lueur de provocation dans les yeux.

— Tu es aussi chiante que ta mère !

— Les chiens ne font pas des chats, comme elle dit tout le temps.

Elle arrive à m'énerver et à me faire sourire en même temps, cette gamine. Je lui fous un casque sur la tête et la mets devant moi. Je roule jusqu'au cabinet de sa mère, ça ira plus vite qu'Ava la voie plutôt que je lui explique au téléphone. Une fois arrivé, je descends la gosse et la suis dans le cabinet. Je vois la secrétaire qui me regarde bizarrement, mais, quand elle voit la petite, elle ouvre grand les yeux et se précipite sur elle.

— Mon Dieu, vous lui avez fait quoi à cet enfant ?

Euh… Pourquoi elle pense que je lui ai fait du mal ? Elle a un grain, la vieille ! Pète se lève, quand il me voit et je lui fous une droite, direct dans le nez. J'ai vérifié avant qu'il n'y ait pas de client, j'ai bien compris qu'Ava ne veut pas plus de problèmes qu'elle en a.

— Tu étais où, bordel ? Ma régulière te cherchait partout, elle a dû m'appeler, moi, pour récupérer la gosse, putain !

— J'étais aux toilettes…

— Tu me prends pour un con ?

— Je chiais, je suis désolé, parfois je suis un peu long quand je dépose une pêche. Je ferai plus vite la prochaine fois, promis.

Je le regarde avec haine, je grogne, puis je me

retourne et vois Ava nous regarder.

— Tu m'as appelée ta régulière ?

— Non, tu as dû rêver.

Je m'approche d'elle. Ça m'a échappé comme un con, mais ça ne veut rien dire. Elle regarde ensuite la petite et pose les doigts sur ses lèvres, choquée.

— Mais il s'est passé quoi ?

— Un garçon l'a frappée, j'ai réglé le problème.

— Tu ne l'as pas tué quand même ?

— Papa a été héroïque, maman, il a fait peur à tout le monde. Je suis sûre que plus personne ne va m'embêter maintenant.

— Papa ?

Pfff… Elle insiste pour m'appeler ainsi, ça commence à me gonfler sérieusement.

— Bah, oui, vu que je n'ai pas de papa, je peux décider qui je veux pour le remplacer, non ?

— Euh…

Je m'avance vers la gosse et lui pose la main sur l'épaule.

— Il faut que le papa soit d'accord avant de lui imposer cette fonction.

— Mais je suis sûre que tu es d'accord.

Je rigole.

— Non, absolument pas ! Pourquoi tu ne demandes pas à Quinns ?

— Non, impossible, parce que lui, un jour, je me marierai avec.

J'éclate de rire. Vraiment ? Quinns est le genre à rester célibataire toute sa vie pour commencer et, ensuite, même quand elle sera adulte, il ne s'intéressera jamais à elle.

— Ce n'est pas drôle.

— Oh si, ça l'est !

— J'ai un client dans mon cabinet, tu peux la ramener ? Je discuterai de cette histoire de bagarre avec vous ce soir, d'accord ?

— Ouais.

Je me retourne vers Pète qui essaie d'arrêter l'hémorragie de son nez.

— Si tu as envie de chier, tu te chies dessus, je n'en ai rien à foutre, mais tu ne bouges pas de là, c'est clair ?

— Oui, je suis désolé encore et…

Je ne l'écoute même plus.

— Allez, Mia, on y va.

La petite me rejoint en sautillant. J'ai bien fait d'aller la chercher, c'était distrayant, cette balade. On remonte sur la moto, en direction du club et, à peine je la pose par terre, elle court à l'intérieur.

— Quinns, Quinns.

Elle me fait trop rire, elle est complètement dingue. Je la suis et elle est déjà dans ses bras. Je devrais lui dire que la gosse est folle de lui, mais je ne dirai rien. Je trouve ça plus drôle.

— Le gars est où ?

— Dans la cave.

Je me suis échauffé tout à l'heure, maintenant il est temps que j'aille tuer quelqu'un. Je me dirige vers l'endroit que je préfère ici, la cave. C'est un endroit à mon image, glauque, sombre et, surtout, c'est ici que je tue après avoir torturé les gens. Je ne pense plus à la gosse ou à Ava, je suis déjà avec le type et à ce que je vais lui faire. J'en ai d'ailleurs la trique, je sens mon sexe pousser contre mon pantalon. Tuer, frapper, torturer, ça m'excite. Je claque des doigts au passage pour qu'une des putes me suive, je vais avoir besoin d'elle pour me vider, pas question que je prenne ma main. Je descends par l'escalier sur le côté, ouvre la porte et entre dans mon domaine. Le gars est attaché au plafond, il est dans un sale état. Je m'approche et le gifle.

— Alors, on faisait dodo ?

— Laisse-moi partir, s'il te plaît, je te ramènerai le double, je ferai n'importe quoi.

— Tu me connais pourtant, tu n'es pas le premier à me voler et tu sais ce qui se passe dans ce cas, non ? En plus, au lieu de te conduire comme un homme, tu t'es échappé. J'ai eu du mal à te retrouver.

— Je suis désolé, j'ai eu peur, mais je rembourserai tout, avec des intérêts même.

— C'est trop tard.

Oh oui ! Une fois qu'ils sont ici, ils n'ont aucune chance d'en sortir vivants. Je me déshabille complètement, je me mets nu, car j'aime recevoir les éclaboussures sur mon corps, comme des peintures de guerre. Mon sexe bande tellement qu'il me fait mal. Il commence à paniquer, il pense que je vais le violer, je suis sûr. Ça aurait pu, mais non, je ne suis pas trop fan des culs de mecs, même si ça m'est déjà arrivé. Je me branle un peu en le regardant, il me regarde faire, il panique, mais il ne peut pas cacher que ça l'excite quand même, car il commence à bander lui aussi. Tiens, tiens, il me donne une autre occasion de le torturer.

— Priscilla, va le sucer !

J'en profite pour m'installer sur la chaise que j'ai mise là pour profiter du spectacle. Elle le suce et il gémit. Putain de junkie, je suis sûr qu'il n'a jamais eu une pipe comme ça. Quand je le vois se tendre, je décide qu'il faut qu'elle stoppe ça maintenant.

— Arrête !

La nana recule tout de suite, il est frustré et en colère, mais ne dit rien.

— Viens me sucer, moi, maintenant !

Elle se relève et vient entre mes jambes. Pendant tout le long, je le regarde. Je vois bien qu'il aimerait être à ma place, profiter encore de cette bouche. Je finis par cracher dans sa gorge, mais ce n'est pas satisfaisant. Je me lève, la bite toujours bandée.

— Tu aurais aimé jouir dans sa petite bouche comme je viens de le faire ?

Il ne dit rien, alors je lui mets une droite.

— Je te parle, connard !

— Oui, bien sûr que oui.

Je souris et vais dans ma boîte à malice chercher mes poings américains. Un maximum de blessures et de douleurs, sans tuer, si je me débrouille bien. Je commence à taper, il hurle et son sang commence à gicler sur moi. Oh, putain, j'adore ça ! Je tape encore et encore. Je repense à ces enculés de tout à l'heure et ça me donne la motivation de ne pas arrêter. Quand je suis un peu calme, je recule enfin. Le type est inconscient, alors je prends son pouls pour vérifier qu'il est toujours vivant. Et oui, il va très bien, c'est juste qu'il ne ressemble plus à rien. Je vais poser ces armes et j'en prends une autre, un couteau. Je ne vais pas le tuer, juste le faire saigner comme un cochon. Je reviens vers lui et commence à enfoncer la lame du couteau dans le haut de son torse. Ça le réveille, il hurle et se débat. Je continue ma descente, sans trop m'enfoncer, jusqu'à sa bite, qui ne bande plus du tout. Je passe le couteau dessus, sans l'ouvrir et j'arrive jusqu'à ses boules. J'enfonce juste un peu le couteau. Là, il se débat comme si sa vie en dépendait et, en même temps, c'est le cas.

— Tu as mal ? Moi, je ne sens rien !

Je me marre. Il dégouline de sang. Regarder ce liquide faire du goutte-à-goutte sur le sol, c'est hypnotique. Je passe la main sur son torse et me branle avec son sang.

— Viens me lécher, Priscilla !

Elle vient, mais avec horreur. Elle regarde mon sexe, qui est horrible comme ça, elle souffle, ferme les yeux et le fait. Elle aussi sait que, si elle refuse, surtout quand je suis dans cet état-là, je la tuerai comme l'autre guignol. Il la regarde, il ne bande pas, mais je sais qu'il la désire.

Je recule de quelques pas.

— Tourne-toi, ton petit cul m'appelle !

Elle se retourne et me présente ses fesses. Je prends du sang du mec et en remets sur ma bite pour faire du lubrifiant maison. Une fois que j'en ai assez, j'entre dans son cul et je la baise comme un dingue. Je ne me concentre même plus sur le reste, juste sur ce cul serré qui aspire ma bite à chaque mouvement.

J'entends la porte s'ouvrir, Ava rentre. Fait chier ! Qu'est-ce qu'elle fait là ? Je suis dans la merde.

— Tyron, mon Dieu, mais qu'est-ce que tu fais ?

— Ça se voit, non ?

— Mais tu es un monstre !

— Ça, tu l'as déjà dit, ma puce.

Je n'ai pas arrêté de baiser, au point où j'en suis,

autant que je finisse. Je pensais qu'elle allait partir, mais même pas, elle s'avance vers moi et me tire par le bras pour que je me relève.

— Tu ne vois pas que je suis occupé ?

Si ses yeux avaient le pouvoir de me tuer, je serais déjà mort. Elle passe à côté de moi et ramasse le couteau que j'avais lâché.

— Lève-toi, Tyron, ou je te plante.

— Fais-le !

Je la provoque et, comme si ça ne suffisait pas, je mets une grande claque sur le cul de la nana. Elle pose la lame du couteau en dessous de ma gorge.

— Lève-toi !

— Non !

Ce n'est pas elle qui va me donner des ordres. Je me lèverai quand j'aurai fini ce que je suis en train de faire, pas avant. Elle enlève le couteau de mon cou et va vers la nana.

— Barre-toi de là, toi !

— Je ne peux pas, je suis désolée.

Je lui remets une grande claque sur le cul.

— Chut, ne lui parle pas.

— Mais je vais te trucider, putain !

— Vas-y, fais-le.

Je vois dans ses yeux le moment où elle pète les plombs. Elle met un gros coup de pied à la fille, qui bascule sur le côté. Ma bite se retrouve à l'air libre.

Pfff, elle gâche tout !

— Tu veux quoi ? Tu ne peux pas me laisser finir ? J'étais bien là.

Elle s'approche de moi et me gifle.

— Tu es bien là aussi ?

— Grave.

Je la tire vers moi, mais elle se débat, me frappe et me griffe.

— Lâche-moi, espèce de connard, je vais te tuer !

— Tu es jalouse ?

— Oui, connard, tu es à moi, même plein de sang et dégueulasse, tu es à moi !

Je pose mes lèvres sur les siennes.

— Dégage, Priscilla !

Je couche Ava sur le sol, l'embrasse et je me frotte contre elle. Elle lève ses jambes et les passe au-dessus de mes hanches. On va baiser cette fois, je vais enfin me coulisser en elle. Je commence à descendre son pantalon, tout en continuant à l'embrasser sauvagement. La porte s'ouvre d'un coup et vient claquer sur le mur. Quinns débarque, essoufflé.

— Nous sommes attaqués, Tyron.

Je me lève en trombe et m'habille.

— La gamine est où ?

— Je l'ai mise en sécurité, ne t'inquiète pas.

Une fois que je suis habillé, je prends la main d'Ava qui s'est relevée.

— La gosse, tu l'as mise où ?

— Dans ta chambre.

Je cours, suivi d'Ava. Sur le chemin, on entend les balles percuter les murs autour de nous. Ce que personne ne sait, c'est que j'ai tout fait renforcer il y a longtemps, les balles ne passeront pas aussi facilement. Une fois devant la chambre, j'ouvre la porte et la petite est là. Je cours vers mon armoire, passe ma main au-dessus pour récupérer une arme que je tends à Ava.

— Si quelqu'un qui n'est pas du club entre ici, tu tires.

— Papa, j'ai peur.

Je m'approche de la petite et je me mets à sa hauteur.

— Il ne t'arrivera rien, je te le promets.

Elle me prend dans ses bras et, pour une fois, je suis mon instinct et la serre contre moi.

— Ça va aller, d'accord ?

— Oui.

Je me relève, commence à partir, mais Ava me retient.

— Ne nous abandonne pas, s'il te plaît.

Je l'embrasse vite fait sur la bouche.

— Ça n'arrivera pas, je ne peux pas mourir, je ne t'ai pas encore baisée.

Je me marre en partant…

À nous les inconscients, on va vous montrer qu'on est les plus forts.

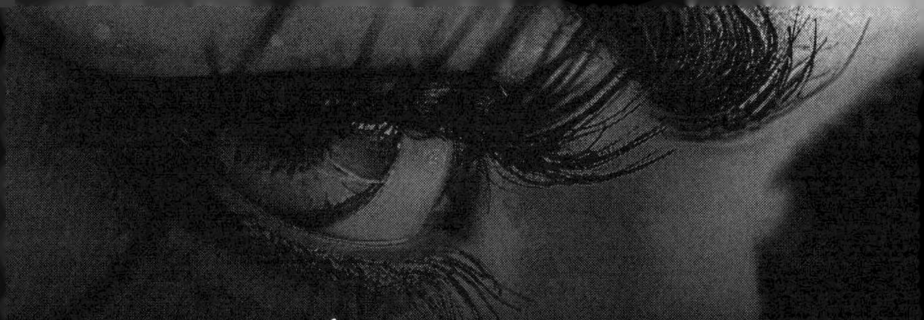

Chapitre 13

Ava

J'entends des coups de feu. Je me suis réfugiée dans un coin avec ma fille. Je n'ai jamais été dans une situation pareille et j'ai peur. J'essaie de ne pas trop le montrer à la petite, mais c'est difficile.

— Ça va aller, Mia.

— Je n'ai pas peur, je sais que papa et Quinns vont nous défendre, on ne risque rien, maman.

Ma fille est bien plus courageuse que moi, elle a confiance en ces deux hommes plus qu'à n'importe qui.

— Il ne dit rien, Tyron, quand tu l'appelles « papa » ?

J'essaie de lui parler pour changer de sujet, je ne veux plus entendre ce qui se passe en bas.

— Si ! Il ne veut pas, mais moi j'ai décidé de l'appeler comme ça.

— Mia, tu ne devrais pas, ce n'est pas ton père.

— Son père, c'est celui qu'on choisit, pas celui qui nous donne naissance, comme une maman.

Je serre ma fille dans mes bras. Dans le fond, ça ne me gêne pas, mais je pense qu'un jour on partira et je ne veux pas qu'elle souffre. En si peu de temps, elle s'est tellement attachée à eux que j'ai peur qu'elle soit malheureuse après.

— Tu ne devrais pas quand même, on ne va pas rester ici. Un jour, on partira, Mia.

— Mais même si on n'habite plus ici, ça ne nous empêche pas de nous voir. Quinns viendra, lui, je suis sûre, et il m'emmènera voir Tyron.

— Je ne sais pas, ma puce. Raconte-moi ce qui s'est passé à l'école.

Les coups de feu sont de plus en plus intenses, je suis obligée de prendre encore plus sur moi. Elle me raconte tout ce qu'a fait Tyron aujourd'hui, je souris, car il a fait exactement ce qu'un père aurait fait pour sa fille. Bon, peut-être pas aussi violemment, mais il l'a défendue. Je comprends pourquoi elle l'appelle comme ça, il a démontré, pour elle, qu'il l'aimait comme sa fille. Malheureusement, je connais Tyron à force et je me doute qu'il avait une autre idée derrière la tête. Il n'aime personne.

Je me rappelle les images que j'ai vues en bas dans cette cave, j'en ai encore des frissons. L'homme attaché était dans un état pitoyable, mais, alors que j'aurais pensé que c'était ce qui m'aurait le plus choquée dans cette scène, j'avais tort. C'est le fait qu'il en baise une autre ! Je ne voulais pas, je sais que je résiste maintenant depuis le début, mais je voulais être à la place de cette fille. Même si Tyron était plein de sang, même si c'était crade, je m'en fichais, il n'aurait pas dû en toucher une autre. Seulement moi. Il m'a appelée sa régulière, à mon cabinet, je ne suis pas sourde. Il a beau dire qu'il n'avait pas dit ça, tout le monde l'a entendu et j'ai très bien compris ce que ça voulait dire, il insinuait que j'étais sa femme. Entre ça et ma fille quand il s'est fait passer pour son père, je suis complètement perdue… Il refoule tous ses sentiments, la preuve, c'est qu'il en baisait une autre, sans gêne, juste après avoir dit des paroles qui pourraient prêter à confusion pour nous.

La porte s'ouvre d'un coup, je sursaute et prends l'arme en la soulevant, je tremble et elle tombe. Bon sang, je suis vraiment nulle. Tyron entre dans la pièce en courant.

— Levez-vous !

Il nous aide à nous mettre debout.

— Il se passe quoi, Tyron ?

Il prend la main de la petite et commence à sortir de la chambre. Il me fait peur, je panique encore plus.

— Tyron, s'il te plaît ?

— Ils commencent à gagner du terrain, je préfère vous protéger, juste au cas où. J'ai une cachette ici, j'allais m'y réfugier quand j'étais enfant.

— Tyron, s'il te plaît…

Je le tire pour qu'il s'arrête, il lâche Mia, pose une de ses mains sur ma joue et son front sur le mien. Il est encore plein de sang, mais je m'en fiche.

— Laissez-moi vous protéger, c'est juste au cas où.

— Reste avec nous alors, je ne veux pas qu'il t'arrive quelque chose.

— Tu m'as pourtant dit, il n'y a pas longtemps, que tu serais contente si je mourais, car tu serais libre… Tu devrais prier pour que ça arrive !

Il se retourne, reprend la main de la petite et recommence sa course. Mais non, je ne vais pas lui laisser penser ça. S'il meurt… Non, ça ne peut pas arriver, mais, au cas où, je ne veux pas que ses dernières pensées soient que je sois heureuse que ça arrive, car ce n'est pas vrai. Je ne veux pas qu'il soit blessé ni qu'il meure, la vérité, c'est que je veux qu'il reste avec moi. Je le stoppe une deuxième fois.

— On n'a pas le temps, Ava !

Je m'approche de lui et pose mes lèvres sur les siennes.

— Reviens-moi vivant, sinon j'irai te chercher en enfer pour te tuer une deuxième fois et te punir de me laisser seule.

— Ava… Je vais faire de mon mieux.

Il me fait un clin d'œil et, cette fois-ci, je le suis. On a perdu beaucoup de temps, mais je voulais que les choses soient claires. Un peu plus loin, il tire sur quelque chose sur le côté et une trappe au plafond s'ouvre. Mais c'est magique ! Il saute pour attraper l'escalier qui descend. Je le regarde, étonnée.

— C'est une sorte de bunker à mon père. Il n'y a que Quinns et moi qui connaissons son existence.

Il monte, une fois en haut, il tend les bras pour Mia. Je la porte à bout de bras et il la récupère, je suis sûre qu'elle aurait pu monter les escaliers, mais bon, je ne préfère pas le chercher. Je monte à mon tour.

— Il y a de l'eau et de la nourriture lyophilisée. Ce bouton-là, c'est pour ouvrir ou fermer la trappe. Si tu actionnes la fermeture de l'intérieur, seule toi pourras l'ouvrir.

— Mais c'est génial, ça !

— Mon père était paranoïaque. Il pensait que personne ne chercherait dans les plafonds des pièces secrètes. Ici, tu ne seras pas en danger et je préfère vous savoir en sécurité au cas où ils arriveraient à rentrer. Ils sont bien plus nombreux que je ne le pensais et ils sont très bien équipés. J'ai appelé d'autres chapitres et amis autour, qui doivent arriver et les prendre par surprise, mais, en attendant, il peut se passer n'importe quoi.

— Je veux que tu restes avec nous.

— Ce n'est pas possible. Je redescends et je vous dis à tout à l'heure. Mia, prends soin de ta maman, d'accord ?

— D'accord, papa.

— Oh, non, ce n'est pas vrai !

Il sourit et descend à l'échelle.

— Actionne le mécanisme, Ava.

J'appuie sur le bouton, l'échelle remonte et la trappe se ferme. C'est vachement ingénieux quand même. Je regarde autour de moi, il y a une fenêtre au-dessus de nous, donc nous ne sommes pas dans le noir, heureusement. Il y a des fauteuils, un lit. C'est vachement bien pensé. Je me dirige vers un bureau et appuie sur le bouton, plusieurs télés s'allument et je vois toute la maison, ce sont des caméras. Je suis estomaquée, effectivement, son père était vraiment parano. Enfin, après avoir entendu ce qu'il se passe en bas, je pense qu'il a eu raison de faire ça. Leur vie est tellement dangereuse que se protéger, c'est le minimum. Je cherche Tyron sur les caméras.

— Regarde, maman, c'est papa sur la vidéo.

Je regarde là où elle m'indique et, effectivement, c'est lui. Il est au premier étage et tire d'une fenêtre, avec ce qui me semble une arme de guerre. Il a fait vite. Je le regarde, comme hypnotisée. Même si je n'ai pas le bruit, je sais qu'il tire grâce au mouvement de recul de l'arme. Il recharge et recommence. Je constate que je peux aussi regarder à l'extérieur, et je les vois, ces connards qui nous tirent dessus. Je vérifie si j'ai mon téléphone dans ma poche et, oui, heureusement. J'appelle Tyron en visio. Il arrête de tirer et il répond quand il voit mon numéro.

— Ça va ? La petite et toi n'avez rien ?

— Non, mais regarde ça.

Je lui montre la vidéo, ça va peut-être l'aider à les tuer plus vite. Je sais que c'est mal, je n'imagine même pas le nombre de morts aujourd'hui. Et tout ça pourquoi ? Du pouvoir ? De l'argent ? Toutes les réponses à ces questions sont ridicules, de toute façon.

— Tu devrais monter avec nous. Du toit, tu les verrais et ils ne s'y attendraient pas.

— Tu veux que je monte, car tu as peur, petite coquine.

— Oui, je l'avoue. Maintenant, viens !

Il rigole, mais réfléchit.

— Le toit… Effectivement, ça serait peut-être une bonne idée. Quelle femme intelligente, tu es !

— Ce n'est pas nouveau ça. Maintenant, rapplique, connard !

— Que de mots d'amour ! J'appelle plusieurs de mes gars et on monte.

Il raccroche, je le vois en train de téléphoner, puis

de se lever avant de raccrocher une nouvelle fois. Il court, je le perds sur la caméra, mais j'entends taper en dessous. J'actionne l'ouverture, je sais que ce n'est pas un ennemi, ils sont toujours dehors pour le moment. Il monte, pose des balles par terre, puis se dirige vers les caméras sans bruit. D'autres personnes montent à leur tour, Quinns et deux types que je ne connais pas plus que ça. Quinns actionne le bouton et tout se referme. Ma fille ne bouge pas, je ne sais pas si c'est le fait d'être enfermée avec deux inconnus ou si elle a peur de déranger. Les hommes parlent entre eux de stratégie, je me suis assise à côté de Mia, qui se serre contre moi.

— C'est parti, les gars, on fait comme ça, on monte. Les filles, déplacez le fauteuil au fond, là-bas, je ne veux pas que vous preniez une balle perdue, on ne sait jamais. D'ailleurs, je ferme la fenêtre derrière moi, la petite va avoir peur, sinon.

Le premier monte sur le toit, Quinns le suit. Je regarde Tyron et je vois quelque chose de suspect du liquide qui coule, de lui jusqu'au sol. Quand il commence à monter pour rejoindre les autres, je l'arrête.

— On n'a pas le temps, Ava, il faut qu'on attaque maintenant, ils gagnent trop de terrain.

Je me fiche de ce qu'il me dit et je soulève son tee-shirt. Je pose ensuite mes yeux sur lui.

— Ce n'est rien.

— Tyron…

— Ce n'est rien, Ava, j'ai déjà connu pire.

— Reste, Tyron !

— Non, et arrête d'essayer de me donner des ordres, tu sais qu'à la fin je ferai quand même ce que je veux.

— Eh bien, va te tuer, si c'est ce que tu veux !

Je recule et le laisse faire ce qu'il veut. S'il souhaite mourir…

Il monte par la fenêtre sans un mot de plus, je la referme derrière lui, comme il m'a demandé, et rejoins Mia. Ça tire, là, on les entend vraiment, comme s'ils étaient tous à côté. Je comprends pourquoi il m'a demandé de fermer la fenêtre. À chaque tir, ma fille sursaute.

— Ce n'est rien, Mia.

— Papa va nous sauver, papa va nous sauver.

Elle a les mains sur ses oreilles et répète en boucle la même chose.

— Mon cœur…

Je la prends dans mes bras.

— Papa va nous sauver, ma puce, tu as raison, il ne laissera personne nous faire de mal.

Elle commence à pleurer.

— Oh non, mon poussin, ne pleure pas.

Je me lève et décide d'aller voir où ça en est

dehors. Je vois des… Quoi ! Des policiers en train de tirer ? Mais c'est quoi, ce bordel ? Ma fille vient se mettre à côté de moi.

— C'est Kliff, l'ami de papa.

— Celui de la police dont tu me parlais tout à l'heure ?

— Oui.

Je trouve ça bizarre que la police vienne aider des bikers, mais, bon, tant mieux. Il y a d'autres bikers aussi, c'est une vraie boucherie dehors, il y a des morts de partout. Mais qui sont ces hommes qui s'attaquent au club ? Ce sont des malades. Enfin, les tirs se font plus rares, c'est presque terminé et, vu que je vois des bikers debout et la police, c'est eux qui gagnent. J'entends qu'on frappe au carreau, je vais ouvrir, et un corps me tombe carrément dessus. Je me cogne le coude et la tête en réceptionnant ce poids mort.

— Merde !

Je reconnais la voix de Tyron. Il roule sur le côté, reste allongé, les yeux ouverts. Ouf, il respire, il n'est pas mort.

— Désolé.

Je déchire son tee-shirt où il est blessé et constate que sa blessure est plus profonde que je ne le pensais. Je me lève et actionne le bouton d'ouverture.

— Qu'est-ce que tu fais ?

Quinns est juste derrière moi et m'arrête.

— Je vais chercher ma trousse de soins, j'ai prévu du matériel pour ici au cas où.

— Mais on ne sait pas si tout est fini. Quelqu'un a très bien pu s'infiltrer dans la maison.

— Je m'en fous, Tyron a besoin de soin tout de suite.

— Non, je suis désolé, mais je ne te laisse pas faire.

Il appuie à son tour sur le bouton. Ah oui ? Il croit qu'il peut m'empêcher de faire ce que je veux, celui-là ? Il rêve ! Je m'approche de Tyron, me penche sur lui, lui prends son arme, me relève tranquillement et me dirige à nouveau vers le bouton.

— Tu ne le feras pas ! Tu as le droit d'essayer, mais moi je te dis que tu ne bougeras pas d'ici.

— Ah oui ? Et pourquoi ? Parce que tu es un homme, tu te donnes le droit de me donner des ordres ?

— Je tiens surtout à ma vie ! Tyron va me tuer, quand il ira mieux, s'il apprend que je t'ai laissée prendre des risques.

Pour ça, il faudrait qu'il soit déjà vivant et, vu qu'il veut le laisser crever, il y a peu de chance que ça arrive. Je lève l'arme.

— Si tu ne me laisses pas sortir, je tire et je le ferai. Tu ne sais pas de quoi je suis capable pour lui sauver la vie. Je n'en ai rien à faire de toi.

— Laisse-la faire ce qu'elle veut.

Tyron a tout entendu et, même si sa voix est faible, on l'a tous très bien compris.

— Le chef a parlé.

Quinns n'insiste même pas, il s'approche et actionne lui-même le bouton. Je garde l'arme, descends à toute vitesse, j'essaie de me repérer et cours vers ma chambre. Une fois dedans, je récupère un sac dans lequel j'avais préparé ce qu'il fallait, au cas où on me demanderait de soigner des plaies par balle, comme la dernière fois. Je ne regrette pas de l'avoir fait. Même si je ne pensais pas devoir m'en servir si vite. Je cours pour retourner vers la trappe qui est toujours ouverte et je me dirige directement vers Tyron. Mia lui tient la main et chante une chanson.

— Pitié, fais-la taire !

— Non.

Je lui dis la même chose que lui, tout à l'heure. C'est sa punition. Même si moi, je trouve ça tout mignon, je sais que lui, il doit détester. Eh bien, tant pis pour lui. Je sors tout ce qu'il me faut et commence à réparer cet homme têtu.

Chapitre 14

Tyron

La gosse, à côté de moi, me sort tout son répertoire de comptines et je préférerais me reprendre une balle plutôt que de continuer à l'entendre chanter. J'essaie de lui dire de la fermer, mais elle ne m'écoute pas.

— On va redescendre, nous. Mia, tu veux bien enfoncer le bouton quand on sera sortis ?

— D'accord, Quinns.

Au moins, ça va la faire taire quelques secondes. Ava commence par désinfecter, puis elle trifouille dans ma plaie. C'est horrible, j'ai envie de hurler, mais je me retiens, je suis habitué à cette douleur, ce n'est pas la première balle que je prends et je suis sûr que ça ne sera pas la dernière non plus.

— Je ne sens rien, je ne la trouve pas, putain ! Tu veux bien rouler que je vois si elle est ressortie ?

Je puise dans mes dernières forces et me roule un

peu sur le côté.

— OK, je vois le trou de sortie. Il faudrait quand même faire une radio plus tard.

— C'est l'épaule, je ne risque pas grand-chose.

— Si, car la balle a pu toucher l'os au passage. J'ai un scan à mon cabinet, j'ai juste à le diriger vers ton épaule, et non vers tes dents, je sais que tu ne veux pas aller à l'hôpital. Remarque, je pourrais faire la totale pendant que j'y suis, les dents, le cerveau, car je pense que tu dois avoir un problème de ce côté-là aussi.

— Oh, la ferme ! Finis ton taf, femme, que je puisse descendre.

— Femme ? Vraiment ?

Elle touche à un endroit, en plein sur mon épaule qui me fait hurler de douleur, je n'arrive pas à me retenir tellement celle-ci est insupportable.

— Espèce de garce !

— Oui.

Elle se venge pour ce que je lui ai dit tout à l'heure. Il fallait que j'y aille de toute façon, il fallait que je participe. Quel chef je serais si je ne combattais pas avec mes gars ? Même blessés, eux aussi auraient continué, alors je dois être comme ces connards, voire mieux, j'ai une réputation et un statut à tenir. Je pensais qu'on aurait pu les éliminer plus facilement, mais ils étaient nombreux, beaucoup trop pour un club de bikers. J'attends la confirmation, mais je pense que c'est la mafia qui est venue se venger. Je savais qu'il ne fallait pas se mêler des histoires de l'autre chapitre, ils ont su qu'on avait participé, alors ils ont voulu me punir. Heureusement que je suis bien entouré, sinon nous aurions été foutus.

Même Kliff est venu quand je lui ai dit que c'était la merde.

J'ai eu peur, à un moment. Pourtant, ça ne m'arrive pas souvent, mais là j'ai surtout pensé à mettre en sécurité la gosse, je ne sais même pas pourquoi. J'ai eu peur que ces dingues puissent attraper la gamine. Même pas Ava en fait. Je m'imaginais ce qu'ils lui feraient s'ils attrapaient Mia. Ava saurait se défendre, elle, je souhaite même plutôt bon courage à celui qui l'attraperait, mais pas la petite.

D'ailleurs, ça me rappelle qu'on n'a même pas encore baisé ! On y était presque et on a été dérangés. La frustration ! J'en ai marre. Je pense que je vais la laisser gagner à ce petit jeu, je n'en peux plus. Je me pensais plus fort, mais non, il faut que je me fasse une raison, au niveau sexe, je suis faible, il faut que je la baise, et vite. Bras en vrac ou pas, elle va y passer tout à l'heure, c'est clair.

Elle me recoud le trou formé devant par la balle, me fait un pansement et me demande de me mettre sur le ventre. La chanteuse a repris ses comptines.

— Papa, tu en connais, toi, des chansons ?

Et ce mot qu'elle n'arrête pas de dire pour m'appeler. Je lui ai dit d'arrêter, mais elle est comme sa mère, elle n'écoute rien, elle fait ce qu'elle veut et, si ça ne me plaît pas, tant pis.

Je savais, tout à l'heure, qu'Ava aurait été capable de tirer sur Quinns pour aller chercher sa trousse de secours. Je la connais, la nénette, elle avait décidé d'y aller et rien n'aurait pu l'arrêter. En même temps, je me sens flatté, cette nana était prête à tirer sur quelqu'un pour me sauver, moi. Je souris malgré la douleur. Elle est complètement dingue, en fait, elle est comme moi ! Elle a donné un coup de pied à Priscilla et voulait nous égorger, tous. Je suis sûr que si je la poussais un peu, elle serait aussi cinglée que moi, car elle n'en est pas loin du tout.

— C'est bon, c'est fini, Tyron.

J'entends qu'elle remballe et je me lève. La tête me tourne. Tout à l'heure, quand je suis tombé, c'est que j'ai perdu l'équilibre, j'avais perdu pas mal de sang.

— Tu devrais t'asseoir.

— Il faut que je descende.

— Ça peut attendre, non ?

— C'est ce que tu dirais aux femmes et enfants qui attendent de savoir si leur mari et père est vivant ou mort ?

— Je… J…

— Je suis le seul à pouvoir annoncer les décès officiellement et il y en a de mon côté.

— Merde, je suis désolée. Je vais descendre aussi, je pourrai peut-être aider à soigner les blessés.

— La petite ne descend pas.

Je ne veux pas qu'elle voie ça, je ne veux pas qu'elle s'approche de la mort. Comme tout à l'heure, je ne sais pas vraiment pourquoi. Avec un autre gosse, je dirais qu'il faut bien qu'il voie l'horreur de suite, pour lui renforcer le caractère, mais, pour Mia, je ne veux pas, c'est tout.

— Je la ramène dans sa chambre de princesse, comme elle dit, je lui mets un dessin animé et je te rejoins.

— D'accord.

Je me dirige difficilement vers le bouton d'ouverture et l'actionne. Je ne vais pas me mentir, j'ai beaucoup de mal à marcher droit. Je rejoins tout le monde en bas, je suis torse nu, tous peuvent voir que j'ai été blessé, mais je n'ai pas honte de montrer à tout le monde que je ne me suis pas caché, comme beaucoup de chefs font. D'ailleurs, c'est pour ça que mon père a créé le grenier, c'était un lâche. Dans une situation identique, il serait monté se mettre à l'abri et on ne l'aurait plus jamais revu. Moi, je montre mes blessures de guerrier avec fierté. J'étais là, avec vous, les gars. La preuve !

Kliff est au milieu de mon salon, assis sur un des canapés, les mains dans les cheveux. Déjà, il est vivant. Tant que Quinns et lui sont en vie, les autres, je m'en fous un peu. C'est juste chiant pour mes effectifs. Après, le reste… eh bien, comme on dit, c'est la vie.

— Tu vas bien, mon ami ?

— J'ai perdu deux hommes.

— Merde, je suis désolé.

— Je sais que tu ne l'es pas.

— Tu me connais si bien !

J'arrive à le faire sourire, même à ce moment-là.

— Ta fille et ta régulière vont bien ?

— Ça va, je les avais cachées, elles ne risquaient rien.

— Je ne te voyais pas père, ni avec une régulière.

Je n'ai pas envie de lui expliquer que ce n'est pas aussi simple que ça, que cette gosse n'est pas ma fille et que sa mère n'est pas non plus ma régulière. On aura bien le temps de discuter de ça plus tard.

— C'est ta femme qui t'a soigné ?

— Ouais, elle est dentiste.

Il rigole.

— Quand tu seras déprimé, la prochaine fois, viens me voir et je te raconterai un bout de ma vie, vu que ça a l'air de drôlement te remonter le moral.

— Oui, tu as raison.

Ava fait son entrée.

— Oh, putain de merde !

Je regarde Kliff, qui dévisage Ava comme s'il avait envie de la dévorer. Il n'est pas marié, lui ?

— Oh, arrête de la mater comme ça, c'est ma régulière, mec !

— Je comprends mieux pourquoi tu as changé de vie. Moi aussi, je pourrais faire des folies pour une nana comme ça.

Je me lève, je n'ai pas le temps de jouer le psy et de lui demander si, dans son couple, ça va. Il y a quelque temps, jamais il n'aurait regardé une autre femme, seule la sienne comptait et, là, je suis sûr que si je touchais ça bite, elle serait dure à force de regarder Ava, qui me pose justement une question :

— Tu vas bien ?

— Oui, et la petite ?

— Je ne sais pas.

Je l'embrasse sur la bouche, juste pour faire chier mon pote qui, je suis sûr, n'en perd pas une miette.

— Viens, on va voir si quelqu'un a besoin de toi.

— D'accord.

Je regarde autour de moi, il y a pas mal de blessés, mais surtout chez les autres, en fait. Les miens étaient restés à l'intérieur, ils ont pris des balles qui sont passées par la fenêtre quand ils étaient à découvert pour riposter.

Ava fait ce qu'elle doit faire et, moi, je fais le tour pour voir qui est mort. Je n'en vois pas. Je cherche Quinns. Quand je le trouve, il est en train de parler avec le président d'un club ami.

— Merci, Gladiateur, de nous avoir aidés.

— C'est normal, vous auriez fait pareil.

Ça, c'est moins sûr.

— Tu as des morts ?

— Quatre pour le moment, mais j'en ai deux qui sont pas mal blessés.

— C'est beaucoup, je suis désolé.

— C'est le risque du métier.

Je sens une main qui touche ma hanche, je regarde sur le côté.

— Je ne vais pas avoir assez de matériel, ici.

— Tu veux que j'envoie un prospect chercher d'autres choses ?

— Je veux bien, si c'est possible.

— Fais une liste et note où chaque chose est rangée. J'envoie quelqu'un.

— Merci.

Elle repart, je vois le regard de Gladiateur la suivre.

— Je veux bien me détendre avec elle, après… Je me vois parfaitement glisser dans son petit cul.

Mon poing part directement dans sa tronche.

— Mais tu es malade ou quoi ?

— C’est toi qui es dingue ! Tu aimerais qu’on parle comme ça de ta régulière ? Tu as de la chance que je ne te tue pas.

— C’est ta régulière ? Mais je ne savais pas, elle n’avait même pas son manteau.

— Excuse-la… La prochaine fois, elle pensera à le mettre en priorité pendant une fusillade.

— Papa !

Je me retourne et tombe sur Mia qui court vers moi.

— Merde, Mia, je t’ai dit de rester en haut ! Ce n’est pas beau à voir, ici.

— J’ai peur toute seule en haut.

Merde ! Je passe la main dans mes cheveux.

— Je peux aller dans tes bras ?

— Je suis blessé, ma puce.

— S’il te plaît, j’ai peur, papa.

Elle pleure et, là, je sais que je suis foutu. Je la prends dans mes bras et la porte. Elle accroche ses petits bras autour de mon cou.

— Ça va aller, je suis là. Tu as bien vu, j’ai repoussé tous les méchants avec Quinns et les autres.

Elle ne dit rien, mais serre encore plus.

— Mia, tu ne veux pas venir avec moi plutôt, et laisser ton père tranquille ?

— Non !

Eh bien, au moins c’est clair. En fait, même si ce

n'est pas ma gosse, je pense qu'elle me ressemble plus. Oui, c'est bizarre, mais elle a le même caractère que moi.

— Tu as une enfant, Tyron ?

— C'est la gosse que ma régulière a eue avant moi.

— Ah, d'accord, je me disais bien aussi. Désolé d'avoir insulté ta régulière, tu aurais dit ça à la mienne, je t'aurais mis une balle entre les deux yeux.

— Nous sommes d'accord. Combien on a de pertes chez nous, Quinns ?

— Aucune pour le moment, que des blessés.

— D'accord. Je te laisse gérer, je vais la remonter.

— Pas de souci.

Je marche jusqu'à l'ancienne chambre de ma sœur. Ça me rappelle de bons souvenirs ici, particulièrement quand je lui ai pris sa virginité quand elle a eu seize ans. Elle était saoule, ça a été tellement facile de lui faire écarter les cuisses cette fois-là. Le pire, c'est qu'elle ne savait même pas que c'était moi, je le lui ai appris il y a seulement quelques mois, quand j'étais en guerre contre elle et son régulier, un fils de pute de président d'un autre club, Rodriguo. Lui aussi je lui ferai la peau un jour. Il ne respecte rien ni personne. D'ailleurs, ma sœur non plus. C'est ce mec qui a tué ses parents et, pourtant, ça ne l'a pas empêché de partir avec lui. Ça me désespère tellement, les gens sont si cons parfois.

Je couche la petite sur le lit.

— Pourquoi tu ne veux pas rester là toute seule ? Ce n'est pas beau, ce qu'il y a en bas.

— Je sais, j'ai vu.

Elle tourne la tête de l'autre côté.

— C'est justement pour ça que j'ai dit que tu ne devais pas descendre.

— J'ai peur que les méchants reviennent nous faire du mal.

— Je suis là, tu as vu, je ne les ai pas laissés s'approcher.

— Ça n'empêche pas, quand je suis toute seule, j'ai les images de ce qui s'est passé qui tournent dans ma tête.

— Si je reste avec toi jusqu'à ce que tu t'endormes, tu veux bien essayer de te reposer un peu ?

— Je peux essayer…

Je m'assois à côté d'elle et lui prends la main.

— Maman, elle vient s'allonger à côté de moi et me prend dans ses bras.

— Ne m'en demande pas trop, jeune fille.

— J'aurai essayé !

Elle me fait sourire. J'attends de longues minutes et, quand elle s'endort enfin, je la lâche doucement. J'ai un pincement au cœur de la laisser là, seule.

Je suis sans cœur, je n'aime personne. Je le sais,

tout le monde le sait. Je suis cruel et parfois sans limites. Mais, cette gosse, cette putain de gosse, je ne sais pas, elle me fait vriller le cerveau, changer complètement et je ne suis pas sûr d'aimer ça. Il faudra que je prenne du temps pour moi, pour réfléchir à qui je deviens et à celui que je veux devenir vraiment. Je pense qu'il est temps que je parte d'ici quelques jours pour me retrouver seul.

Je vais finir de régler toute cette merde en bas, et après, je vais aller faire cette fameuse retraite en solitaire.

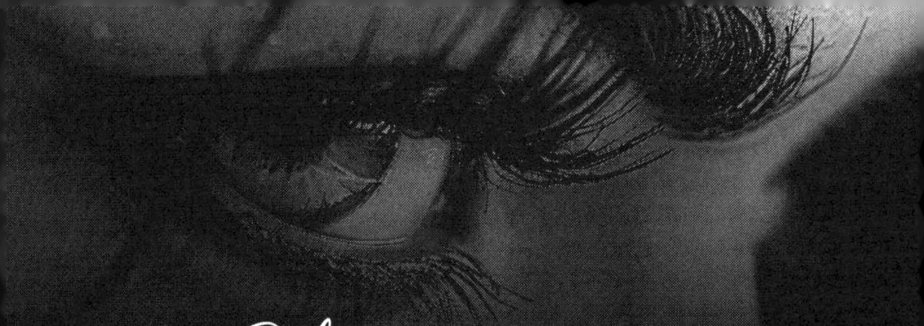

Chapitre 15

Ava

Je les soigne comme je peux, avec le médecin qui est là, chez nous. Enfin chez Tyron. Le nombre de blessés est moindre et les dégâts assez légers, mais, chez les autres, certains sont des passoires. Ces hommes sont fous !

J'ai aussi vu des hommes de l'autre camp, toujours vivants, attachés plus loin. Je ne veux même pas savoir ce qu'il va leur arriver.

— J'ai mis la petite au lit.

— Elle s'était levée ?

Tyron me regarde pendant que je suis en train de soigner un des leurs.

— Oui, elle avait peur et ne voulait pas que je la quitte. Je l'ai emmenée se coucher et j'ai attendu qu'elle s'endorme.

— Un vrai papa poule.

— Arrête avec ça…

Je pense que, même s'il le réfute, il s'est attaché à la petite. Il ne le dira pas, mais il aurait pu venir me voir ou la refiler à Quinns et ce n'est pas du tout ce qu'il a fait.

— Va donc vaquer à tes occupations, monsieur le président, et laisse-moi.

Il se colle à moi par-derrière.

— Je peux vaquer à mes occupations en te tringlant, pendant que tu soignes ce type.

— Tyron, casse-toi !

Il se marre et me laisse enfin tranquille. Le type que je soigne a pris une balle dans le mollet, il n'arrête pas de hurler. Si encore il se l'était prise dans un endroit important OK, je comprendrais, mais, là, c'est ridicule. Ça me rappelle l'autre qui pleurait comme une petite fille, la dernière fois, il a la même tête de mauvais, sauf que celui-là a l'air encore plus con. Il me donne en plus un mal de tête carabiné.

— Tu ne veux pas te taire pendant que je te soigne ? Tu n'es pas non plus en train de mourir, ce n'est que le mollet et, en plus, la balle est ressortie. Je ne vous comprends pas, les bikers, vous jouez les gros durs, mais, en vrai, vous êtes de foutues fillettes, franchement.

Je n'ai rien vu venir, mais je me reçois une claque, qui aurait pu me décrocher la mâchoire. Je ne tombe pas, je reste statique un moment, puis j'ai le réflexe de toucher ma joue. Le gars se lève et me prend par la gorge. Je panique, je ne m'y attendais pas du tout. Je commence à suffoquer. Mon Dieu, je vais mourir comme ça ? Comme une idiote ? Mais pourquoi je suis toujours obligée de l'ouvrir, aussi ? Il faut que je dise tout ce que je pense. Je suis en train de penser à ma fille, j'espère que Quinns ou Tyron s'en occuperont après ça, car elle va se retrouver seule au monde.

— Lâche ma régulière, tout de suite !

J'entends une arme qui s'enclenche. Le type me lâche enfin, je tombe par terre, je me tiens la gorge et essaie de respirer. Je vois flou, mais j'arrive à distinguer Tyron qui a son flingue sur le front du mec.

— Je ne savais pas que c'était ta régulière, pardon.

— C'est à elle que tu dois des excuses, putain ! Tu aurais pu la tuer, espèce de connard !

— Elle m'a mal parlé et…

— Et rien du tout ! Ici, tu es chez moi, dans ma maison, vous nous avez aidés, mais c'est dans le deal, mon pote. Si ma régulière a envie de te parler comme une merde, elle le fait ! C'est chez elle aussi, ici, et c'est la femme du président. C'est ma femme, putain !

— Je ne savais pas qui elle était.

— Je n'en ai rien à foutre ! Si je n'avais pas été

en train de la mater, car j'ai envie de la baiser depuis tout à l'heure, tu l'aurais tuée et, ça, ce n'est pas pardonnable.

J'entends un coup de feu, je sursaute, un bruit lourd suit puis des bras m'encerclent.

— Ça va, Ava ?

Je lui fais oui de la tête, car je n'arrive pas à parler. Il me soulève, me porte, je passe mes bras autour de son cou.

— Écoutez-moi bien tous ! Cette femme est ma régulière et, si l'un d'entre vous la touche encore, je jure que je vous tuerai comme votre pote que je viens d'étaler.

Il me déplace ensuite.

— Ça va aller, Ava.

Je me serre un peu plus contre lui. J'ai eu très peur. Je suis en général forte, mais, là, j'ai cru mourir. J'ai l'impression de sentir encore les mains de l'autre autour de mon cou. J'en frissonne. Je sens que Tyron me pose sur un lit, j'ouvre les yeux et je vois beaucoup mieux.

— Je vais te chercher quelque chose à boire, d'accord ?

Il repart et me laisse seule. Je regarde vers la porte de peur de voir ressurgir l'autre abruti pour finir le travail.

— Tiens, bois ça ! Ça va faire du bien à ta gorge.

Je bois toute l'eau, puis lui tends le verre qu'il pose. Il passe son doigt sur ma gorge qu'il caresse.

— Je suis désolé, ça n'aurait pas dû arriver. Que nous, on se chamaille, c'est une chose, mais, là, je ne supporte pas qu'un autre t'ait fait du mal.

Je me racle la gorge.

— Ce n'est rien.

— S'ils ne te respectent pas, c'est moi qu'ils ne respectent pas.

— Il ne savait pas. Je ne suis pas vraiment ta régulière, aucun signe ne le montre.

— Je vais changer ça.

— Qu'est-ce que tu veux dire ?

Il hausse les épaules et se lève. Je préfère ne pas insister.

— Tu l'as tué, n'est-ce pas ?

— Oui.

Il dit ça tellement froidement.

— Pourquoi ?

— Il a failli te tuer, Ava.

— Et alors ?

— Je te l'ai déjà dit, personne n'a le droit de te faire du mal, sauf moi.

— Je peux te demander quelque chose, un service ?

— Non.

— Mais tu ne sais même pas ce que je veux te demander…

Il s'allonge sur le lit à côté de moi, après avoir enlevé ses chaussures.

— Tu es du style à me dire d'arrêter de tuer ou autre, et ça, pas question ! C'est ma façon d'être et de vivre. Si on menace ma femme, je tue, c'est tout.

— Je ne suis même pas ta femme !

— Pour les autres, si ! Tu crois que s'ils ne pensaient pas que tu étais ma régulière, ils te laisseraient comme ça ? Ils t'auraient déjà violée, un minimum pour eux.

— Mais tu ne l'as pas dit publiquement.

— Non, mais dans mon club, ils se doutent tous. Pourquoi j'aurais ramené une fille comme toi, ici, avec une gosse qui n'est pas la mienne ? Pourquoi je te laisserais mal me parler et, par-dessus tout, pourquoi je ne te fais pas de mal ? Je fais du mal à toutes les femmes avec qui je suis et, toi, tu vas très bien.

Je me retourne vers lui et le regarde.

— Pourquoi alors ?

— Je ne sais pas, Ava, mais je suis en train de perdre tous mes repères quand tu es avec moi. Je suis un monstre normalement, sans pitié et sans âme, là, je ne suis plus le même.

Il se passe la main dans les cheveux.

— Il faut que je parte seul pour réfléchir. J'ai besoin de me retrouver avec moi-même et de savoir pourquoi je deviens un gentil canard.

— Pas si gentil que ça, on s'est battus y a pas longtemps…

— Ouais, mais avoue, tu as aimé, ça ?

Il me regarde avec un sourire. J'éclate de rire.

— Tu es complètement dingue !

— Mais toi aussi.

C'est vrai, il a raison, je suis folle, j'ai le même niveau de dinguerie que lui.

— Tu vas partir, alors ?

— Ouais, j'ai besoin de m'éloigner de toi.

Ça me blesse, ce qu'il dit. Même si je le déteste, il a raison, il y a quelque chose, je ne sais pas quoi non plus vraiment.

— C'est toujours sympa que quelqu'un vous dise ça.

— Ne le prends pas mal, Ava. Je pense qu'à toi aussi ça va faire du bien.

— Combien de temps ?

— Une semaine. Je ne peux pas plus.

— D'accord.

Je ne sais pas s'il a raison ou tort. Peut-être que ça peut me faire du bien aussi, mais je n'en suis pas sûre.

— Tu voulais me demander quoi, comme service, tout à l'heure ?

Je souffle et lui dis ce qui est d'une importance capitale pour moi.

— Ma fille n'a que moi.

— Où est le père ?

— Parti. Je suis seule avec elle, nous n'avons pas de famille, je n'ai même pas d'amis. Je voudrais que tu gardes ma fille s'il m'arrivait quelque chose.

— Il ne t'arrivera rien.

— Tout à l'heure, quand l'autre con m'étouffait, la seule chose à laquelle je pensais, c'est que Mia allait se retrouver seule, sûrement dans une famille d'accueil où elle sera triste et malheureuse. Ici, il y a toi et Quinns, et elle vous aime.

— Ah bon, la gosse t'a dit ça ?

— Si elle t'appelle papa, ce n'est pas un hasard. Il va falloir que tu apprennes à l'accepter.

— Et si ma nouvelle régulière n'en veut pas, de ta gosse, j'en fais quoi, moi ?

Je me lève sur un coude et le frappe au torse.

— Tu te fous de moi, là ?

— Oui, mais elle ferait quoi, ici ? Elle mérite mieux.

— Elle mérite une famille, ni plus ni moins et, Quinns et toi, vous êtes ce qui représente sa famille maintenant, pour elle, en plus de moi.

— Elle ne nous connaît que depuis quelques jours seulement.

— Oui et il a suffi de ça pour qu'elle craque pour vous.

Je vois bien qu'il réfléchit, car ce que je lui demande n'est pas rien. Je sais que, s'il me dit oui, il ne la laissera jamais tomber. C'est un menteur, mais, là, on parle de la vie d'une gosse qu'il adore.

— Je la prendrai moi-même en charge. Mais ça me fait chier, alors évite de crever ! Me retrouver avec une gosse dans les pattes, ça ne m'enchante pas, mais j'ai certain de mes gars ici, et même des brebis, qui sortent de foyers plus horribles les uns que les autres. Elle est trop maline, la gosse, pour se retrouver dans un truc comme ça. Je la garderai s'il t'arrive quelque chose, mais, par pitié, fais gaffe à ta vie. Je ne suis pas chaud quand même pour m'en occuper pendant dix lunes.

— C'est quoi, cette expression de merde ?

— Dix ans si tu veux.

C'est quoi ça, encore ? Parfois, il raconte des choses que je ne comprends pas.

— Je vais essayer de ne pas mourir, Ducon, mais note qu'à chaque fois que j'en suis proche, c'est ta faute ou celle d'un de tes hommes.

— Je vais t'apprendre à mieux te défendre. Si ça avait été moi, tout à l'heure, face à toi, et non ce gars, tu aurais essayé de me frapper, de me castrer ou autre chose qui serait sortie de ton imagination à ce moment-là. Je t'ai vue, là, tu étais limite stoïque, ça ne peut pas se reproduire. C'est dangereux dans cet endroit et il faut que tu combattes comme une lionne, pareil que quand c'est moi.

Je ne dis rien, je sais qu'il a raison. Lui, j'aurais essayé de le massacrer, mais je n'ai rien fait.

— Bon, sur ces bonnes paroles, il est temps de baiser maintenant.

— Quoi ?

Je le regarde avec des yeux ronds.

— J'ai assez attendu, je ne veux plus que tu me supplies, je le fais, moi ! Il faut que je te baise avant de partir. J'en ai besoin, tu comprends ?

— Pas du tout.

— On s'en fout.

Il se penche vers moi et m'embrasse.

— Fais attention à ton épaule.

— Je m'en tape, de mon épaule, c'est ma bite qui me fait mal en ce moment.

— Toujours aussi romantique !

— Si je l'étais, je ne t'intéresserais même pas ! Tu aimes les connards dans mon genre, pas les beaux gosses BCBG avec leurs habits à la con, des mecs qui se penseront toujours supérieurs à toi.

— Mais tu penses ça, toi !

— Ouais, mais, au moins, je te le dis.

— Connard !

— Oui, absolument, et j'assume. Ton gars parfait te fera l'amour une fois par semaine, le dimanche, et en missionnaire. Je suis sûr que tu ne veux pas de ça. Tu veux un homme qui est prêt à te faire jouir à chaque instant, peu importe le lieu.

— Et tu pourrais être celui-là donc ? Cet homme, ce bad boy qui me baiserait à chaque instant ?

— Ouais, et je vais te le prouver maintenant.

Il saute sur ma bouche, il ne fait pas attention à ses blessures, il va souffrir après. J'y réfléchis pendant deux secondes, après, je m'en fous complètement. Particulièrement quand il me demande de me déshabiller. Je me mets debout et enlève doucement mes vêtements pour lui montrer la marchandise. Il connaît mon corps, mais, là, c'est dans un autre contexte. Je ne devrais peut-être pas, surtout que je ne suis pas sûre qu'il comprenne une fois qu'il saura mon secret.

— Aide-moi à enlever le bas.

Je monte sur le lit et me mets à quatre pattes pour le faire.

— Merde, magne-toi, je suis trop serré, là !

Je l'aide rapidement, puis il s'assoit sur le lit et me tire vers lui avec sa main valide.

— Je ne vais pas pouvoir faire tout ce dont j'ai envie avec cette merde au bras. Mais ça sera déjà un début, après on recommencera.

Il m'embrasse, on se frotte l'un et l'autre. Je pense que, dans ma vie, je n'ai jamais été aussi excitée, même avec l'autre et sa bouche sur moi. Mes souvenirs me paraissent fades par rapport à ça. Pourtant, nous ne faisons pas grand-chose.

— Allonge-toi.

Je me redresse et m'allonge comme il me l'a demandé. Puis il se met sur moi.

— Après ça, plus question d'aller voir ailleurs, tu m'appartiens !

Je me fous de ce qu'il dit, je veux qu'il me fasse jouir. Il fait comme il veut, mais il me le faut, vite ! Je sens son sexe s'introduire en moi. J'ai déjà entendu plein de choses sur ce moment-là, j'espère juste qu'ils sont tous faux. Il donne un grand coup de reins et je ne peux pas m'empêcher de hurler. La douleur est en deçà de ce qu'on m'avait dit. C'est affreux !

— Mais putain ! Comment c'est possible, bordel de merde !

Il me crie dessus et, grâce à ça, la douleur commence à s'estomper. Je pose mes talons au niveau de ses fesses, pour lui montrer que je veux qu'il continue.

— Mais putain, Ava…

— Continue ! On parlera après.

Je me relève et me mets sur les coudes. J'atteins sa bouche et je l'embrasse.

— Baise-moi, Tyron, montre-moi quel bad boy tu es !

— Putain, tu fais chier, merde !

Il reprend ses mouvements, la sensation n'est pas trop mal, mais je m'attendais à quelque chose de dingue. La pénétration, quand tu regardes les films, c'est toujours merveilleux, ils ne peuvent pas se retenir de crier et pleins d'autres choses. Là, ce n'est pas vraiment le cas. Je sens Tyron se tendre et puis arrêter tout mouvement. Je pense que l'acte est fini. C'est dommage, pour la première fois, je pensais que je serais satisfaite.

— Tu m'as menti, Ava.

— Ce n'est pas ça.

— C'est exactement ça ! Tu n'es qu'une putain de connasse de menteuse. Et dire que je t'ai à moitié proposé d'être ma régulière. Quelle connerie !

— Tu ne vas donc pas m'écouter…

A priori, non, car il est déjà sorti de moi et en train de s'habiller. Je regarde entre les jambes et vois du sperme avec un peu de sang, et les draps tachés. Lui aussi le voit. Une fois qu'il a fini de s'habiller, il prend un sac et commence à le remplir. Je me lève, m'approche de lui, quand je suis assez près, je lui touche l'épaule.

— Ne me touche pas, Ava, j'ai envie de te tuer, là !

— Mais tu ne veux pas même que je t'explique.

— Il n'y a rien à dire de plus, je viens de baiser une vierge, alors que tu m'as dit que Mia était ta fille !

— Mais c'est le cas !

— Arrête de me prendre pour un con, ça suffit, là !

Il ferme son sac, j'essaie de le retenir, mais il me pousse.

— Je ne sais pas ce qui s'est passé entre nous, mais, ce qui est sûr, c'est que c'est terminé. Toi, tu te casses de chez moi ! La petite peut rester, si elle le veut, car elle n'y est pour rien, mais, toi, je ne veux plus jamais te revoir.

— Mais laisse-moi t'expliquer, bon sang !

— Non ! J'ai été assez con pour te croire, c'est fini, maintenant !

Il passe la porte en la claquant. J'ai toujours pensé que ma première fois serait remplie d'amour et d'affection, je me suis trompée, je n'ai que de la haine et du mépris. Je tombe par terre et je me mets à pleurer et à crier. Il m'abandonne, alors qu'il a dit qu'il ne le ferait jamais.

Chapitre 16

Tyron

Elle m'a menti, putain ! Je ne devais pas partir maintenant et me voilà sur la route, à abandonner mes gars qui ont besoin de moi. Je suis tellement en colère que je roule à fond pour essayer de me calmer. J'ai envie de la tuer, de l'étrangler, de l'attacher au plafond et de la frapper jusqu'à ce que je me calme. Pourquoi m'avoir dit que la gosse était la sienne, alors que ce n'est pas vrai ? Pourquoi m'avoir pris pour un con comme ça, merde ? Je vais plus loin, dans un autre chapitre, je veux absolument mettre de la distance entre elle et moi, j'ai besoin de souffler, j'ai besoin de réfléchir.

C'est allé trop loin, j'ai carrément parlé de régulière. Est-ce que c'était vraiment pour la protéger ou parce que je la veux vraiment dans ce rôle ? Je ne sais pas vraiment…

Je dis des choses, mais je sais, qu'au fond de moi, j'en pense d'autres. Je suis un putain d'enculé, mais, là, j'ai complètement changé, j'ai fait le joli cœur avec elle. Même si on s'embrouille et se frappe, ça met plus de piment, j'aime ça. Et, j'ai beau me mentir, mais j'adore cette gosse. Comment je peux aimer les autres alors que je n'ai jamais pu supporter ma propre famille ?

Ma sœur, par exemple, je n'en ai jamais rien eu à foutre, je me suis toujours servi d'elle pour mes besoins personnels. Je voulais même en faire ma régulière pour faire chier le père de son gosse. Ma sœur qui a eu un môme avec l'ennemi, je pense que je ne m'en remettrai jamais. Quand elle s'est enfuie de chez lui, car il avait perdu pied, j'ai vu une façon de me venger. La refourguer à Snow, un de mes hommes était une bonne idée, j'ai pu les utiliser et les manipuler comme j'avais envie. Mais tout a basculé, car ce connard a niqué partout ailleurs. Il a fallu que je rattrape le coup et lui impose d'être ma régulière, mais c'est là où j'ai merdé. Elle est repartie chez son mec et, à part quand je l'ai enlevée, pour me venger, trois jours, je ne la reverrai plus.

Enfin, bref, ce n'est pas la même histoire. Là, je pense autrement de la petite Mia et d'Ava. Il y a quelque chose qui me lie à elles, mais je ne sais pas quoi. Plus de deux heures que je roule, j'ai hâte d'arriver, mais, en même temps, pas du tout. Les routes, c'est mon domaine, c'est ma vie. Mais j'ai envie de boire, de me saouler et de baiser pour essayer d'oublier ce que j'ai en tête. Je ne veux plus penser à Ava ni à rien d'autre d'ailleurs.

Je m'arrête à un endroit pour faire le plein d'essence, tout le monde me regarde bizarrement comme si j'étais un extraterrestre. Peut-être que c'est ce que je suis, après tout, pour eux ? Le gars veut faire mon plein, mais pas question qu'il touche à ma moto, il est dingue, lui ? Je lui fourre un billet et lui dis de dégager, je me sers tout seul comme un grand et, quand j'ai terminé, je vais dans le petit magasin pour payer et me prendre un truc à grailler, vite fait. Pareil qu'à l'extérieur, tout le monde me regarde bizarrement dedans. Je prends deux barres de céréales et remarque que le caissier a peur de moi.

— Non, non, pour vous, c'est gratuit, vous le savez bien.

— Ah bon ?

— Oui, oui, bien sûr.

Je ne vois pas pourquoi, alors, au lieu de discuter avec lui pendant des heures, je lui balance l'argent sur le comptoir et sors. Je comprends vite pourquoi, un groupe de bikers est dehors, ils crient et font peur aux gens. Un s'approche de moi, je pose la main sur mon arme directement. Ils ont beau être dix, je suis sûr que je pourrais tous les fumer. Quand je vois le manteau de celui qui arrive, je suis rassuré.

— Hé, tu es qui, toi ?

Je me retourne et lui montre l'arrière de mon blouson. Ce qu'il y a noté dessus vaut toutes les paroles que je pourrais dire.

— Merde, je t'avais pas reconnu, désolé. Qu'est-ce que tu fous là ?

— Je suis venu voir si le grand Cadillac voulait bien m'accueillir chez lui quelques jours.

— Bien sûr, tu as des problèmes ?

— Ouais, mais rassure-toi, c'est avec une femme.

Il se marre et m'invite à le suivre.

— Tu vas nous suivre, on fait le plein des motos et on rentre.

— Dac.

Je constate qu'ils ne payent pas, eux. Je comprends mieux pourquoi tout le monde avait peur et que le caissier ne voulait pas de mon argent. Je pensais que c'était plus loin, mais, non, je suis déjà arrivé sur leur territoire. Alors, je garde mes barres de céréales pour plus tard, si on est plus très loin, je pourrai manger quelque chose de vraiment bon chez eux à la place de ces merdes.

— Allez, c'est parti !

Je suis tout le petit groupe. Ici, c'est à cinq heures de chez moi, je suis sûr qu'on ne va pas me faire chier. Personne ne sait où je suis pour le moment, je le dirais à Quinns, mais il a intérêt de ne le dire à personne. Je vais aussi lui demander de s'assurer qu'Ava ne soit plus là quand je reviendrai. Comme je lui ai dit, la gosse peut rester, elle n'a rien à voir avec les histoires des grands et je n'ai pas envie de la couper de Quinns, et inversement. Peut-être de moi aussi, j'aime vraiment bien cette enfant.

J'aperçois le club des autres devant moi. Ça faisait vraiment un bail que je n'étais pas venu ici. Quand je suis à l'arrêt, j'éteins le moteur, je descends et je souffle enfin un bon coup. Je mets la béquille de ma moto.

— Tu es le bienvenu chez moi, j'ai des femmes bien chaudes et de l'alcool pour te faire oublier tes problèmes.

— Merci.

Il se dirige vers l'entrée de son club et je le suis. Ça sent la même chose que chez moi, mais en plus fort. C'est surtout moins propre. Elles foutent quoi, les brebis, de leurs journées ? Bon, baiser d'accord, mais elles devraient aussi faire les tâches ménagères, c'est leur taf. Je regarde autour de moi.

— Choisis, mon ami et amuse-toi bien. On parlera demain, ce soir, je crois que tu as mieux à faire.

Il s'en va en rigolant. Ce qu'il me faut, là, tout de suite, c'est à boire. Je vais vers le bar et commande un whisky sans glace, bien sec et bien fort.

— Mets-moi un double tout de suite.

Je prends mon verre et me retourne pour regarder ce qui pourrait m'intéresser. Ouais, elles ne sont pas trop mal, je m'avance vers une qui sert un verre à un des types.

— Toi, tu viens avec moi !

Elle me regarde, effrayée, puis jette un œil autour d'elle pour être sûre que je ne parle pas à quelqu'un d'autre. Quoi ? Elle ne me connaît même pas, pourquoi elle a déjà peur ? Je n'ai pas de temps à perdre, je n'ai pas baisé depuis des heures et la dernière, c'était… non, je ne dois plus penser à elle, si je suis venu là, c'est pour l'oublier.

— Magne-toi, je n'ai pas que ça à faire !

Elle ne bouge toujours pas, alors je lui attrape le bras et je la tire derrière moi. Je n'ai pas envie d'exposer mes prouesses sexuelles devant tous ces connards. Je cherche Cadillac, il n'a pas perdu de temps, il a déjà sa bite au fond de la gorge d'une nana.

— Hé, mec, tu as une piaule pour moi ?

Il ouvre les yeux, me regarde, puis fixe ma future victime.

— Ouais, Starky va te montrer laquelle. Essaie de ne pas la tuer, celle-là, les gars l'aiment bien.

La fille couine derrière moi.

— Je vais essayer, mais je ne te promets rien.

Il se marre et le fameux Starky me dit de le suivre. On monte les escaliers, je traîne toujours la nana, elle n'a pas envie de me suivre, c'est évident, mais, le truc, c'est que je n'en ai rien à foutre de ce qu'elle veut.

— Tiens, c'est là, tu as une chambre privée rien que pour toi. Amuse-toi bien.

Je lâche la fille et regarde ce qui va être mon antre pendant plusieurs jours. Elle ne m'a pas suivi, elle est toujours à la porte, alors je vais la chercher et la jette dans la chambre. Je ferme la porte, je vois qu'il y a une clef dessus que j'enclenche.

— À nous deux, ma jolie ! Tu n'as vraiment pas de chance, je suis énervé contre ma pseudo-régulière et je ne peux pas lui faire de mal, car, si je commence, je suis sûr de la tuer. Mais, tu vois, je ne veux pas rendre orpheline la gosse qu'elle a, donc c'est toi qui vas subir à sa place. Je m'en fous de comment tu t'appelles, aujourd'hui, pour moi, tu seras Ava.

— Ne me faites pas de mal, s'il vous plaît.

— Ouais, bon, ça va être difficile de te confondre avec, car elle m'aurait déjà sauté à la gorge. Mais je vais faire avec, ma jolie.

Je m'approche d'elle tel un prédateur, j'enlève mon manteau, puis tout ce que j'ai en haut. Elle regarde ma blessure, je suis ses yeux et je vois que je saigne encore. Et merde, je suis parti comme un dingue et je n'ai même pas fait attention à ça. Déjà, je n'ai pas mal, c'est un bon début. C'est l'habitude de me prendre des balles, je n'en suis pas à ma première et sûrement pas à ma dernière. J'enlève ensuite mes chaussures, mes chaussettes, mon pantalon, mon caleçon, je prends ma bite en main et commence à me branler. Putain, ça fait du bien !

— Enlève ton tee-shirt !

Elle a une mini robe qui lui arrive à ras la moustache. Elle écoute ce que je dis et, comme je m'en doutais, elle n'a aucun sous-vêtement en dessous. J'ai besoin de me vider avant de m'amuser un peu plus avec elle, je vais vers le lit et m'allonge dessus.

— Viens me sucer.

Elle s'approche et monte sur le lit. Elle prend mon sexe mollement.

— Tu as déjà fait une pipe ou c'est ta première ?

— J'ai déjà fait plusieurs fois.

— Alors, arrête de jouer avec et suce !

Elle le met enfin dans sa bouche, je ferme les yeux et appuie sur sa tête pour bien qu'elle la prenne au fond de sa gorge. Elle essaie de résister, mais c'est moi qui commande, pas elle.

— Si tu le mords, je te tue.

L'excitation monte enfin un peu, j'accompagne ses

va-et-vient de plus en plus vite, mais je veux sentir un cul sur ma bite, pas une bouche aujourd'hui.

— Monte sur moi et empale ton cul sur ma bite !

Je sens qu'elle n'a toujours pas bougé. J'ouvre les yeux pour voir où est le souci.

— Oui ?

— Je suis là depuis quelques jours seulement et je n'ai encore jamais fait…

— Ah bon ? Personne ne t'a défoncé par là encore ?

— Non…

Eh bien, je vais changer ça.

— Allonge-toi sur le lit.

Je me lève pour qu'elle le fasse. Si elle croit que je vais être doux comme un amoureux transi, elle se goure. Je prends un oreiller et, dès qu'elle est en place, je le fous en bas du ventre pour que ça remonte son cul. Je crache dans ma main et me lubrifie le sexe. Voir sa rondelle comme ça, devant moi, me donne presque envie de me branler devant et d'éjaculer dessus. Mais, j'ai une autre envie, alors je m'avance, je fais comme je peux, car je n'utilise qu'un bras. Je rentre mon bout, je passe doucement sa rondelle, pour qu'elle ne se débatte pas maintenant et je m'allonge ensuite sur elle, Je me retiens avec mon bras valide pour ne pas l'écraser quand même. Une fois que je suis sûr que je pourrai la coincer quand elle va comprendre ce que je fais, je donne un grand coup de reins et je rentre entièrement. Elle se met à hurler, pleurer, elle se débat même. Mais, je savais qu'elle allait faire ça, alors je m'y étais préparé. Je n'attends pas qu'elle se calme, je commence mes va-et-vient. Putain, que c'est bon, la vache ! Plus elle se débat et plus elle m'excite. Je me relève, elle essaie de m'échapper, mais je la retiens par la gorge pour qu'elle comprenne qui est le maître ici.

— Si ma bite se retrouve hors de ton cul, tu peux être sûre que je t'étranglerai. Je peux te baiser morte, je m'en fous.

Elle arrête de bouger, mais ça ne m'empêche pas de continuer de l'étrangler tout en la baisant. Ouais, putain, Ava, merde… Je pense à elle, dans ma tête, c'est son cul que je défonce. Elle m'excite tellement, cette garce, qu'il ne me faut pas longtemps pour jouir. Je me retire et, là, je constate qu'il y a du sang et du sperme mélangés sur ma bite.

— Va te laver et reviens vite !

Elle se lève et ne se fait pas prier pour écouter mes ordres, cette fois-ci. J'en profite pour chercher des choses pour l'attacher, il est temps que l'on passe à la vitesse supérieure. Je veux lui faire mal et son pauvre trou du cul n'a pas suffi à me calmer. Je ne trouve rien, fait chier. Je remets mon froc et descends torse nu, sans chaussures. Je cherche Cadillac, mais, je ne le vois plus, merde. Je chope le premier gars qui arrive.

— Hé, je cherche de la corde, vous avez ça ?

Il lève un sourcil et me regarde.

— Je peux savoir qui tu es ? Tu dois me dire s'il vous plaît et limite me lécher les pieds, connard de prospect.

Il me pousse avec son doigt, je le laisse faire, car ça me fait rire. Je lui laisse encore dix secondes et ce fameux doigt ne sera plus attaché à sa main. Il continue à m'insulter, je baisse un peu la tête de côté et souris.

— Pourquoi tu souris, connard ?

— Pour ça.

Je lui attrape son doigt, le tords. Il ne s'y attendait pas et se plie en deux, ce qui me permet de lui mettre un gros coup de genou dans le menton. Avant qu'il ne s'écroule, je lui en mets un autre dans ses couilles. Il hurle et tombe par terre comme une merde.

Alerté par les cris, tout le monde arrive autour. Ils se marrent tous, c'est l'humiliation totale.

— Je vais te tuer, déjà, tu peux dire adieu à ta place ici, enculé !

— Tant mieux, car je n'en veux pas. Quelqu'un aurait-il de la corde, s'il vous plaît ?

— Il doit y en avoir au garage, je t'en apporte, Tyron.

— Merci.

J'attends devant le mec qui se tord de douleur, je vois son président qui arrive et qui éclate de rire comme les autres. Le gars est toujours plié en deux.

— Tu fous quoi par terre, à chouiner ?

— C'est ce connard, il m'a frappé, je vais le tuer et l'étriper, il va comprendre comment on traite les bikers. Qui a recruté ce prospect qui ne sait même pas ça ?

— Ce n'est pas un prospect, connard, c'est Tyron, le président du club principal. Il te parle comme il en a envie et, si tu n'es pas content, c'est moi qui te fais un nouveau trou de balle avec mon arme.

Il ouvre grand les yeux et me regarde. La situation est drôle, car il est toujours par terre en train de se tenir son entre-jambes.

— Je ne savais pas.

On me rapporte enfin ce que j'ai demandé.

— Tu as de la chance que je sois pressé, là, sinon c'est toi qui m'aurais léché les pieds.

Je lève la main et dis au revoir.

— Sur ce, monsieur, je vais baiser. Bonne nuit.

Ils recommencent à tous se marrer. Je me dépêche de remonter, la nana est assise sur le lit à m'attendre sagement.

— Alors, Ava, j'ai des comptes à régler avec toi…

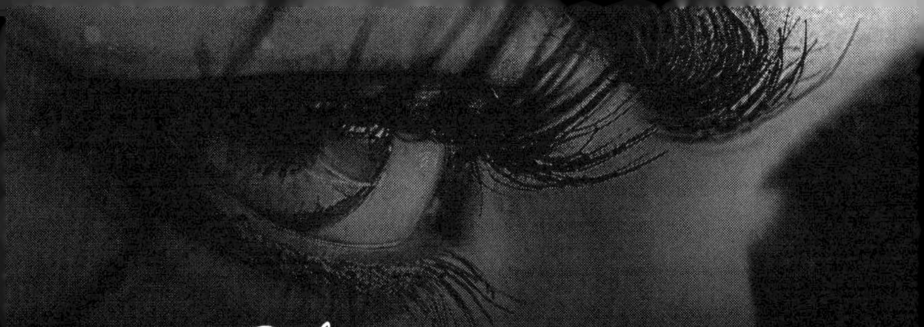

Chapitre 17

Ava

Non, mais, quel connard ! Je vais le tuer ! Il m'a baisée et s'est cassé. Je suis très en colère depuis tout à l'heure, je tourne en rond dans ma chambre et j'ai envie de tout casser. Même pas il ne m'a écoutée ! Ouais, je suis vierge, et alors ? Ma fille, je ne l'ai pas eue dans mon ventre, mais ça ne change rien, c'est ma fille, merde ! Je me passe la main dans les cheveux, il faut que je le retrouve, il faut qu'on parle, il ne peut pas être immature comme ça et m'abandonner à chaque fois qu'on se dispute. Je descends, c'est encore la merde, il n'y a plus de cadavres, mais encore des blessés. J'attrape Quinns.

— Où est Tyron ?

— Je ne sais pas.

— Ah ouais ? Eh bien, tant pis. Il m'a demandé de partir alors, vu que je ne peux pas avoir de conversation avec, je vais m'en aller, avec ma fille.

J'ai touché un point sensible, Mia. Il réfléchit et souffle.

— Si je te dis où il est, et si tu pars, finalement, la gosse, je peux quand même la voir ?

— Il n'a jamais été question du contraire. Mais là, je suis aux abois, tu comprends, il faut que je lui parle.

— D'accord.

Il me donne l'adresse et me dit que c'est à plusieurs heures d'ici.

— Je ne peux pas t'accompagner, je dois rester gérer cette merde, Tyron est parti d'un coup et…

— Je préfère que tu restes là et que tu surveilles Mia pendant mon absence, de toute façon. Il n'y a qu'en toi que j'ai confiance pour la garder.

— D'accord. Prends la voiture, le plein a été fait, normalement, tu devrais pouvoir arriver là-bas sans en remettre.

— Super, merci !

Je cours dans ma chambre pour prendre mes papiers, mon téléphone, ma carte bleue et tout ce dont j'ai besoin. J'ai déjà pris une douche, heureusement. Je passe ma main au-dessus de l'armoire de Tyron et attrape une arme, je n'ai pas oublié où il les cache. Je descends ensuite et je sors.

— Passe-moi les clefs de la voiture !

— On t'a donné l'autorisation ?

— Ouais, Quinns m'a dit que je pouvais.

Il a un doute, il ne veut pas faire de conneries. En même temps, c'est un prospect, je le comprends.

— Va demander à Quinns la confirmation, je t'attends.

Le mec part en courant, je ne lui en veux pas et j'attends tranquillement. J'aurais peut-être dû prendre des vêtements de rechange. Non, je ne vais pas rester des plombes là-bas. Je le vois enfin revenir.

— Je te la sors du garage pour que ça soit plus facile.

— Fais donc ça.

Il part la chercher et me la rapporte. Je pose mon cul sur le siège conducteur, mets en route le GPS, puis pars. Il indique que c'est à cinq heures d'ici. Mais il est malade, lui, c'est à l'autre bout du monde. Je vais arriver demain matin ! Je mets la musique à fond pour m'encourager et je chante. Je chante mal, mais je m'en fiche, à part moi, il n'y a personne pour m'entendre. Les heures défilent et la fatigue se fait sentir. Je pense que je vais m'arrêter à une station-service pour dormir une heure. Pourquoi je n'ai pas attendu le lendemain ? Tout à l'heure, c'était l'adrénaline et l'énervement qui prenaient le dessus, mais, là, mes yeux se ferment tout seuls. Je m'arrête enfin, je vérifie quand même que je ne vais pas me faire agresser pendant que je dors. Je ne laisse rien en vue, je ferme bien les portes et j'allonge mon siège. À peine mes yeux sont fermés, je suis emportée par le sommeil.

Je suis réveillée par du bruit, j'ouvre les yeux et me rends compte qu'il fait déjà jour. Mais j'ai dormi combien de temps ? Je regarde mon portable, putain, j'ai dormi sept heures, on est le midi. N'importe quoi, moi, vraiment ! Je sors de la voiture et vais dans la station. Je m'approche du caissier qui n'a pas l'air aimable.

— Excusez-moi, vous auriez des toilettes ?

— Ce n'est que pour les clients.

— Je vais acheter après, je ne veux juste pas trimballer tout ce que je veux prendre dans les toilettes.

— C'est ça, on me dit toujours ça.

Je lève les yeux au ciel et cherche de quoi me restaurer. Il me manque un café que je prendrai à la machine en revenant. Je dépose tout sur son comptoir, il passe mes articles avec une lenteur extrême. Je vais le tuer, comme si je n'avais que ça à faire, bon sang. Une fois qu'il a enfin fini, et que j'ai payé, je lui dis que je reviens, que je vais déposer ça dans la voiture avant de récupérer la clef des toilettes. Une fois que j'ai déposé le tout, je reviens à la station.

— Je pourrais avoir la clef, s'il vous plaît ?

— Ce n'est que pour les clients.

Mais il se moque de moi ? C'est une caméra cachée ou quoi ?

— Je viens de faire des achats juste avant.

— Je ne vois rien, là.

Oh putain, je vais me le faire ! Je prends mon téléphone, je vais tenter ça, nous ne sommes plus très loin du club, il connaît peut-être les autres tarés.

— Vous me saoulez, je vais appeler mon régulier, il va venir régler cette histoire.

— Votre régulier ?

— Oui, le président des Hell Souls.

Je lève les épaules et fais semblant d'appeler quelqu'un.

— Non, non, tenez, pas besoin de l'appeler.

— Ah, enfin !

Je lui arrache la clef qu'il me tend et pars aux toilettes. Il y a même un lavabo. J'en profite pour faire pipi et me laver un peu comme je peux. Une fois sortie, je lui rapporte la clef et je prends un café. Je ne perds pas de temps, je n'ai pas envie de rester avec ce connard. Je ne sais pas ce qu'il voulait avec son « ce n'est que pour les clients », mais s'il avait continué dans son délire, je pense que j'aurais fini par le frapper. Je mange et bois mon café, ça fait un bien fou. Je remets le GPS en route, il me dit que c'est qu'à quarante-cinq minutes d'ici, je ne suis vraiment plus très loin. Je reprends la route, je suis toujours fatiguée, mais moins que tout à l'heure, où je ne voyais plus rien du tout. Quand, enfin, je vois le club de loin, je souffle, ce voyage était vraiment une galère. Évidemment, dès que j'arrive à la grille, des hommes débarquent, armes aux poings, prêts à me viser.

Je lève les mains pour leur montrer que je ne suis pas un danger et je sors doucement.

— Tu es qui, toi ? Dégage, avant qu'on te déglingue.

— Je suis la régulière de Tyron, le président des Hell Souls qui doit être ici.

Il semble gêné d'un coup.

— Tu ne devrais pas être là, moi, je te conseille de partir.

— Ah oui, et qui va m'y obliger ?

— Moi peut-être.

Je rigole. Oui, je sais, je ne devrais pas le provoquer, mais, comme à chaque fois, l'idiote que je suis ne peut pas m'en empêcher. Je m'approche de la grille pour qu'il voie bien mon cou.

— Regarde les traces de mains, là. Je suis avec Tyron, si tu le connais assez, tu sais qu'il a un grain, alors tu penses vraiment qu'après lui, quelqu'un peut encore me faire peur ?

Il regarde mes marques et éclate de rire.

— Je t'aime bien, toi, je comprends pourquoi il a craqué. Je vais t'ouvrir, mais je te conseille quand même de ne pas aller le voir.

Ce n'est pas lui qui m'a fait les marques, mais il n'est pas censé le savoir, ce type. Et puis, je sais parfaitement pourquoi il ne veut pas que j'aille le voir.

— J'ai bien compris qu'il n'était pas seul, mais je vais quand même aller le voir, je passerai au-dessus de cette grille s'il le faut. Je sais que tu ne me tueras pas et que tu ne me blesseras pas, sinon il va péter les plombs et tous vous déglinguer. Hier, un homme m'a mal parlé, il est dans un trou derrière le club aujourd'hui.

— Ouvrez les grilles. Tu peux te garer là-bas.

— Merci.

Je rentre dans l'habitacle et, dès que les grilles s'ouvrent, je me dirige là où il m'a dit. Je sors de la voiture et vais le rejoindre.

— Alors, il est où ?

— Tu es sûre que tu veux voir ça ?

— C'est Tyron, j'ai sûrement déjà vu pire.

— Comme tu veux. Suis-moi !

Je le suis à l'intérieur du club. Mon Dieu, que c'est sale et que ça pue ici ! Je me rends compte que Tyron a beau être ce qu'il est, il fait quand même attention à la propreté de son club. Il n'y a pas grand monde, juste des brebis qui s'affairent à préparer à manger.

— Au fait, je m'appelle Cadillac.

— Moi, c'est Ava.

— Enchanté.

On monte les escaliers et il me laisse devant une porte.

— Bonne chance !

— C'est à lui que tu devrais souhaiter ça.

Il s'en va en éclatant de rire. Je me retrouve seule dans ce foutu couloir, je souffle un bon coup et j'ouvre la porte. Ouais, j'aurais peut-être dû attendre en bas, il y a du sang partout et Tyron est en train de baiser une fille qui est attachée. Il y a des cris de jouissance, pour lui, mais je pense que la fille hurle de douleur, elle. Bon sang, mais qu'est-ce que je fais ici à vouloir parler avec ce malade ? Je ne sais plus ce que je dois faire, il serait mieux pour moi de partir, d'aller chercher ma fille et de ne jamais les revoir. Il ne va m'apporter que des ennuis, comme si je n'en avais pas déjà assez comme ça. Je referme la porte doucement, je me colle au mur, m'assois par terre. Je n'en peux plus de tout ça, je veux reprendre une vie normale !

Pourquoi je me bats pour lui expliquer une chose, dont il n'en a rien à faire ?

La preuve, au lieu de s'expliquer avec moi, il a préféré partir loin et en baiser une autre. Il n'en a rien à foutre de moi, il faut que je me fasse une raison et que je lâche enfin l'affaire.

Je commence à me lever et à partir quand j'entends des hurlements de terreur sortir de la chambre. Merde ! Il faut que j'intervienne, il va la tuer, sinon ! J'ouvre la porte et j'avance vers lui sans plus réfléchir à rien. Mais qu'est-ce qu'il fait, bordel de merde ? Il a un couteau et il est en train de la charcuter. Il est tellement pris dans le truc qu'il ne m'a même pas vu arriver. La fille ne ressemble plus à rien, on dirait qu'il est en crise, comme possédé. Je ne suis pas rassurée non plus pour ma vie, là, mais je décide tout de même de m'approcher de lui et de lui caresser le dos.

— Tyron, arrête, tu vas la tuer !

Il se retourne et me regarde, j'ai comme l'impression qu'il revient d'un rêve ou plutôt d'un cauchemar.

— Ava ?

— Oui. Tyron, pose ce couteau et viens avec moi.

Je vois ses yeux s'enflammer de colère, il se lève et, sans que j'aie le temps de réagir, il me colle au mur et me fout son couteau en dessous de la gorge. Il appuie tellement fort dessus que je suis sûre qu'il m'a ouverte un peu.

— Tyron, arrête !

Je lève la main pour lui caresser les cheveux, il me regarde toujours intensément.

— Ava…

Il lâche enfin le couteau et pose ses lèvres sur les miennes. Je devrais le repousser, mais je suis une femme faible. Je sais aussi que c'est la dernière fois, je vais le quitter, je n'ai plus la force de supporter tout ça, alors je veux le voir, le sentir, le goûter, imprimer chaque instant dans ma mémoire pour ne jamais l'oublier. Car je ne me fais pas de fausse idée, un homme comme lui, jamais on ne peut l'oublier, il reste gravé en vous comme une gangrène jusqu'à la fin de votre vie, à vous ronger petit à petit, jusqu'à ce que votre cœur et votre âme ne soient plus que du vide. Il m'enlève mon haut, puis mon bas, retire ensuite mes sous-vêtements, jusqu'à ce que je sois nue devant lui. J'ai envie de lui, en cet instant, comme jamais je n'ai eu envie de quelqu'un avant. J'ouvre les yeux et le regarde, il est plein de sang, mais j'essaie de voir au-delà. Il me soulève, j'enroule mes jambes autour de sa taille, et il commence à me pénétrer. Il ne va pas délicatement, heureusement que je suis déjà trempée. Il me fait l'amour, là, contre le mur, je crie son nom comme un mantra, je voudrais que le temps s'arrête et que ce moment de plénitude dure toujours. Mais, quand je jouis et qu'il me suit, juste après, je sais que c'est la fin, que notre dernière fois, aussi magique soit-elle, est terminée.

Nous revenons enfin à la réalité. Ses yeux, qui

n'étaient que colère à l'instant, sont redevenus bleu limpide. Il me serre contre lui, alors qu'il est toujours en moi.

— Pourquoi es-tu venue ?

— Pour te dire au revoir, Tyron, je m'en vais.

— Où vas-tu ?

— Tu m'as dit de partir définitivement et je vais le faire, je voulais te dire au revoir, te voir une dernière fois.

— J'ai dit ça sur le coup de la colère.

— Moi, je suis très calme et je te quitte, Tyron.

— Tout ça parce que tu m'as menti ? Putain, tu es gonflée !

— Tout ça, car, au lieu de m'écouter, tu as préféré partir loin et baiser une nana jusqu'à la mort. Je n'en peux plus, de ça, tu ne me respectes pas, tu ne m'aimes même pas. Laisse-moi partir et être heureuse.

— Tu n'es vraiment qu'une putain de connasse !

Il sort de moi et s'éloigne.

— Mais regarde-toi, bordel ! Tu es couvert de sang et cette pauvre fille, sur le lit, est à moitié morte. Comment je pourrais vivre comme ça, Tyron ? Hein ? Dis-le-moi, bordel !

— Et toi, tu m'as dit que Mia était ta fille !

— Mia est ma fille, je t'interdis de dire le contraire ! C'est moi qui m'en suis occupée depuis le jour de sa naissance, j'ai vu ses premiers pas, ses premiers mots. C'est ma fille !

— Qui est vraiment la mère ? À qui l'as-tu prise ?

— Ma mère, tu es content ? C'est ma sœur ! Ma mère est une coureuse de diamants, elle ne s'intéresse pas à nous. Quand elle a eu Mia, elle voulait la vendre à un réseau bizarre, tu t'imagines, putain ! Je l'ai sauvée. Même si j'étais à la fac, je m'en suis occupée comme mon bébé, en plus des études, et d'un travail supplémentaire. Depuis que j'ai mon diplôme, je paye tous les mois ma mère pour qu'elle me la laisse. Tu n'as jamais pensé que j'étais pauvre pour une dentiste ? Tu sais combien je gagne par mois à travailler comme un chien ? Je gagne entre dix-sept et vingt mille dollars. Tu imagines un peu ? Je devrais avoir un palace, et non une maison louée, tu ne crois pas ? Je dois donner quinze mille dollars par mois à ma mère, c'est le prix qu'elle a estimé pour ma sœur !

Je fonds en larmes.

— Mia sait que je suis sa sœur, je ne lui ai jamais caché. Ma mère, de toute façon, ne nous laisse pas tranquilles et nous répète à chaque fois où est notre place.

— Ava, ne pleure pas !

Il revient vers moi et me prend de nouveau dans ses bras.

— Pourquoi tu ne m'as rien dit ?

— Parce que c'est ma fille, il n'y a rien à dire

d'autre. Elle est de mon sang, même si je ne l'ai pas portée, ça ne change rien.

— Je comprends, j'ai aussi récupéré ma sœur quand mon père est mort.

— Sœur que tu as maltraitée, toi ! J'ai entendu des choses. Tous les gens autour de toi, tu leur fais du mal, de toute façon. Tu n'es pas un homme bien, Tyron.

— Je ne me suis jamais caché d'être une pourriture.

— Oui, et c'est bien dommage. Je pourrais me laver avant de partir ? Je suis pleine de sang, faire cinq heures de route comme ça, c'est limite.

— Reste avec moi un peu.

— Non !

Je ne veux pas, ce serait trop dur, sinon. Plus je vais rester et plus je vais avoir du mal à le quitter.

— Viens, on va se laver.

— Détache cette fille et laisse-la partir avant.

Il récupère le couteau et va couper les cordes. La fille bouge à peine, il la porte et va vers la porte de la chambre.

— La salle de bains est par là, j'arrive.

Je le regarde partir et je m'écroule par terre en pleurant.

Chapitre 18

Tyron

Ava a raison, je suis mauvais.

Je vais faire quelque chose que je n'ai jamais fait avant, la laisser partir. Je tue, j'oblige, mais laisser partir, oh non, ça jamais !

Je dépose la fille au milieu du salon, tout le monde me regarde. Je suis plein de sang, nu et l'autre est à moitié morte. C'est sûr que je dois donner une vision assez bizarre, je ne dirais pas d'horreur, car ici ils sont habitués à pire. Une fois que je l'ai déposée, je cours pour remonter, je veux juste profiter des dernières minutes avec Ava. Je la retrouve par terre, en pleurant. Je suis sans cœur, je ne m'émeus de rien, mais, là, j'ai un pincement au cœur de la voir si misérable. Je me baisse à sa hauteur et la porte à son tour. Elle met sa tête dans le creux de mon cou. J'entre dans la salle de bains et je la pose dans la douche, debout, puis j'ouvre l'eau et mets le jet sur elle dès que c'est à la bonne température. Du sang coule vers le siphon, mais moins que quand je me passe à mon tour l'eau sur moi. Je prends ensuite le savon et la frotte. J'ai encore envie de la baiser, mais je ne le ferai pas. Je préfère garder ce moment-là de nous, étant des gens normaux pendant quelques minutes.

Une fois que nous sommes propres, elle me prend dans ses bras et, à l'inverse de mon comportement habituel, je la serre contre moi.

— Reste… Ne pars pas.

— Je suis obligée.

Elle me lâche, sort de la douche, s'essuie et, une fois dans la chambre, elle s'habille. Je la suis et fais pareil. J'ai changé d'avis, je ne veux plus qu'elle parte, en fait. Il n'y a pas qu'elle, elle va emmener la gosse aussi.

— Je ne veux pas que tu me quittes.

Elle finit de s'habiller comme si je n'avais pas parlé.

— Tyron, c'est la meilleure chose à faire, je ne suis pas heureuse avec toi et, toi, tu préfères être célibataire et profiter. Je comprends, ce n'est pas une critique. J'ai une fille, j'ai besoin de quelque chose de stable. Je ne me vois pas te courir après, faire cinq heures de route, en laissant ma fille seule pour essayer de m'expliquer avec toi, alors que tu es en train d'en baiser une autre. C'est malsain, Tyron. Il est temps que je retourne à ma vie et toi à la tienne.

— Oui, mais je ne suis pas d'accord.

— Je m'en fous, c'est comme ça. Tu trouveras bien un autre pigeon que moi.

— C'est comme ça que tu vois les choses, que tu es un pigeon ?

— Oh oui.

— Tu dis n'importe quoi !

Elle ne dit que des conneries, si elle était un pigeon, je l'aurais déjà tuée depuis longtemps.

— M'aimes-tu, Tyron ?

Oh, non, elle ne va pas aller sur ce terrain-là, quand même ? Les discussions qui partent avec ces mots ne peuvent jamais bien finir avec moi.

— Tyron, réponds !

— Non, non, bien sûr que je ne t'aime pas.

— Alors, pourquoi veux-tu que je reste ? Laisse-moi partir si tu t'en fous de moi, mince.

— Tu es une obsession, tu t'infiltres dans mes pensées tout le temps. J'ai besoin de voir ce que tu fais, de savoir ce que tu penses, j'ai besoin de te voir et de te toucher.

— Ça s'appelle l'amour, ça.

— Non ! Je ne t'aime pas ! Pour aimer quelqu'un, il faudrait déjà avoir un cœur, mais je n'en ai pas ! Je n'aime personne. Tu sais tout sur ma sœur, soi-disant. Mais sais-tu que je l'ai violée quand elle avait seize ans ? Et encore il y a quelques mois ? Je l'ai prise encore et encore, pendant trois jours, jusqu'à ce que je me lasse d'elle, puis je l'ai renvoyée chez son régulier, car elle ne m'intéressait plus. J'étais obsédée aussi par elle, son parfum me faisait bander, son sourire… Tiens, j'en bande encore en y pensant.

Je lui déballe tout, elle me parle d'amour et ça me fout en rage.

— Regarde !

Je baisse mon pantalon pour qu'elle voie que je ne mens pas. Ma sœur, même si elle ne m'intéresse plus, me fait bander encore.

— Mais tu es un malade, toi !

Je commence à me branler, ça m'a mis dans une excitation de fou de repenser à tout ça.

— Ce n'est pas ma sœur de sang, mon père l'avait adoptée. Enfin, je ne le savais pas quand elle avait seize ans.

Ma main bouge de plus en plus vite, je me souviens de ma tête entre ses cuisses, quand elle était attachée et que j'ai pris sa chatte et son cul… Tout était tellement serré.

— Tu vois, Tyron, c'est pour ça que je ne peux pas rester avec toi, tu as de gros problèmes. Fais-toi soigner, mec.

Elle commence à partir, mais je l'arrête, je mets

ma tête dans son cou et la respire.

— Tu as une odeur encore plus délicieuse, je n'ai pas eu le temps de te bouffer la chatte, mais je suis sûr que ton goût est exquis. Je ne le fais qu'à des privilégiées et, toi, tu as loupé ça.

Je continue à me masturber, mais je passe mon autre main dans son pantalon. Elle frémit sous mon contact, s'accroche à mon cou et commence à gémir.

— Je ne t'aime pas, mais je suis obsédé par toi, tellement que la nana de tout à l'heure, à chaque coup de reins, je m'imaginais que c'était toi. Si je l'ai défigurée, c'est parce que j'étais tellement en colère que j'aurais été capable de te le faire, à toi, et je ne voulais pas.

Je me recule et l'embrasse. Je finis par jouir par terre et elle sur mes doigts. Putain, c'était pas mal, ça aussi.

— Moi, je t'aime, Tyron et c'est pour ça que je dois partir.

— Quoi ?

— Essaie d'être heureux dans ta vie, je ne t'oublierai jamais.

Je reste là, complètement hébété par ce que je viens d'entendre. J'entends des pas, la porte s'ouvre et se referme. Je reste un long moment sans bouger et, quand mon cerveau s'irrigue à nouveau, je remarque que ma main est toujours sur mon sexe, mais quand je regarde autour de moi, je vois que je suis seul. Ava est partie et, après ce qu'elle vient de me dire, en fin de compte, c'est peut-être mieux comme ça.

Les jours passent. Je suis à peine descendu avec les autres. Cadillac ne pose aucune question, mais il a bien vu ma régulière arriver et repartir, et moi qui refuse de participer à la vie sociale. J'accepte de baiser toutes les brebis du club. Les unes après les autres goûtent à ma bite, ça me permet un peu d'oublier ce truc, en dessous de mon torse, qui me fait mal. Pourquoi je suis comme ça ? J'en suis débarrassé, je devrais être content.

— Plus vite, connasse !

La fille sur moi accélère le rythme. Je trouve fades toutes ces baises, inutiles. Ça me permet juste de penser à autre chose, mais ce n'est pas assez quand même, car, là, je pense à Ava. Je n'ai même pas appelé Quinns pour avoir des infos, ni sur le club ni sur elle et la petite.

— Bon, allez, barre-toi, je n'ai plus envie.

Je pousse la fille qui tombe par terre. Elle ramasse vite ses affaires et part en courant. Je m'assois dans le lit et me tiens la tête. Putain, mais qu'est-ce que j'ai, merde !

Je me lève, vais prendre une douche, m'essuie et, quand je reviens dans ma chambre, je tombe sur un visiteur inattendu, assis tranquillement sur mon lit.

— Il faut qu'on parle, Tyron.

— Il existe le téléphone, Quinns.

— Je pense que le téléphone ne suffira pas pour ce que je dois te dire.

Je commence à m'habiller en même temps.

— Bah, parle.

— Ava…

— Je t'arrête tout de suite, je ne veux rien savoir.

Il se met debout et s'approche de moi.

— Tu vas m'écouter jusqu'au bout ou je te frappe !

Je me redresse et je le regarde en levant un sourcil.

— Tu frapperais ton président ?

— Non, mais mon ami, si.

Je souffle et m'assois sur le lit.

— Je t'écoute.

— Elle ne va pas bien.

— Et tu me dis ça pour quelle raison ?

J'ai la nausée d'un coup qui me vient. Je me passe la main dans les cheveux.

— Elle ne va pas bien et toi non plus. Tu penses que je ne prends pas de tes nouvelles ? J'ai Cadillac tous les jours au téléphone.

— Vous faites vos commères ?

— Je m'inquiète pour toi et, aussi surprenant que ce soit, pour elle aussi.

— Bon, abrège, qu'est-ce qu'elle a ?

— Elle a fermé son cabinet, elle a mis une affiche, avertissant qu'elle ne serait pas là pour un temps indéterminé. Elle me demande de m'occuper de la gosse, car elle en est incapable.

Ma nausée revient. Je baisse la tête et regarde mes pieds. Merde, Ava, ce n'est pas ce que je voulais.

— C'est elle qui m'a quitté, tu savais ?

— Non, elle dit que c'est toi qui l'as rejetée, que tu ne veux pas d'elle et qu'elle était obligée de partir.

— On ne se supporte pas.

— Vous vous aimez.

Je me lève et fonce sur lui.

— Je ne l'aime pas, putain !

— Ah, ouais ? Et si je te disais qu'elle a rendez-vous avec un autre homme ? Un mec que je lui ai présenté.

Je m'approche de lui et lui fous un pain.

— Je vais te tuer, et lui aussi ! Personne ne touche à Ava, putain !

— Tu ne veux plus d'elle, un autre va le faire à ta place.

— Je veux être avec elle, mais je veux pas la rendre malheureuse, c'est pour ça que je ne lui cours pas après.

— C'est parce que tu l'aimes, Tyron. Je sais que ça fait peur, tu as toujours été un monstre et, là, tu te rends compte que tu aimes pour la première fois de ta vie. Accepte-le, mec, et vivez votre vie ensemble, bon sang !

— Comment je pourrais ? Tu le sais ? Je suis incapable de résister, de ne pas aller baiser ailleurs. Je ne peux pas m'empêcher de la frapper, de lui faire du mal.

— Laisse-lui une chance, c'est tout ce que je peux te dire. Si tu veux aller voir ailleurs, fais-le, mais derrière son dos. Ce qu'on ne sait pas ne peut pas vous faire de mal.

— Je ne l'aime pas, putain !

Je me passe la main dans les cheveux, ce gars arrive à me faire dire des choses que je ne sais pas moi-même.

— Tu l'aimes, même plus que tout, tu en es malade qu'elle ne soit pas avec toi, mais tu la laisses vivre sa vie quand même. Est-ce que c'est ton genre ? Tu ne serais pas déjà en train de la traquer, là, si cette nana n'avait pas été une autre fille ?

— Je ne sais pas.

Bien sûr que si, je sais, je ne serais pas à cinq heures d'elle, à essayer d'oublier son visage de malheur, sinon.

— On va rentrer, tu vas récupérer ta régulière, mec.

— Elle ne l'est même pas, elle n'a même pas de manteau.

— Tu appelles Marie, les cinq heures de route et le temps que tu la convainques, le manteau sera prêt.

Mais qu'est-ce que je fais ? Si je la récupère, je sais parfaitement que je vais lui offrir une vie misérable.

— Allez, mec, on y va.

— Et la gamine ? Je ne veux pas qu'elle voie ça.

— T'inquiète, je vais aller la récupérer tout à l'heure à l'école et je la garderai au club avec moi.

— Je ne sais pas ce que je fais, là.

— Tu vas réparer tes conneries, c'est tout. Tu ne peux pas rester en dépression comme ça et elle non plus, c'est ridicule.

— Elle a dit qu'elle m'aimait.

— Je sais, elle me l'a dit. Elle ne s'attendait pas à ça non plus, elle ne voulait pas te le dire.

— Elle aurait peut-être dû.

Et je le pense vraiment, car ça m'a fait flipper.

— Elle a été la plus courageuse des deux.

— Je ne l'aime pas.

— C'est ça, ouais. Allez, on se casse, je ne veux pas être en retard pour récupérer Mia.

— Tu adores cette gosse, non ?

— Oui.

Je ne veux pas en savoir plus. Lui aussi a des secrets enfouis et je ne pose jamais de questions. Si, un jour, il veut me parler de quelque chose, il le fera de lui-même.

Je prépare mes affaires et je le suis en bas, Cadillac me regarde avec le sourire.

— Je peux te dire quelque chose avant que tu ne partes ?

— Oui.

— Ce n'est pas mon genre d'être sentimental, mais il faut que je te le dise quand même. Quand j'étais plus jeune, j'ai rencontré une fille, la nana qui aurait pu me faire changer, je ne m'en suis pas rendu compte tout de suite et elle est morte. Aujourd'hui, je regrette chaque jour de ne pas en avoir profité.

— Putain, attends, je vais verser ma larmichette.

— Connard !

Je rigole, son histoire n'est pas drôle, mais, moi, comme un con, ça me fait marrer.

— Ne perds pas de temps, cours, retrouve ta régulière et profite de chaque instant.

— Ouais, merci de m'avoir accueilli.

— Pas de problème, tu peux revenir quand tu veux, tu es le bienvenu. Ramène Ava la prochaine fois d'ailleurs, elle m'avait fait bien rire et je n'ai même pas eu le temps de discuter avec elle.

— On fait comme ça.

Après une poignée de main, je prends la route avec Quinns. Il m'aurait raconté sa vie comme ça il y a quelques mois, je lui en aurais mis une pour le faire revenir sur terre, et arrêter de dire des conneries, mais, aujourd'hui, je ne suis plus sûr de rien moi-même. Est-ce que je me voile la face et que je l'aime vraiment, en fin de compte ?

Chapitre 19

Ava

Je ne sais plus quel jour nous sommes ni quelle heure il est. Je me demande pourquoi je ne suis pas partie avant, au lieu de vivre ça. Je suis au fond du trou, je n'arrive pas à dépasser la douleur que je sens au fond de moi. Je suis détruite.

Me lever ? J'en suis incapable.

Heureusement que Quinns est là pour prendre le relais avec Mia, sinon je ne sais pas comment je ferais. Je pue, je ne me suis même pas lavée depuis que je suis rentrée, j'ai d'ailleurs toujours les mêmes vêtements. Je ne pense pas avoir mangé depuis, non plus. Achevez-moi, bon sang !

Je ne me lève que pour aller faire pipi, c'est le maximum que je puisse faire. Je ne fais que dormir ou rester comme ça, à attendre que le temps passe. J'attends surtout de ne plus avoir mal.

Je me rappelle l'image de cette fille, mon Dieu, je sais qu'il est toxique, mais je ne peux pas m'empêcher de penser à lui et il me manque tellement malgré tout ça. Je sais que c'était la seule chose à faire, que ça va passer, il faut juste que je laisse le temps faire son travail, que tout va revenir à la normale. Du moins, j'espère. Je me sens partir vers le sommeil, enfin. C'est le seul moment où je suis tranquille.

Je suis réveillée quand une main me serre la taille. Je ne sais pas si c'est réel, ou si je me l'imagine. J'ai du mal à ouvrir les yeux, mais, avec ma main, je touche et… Merde ! Je me mets à crier et me recule d'un coup. Je regarde qui s'est imposé comme ça, je suis prête à le tuer, à mains nues s'il le faut, mais… c'est Tyron ! Qu'est-ce qu'il fait là, bon sang ? Est-ce réel au moins ? Je perds la tête au point d'avoir des hallucinations ?

— Putain, Ava, tu schlingues, j'ai l'impression d'être à côté d'une poubelle, sérieux !

Quoi ? Il me parle vraiment.

— Viens, tu vas aller prendre une douche, on parlera après.

Je ne bouge pas, je ne sais pas comment réagir et surtout je ne sais toujours pas si c'est réel. Tyron se lève et vient vers moi, puis il me soulève.

— J'avoue que ta chatte me manque, mais, là,

franchement, même si on me payait, je n'irais pas. Si tu pues déjà de partout comme ça, j'imagine même pas dans ta culotte. Quand je vais te l'enlever, je vais me croire à la mer, en pleine marée basse.

Il me dépose dans le bac à douche et entreprend de me déshabiller.

— Tes vêtements, je pense qu'il faut les brûler, ma puce. Ils vont garder cette odeur immonde, à mon avis.

Il se déshabille à son tour, vient me rejoindre et ouvre l'eau. Quand je commence à avoir le jet sur moi, je sais que je ne rêve pas. Il est bien là. Je ne sais pas ce qu'il fait ici, mais il est avec moi dans la douche. Je ne me sens pas bien du tout, j'ai la tête qui tourne, je pense que c'est parce que je ne mange plus.

— Ava, putain ! Assois-toi dans le bac, je vais faire vite.

Je sens qu'on me secoue dans tous les sens.

— Tu as vachement maigri, merde, Ava !

L'eau coule sur ma tête. Puis tout s'arrête, je ne l'entends plus. Ce n'était peut-être qu'un rêve en fin de compte ? Mais non, je sens qu'il me soulève, m'enroule dans une serviette, puis me porte. Il m'assoit ensuite sur les toilettes.

— Tu vas te laver les dents, car, franchement, pour une dentiste, tu pues de la gueule. Tu dis à tes clients de se laver les dents plusieurs fois par jour, mais toi tu ne le fais même pas.

Il me tend une brosse à dents avec du dentifrice.

— Frotte, je vais aller te chercher des vêtements propres.

Je me lave les dents, faiblement, car je n'ai pas beaucoup de forces, mais je le fais quand même. Il revient avec des habits, m'aide à me lever pour cracher et me rincer la bouche dans le lavabo. Puis, il en profite pour m'habiller pendant que je me tiens à celui-ci. Nos regards se rencontrent dans la glace.

— Plus jamais ça, Ava ! Tu ne dois plus jamais être dans un état comme ça pour moi, je n'en vaux pas la peine.

Je suis incapable de répondre ou de penser. Il me porte et m'emmène sur le canapé où il m'allonge.

— Je vais commander quelque chose à manger et je vais m'occuper de ton lit. Je n'ai pas envie de dormir avec une odeur de rat crevé dans le nez.

Je me sens plus légère maintenant que je suis propre, mes yeux se ferment tout seuls et je finis par m'endormir.

Je suis réveillée par la sonnette d'entrée. J'entends parler devant la porte, puis je vois Tyron poser des cartons de pizzas et des canettes sur la table basse.

— On va manger maintenant.

— Je n'ai pas faim.

J'ai la bouche pâteuse, ça me fait bizarre d'entendre

ma voix, je n'ai pas parlé depuis des jours.

— Tu vas manger ou je te gave comme une oie et, tu me connais, j'en suis capable, j'ai vu que tu avais un entonnoir dans ta cuisine. Allez, assois-toi et mange.

Je n'en ai même pas envie, mais il me pousse.

— Magne-toi avant que je m'énerve.

Je m'assois et attends qu'il ouvre le carton de pizza. Il me le fout sur les genoux.

— Mange !

Je prends une part et l'apporte jusqu'à ma bouche. C'est bon, la vache ! Je mange tout d'un coup.

— Mange doucement ou tu vas vomir.

J'en mange une deuxième, mais il a raison, je sens déjà la nausée arriver. Il a mis la télé, je pose ma tête sur l'accoudoir et je ferme les yeux.

— Ava, tu vas être mal, tu ne peux pas dormir ici.

Il me porte, je suis une poupée molle, fatiguée d'avoir mangé. Il me pose sur mon lit, qui est frais et propre, je ne savais même pas qu'il savait changer des draps. J'entends des vêtements qui se froissent et il s'allonge à côté de moi.

— Je vais te remettre sur pied et, après, on parlera.

— Tu dois partir, tu es toxique pour moi.

— Je m'en fous, toi et moi, c'est pour la vie, c'est comme ça.

Il me lance ça comme ça. Lui et moi, c'est jusqu'à

ce que la mort nous sépare, et elle risque d'être proche, être avec lui, c'est mourir de chagrin.

— Viens sur moi dormir, j'ai besoin de te sentir, de savoir que tu es avec moi.

— Tu n'as qu'à demander à tes putes.

C'est sorti tout seul. Oui, je l'aime à en mourir, mais j'ai aussi de la haine pour lui.

— On parlera de ça quand tu iras mieux, pour le moment, viens et dors.

— Quand j'en aurai la force, je te foutrai hors de chez moi.

— Quand tu en auras la force, la seule chose qu'on fera, c'est baiser pendant trois jours non-stop.

— Ne rêve pas trop.

— Dors, Ava.

Je me mets sur lui, son odeur et sa chaleur me font m'endormir presque tout de suite.

— Debout, la marmotte !

Je passe ma couverture au-dessus de la tête, la lumière filtre à travers mes yeux.

— Laisse-moi dormir.

— Non, tu vas manger et puis on va retourner à la maison. Il est temps que tu rentres chez toi.

— C'est ici chez moi.

— Plus maintenant.

— Dégage, Tyron !

Il soulève ma couverture.

— Je t’ai fait un petit déjeuner, il faut ensuite qu’on parle avant de rentrer chez nous. On ne peut pas continuer comme ça, Ava, tu ne vois pas dans quel état tu es ?

— Qu’est-ce que tu en as à foutre de mon état ? Tu as l’air d’aller bien, toi.

— C’est faux.

— Ta pitié, tu peux la garder et repartir d’où tu viens.

Je m’assois dans le lit, je prends le plateau qu’il a mis à côté pour le mettre au-dessus de moi et je commence à manger. Plus vite je mange et plus vite je pourrai me débarrasser de lui. Je n’avais pas faim, mais dès que j’ai commencé, je ne sais plus m’arrêter et, ce qui devait arriver arriva, j’ai envie de vomir. Je me lève en vitesse pour aller jusqu’aux toilettes et je rends tout mon repas. Je sens qu’on me soulève les cheveux.

Une fois que j’ai fini, je m’allonge sur le carrelage froid, ça fait un bien fou.

— Ava, tu vas bien ?

— Ouais.

Je finis par me lever, mais j’ai toujours la tête qui tourne. Tyron me porte jusque dans mon lit, j’ai l'impression d'être une handicapée.

— Je vais te chercher un jus d'orange, ça va aller mieux après.

— Ah ouais, tu es docteur ?

— Non, mais l'anorexie, je connais, plein de filles ont ce problème au club.

— Je ne suis pas anorexique, juste… Je ne sais pas, en fait.

Il va me chercher sa fameuse boisson, moi, j'en profite pour me remettre bien au chaud au fond de mon lit. Il revient quelques instants plus tard.

— Moi qui pensais te ramener aujourd'hui, je ne suis plus sûr, là.

— Je ne retourne pas avec toi. Mia va bien ?

— Oui, Quinns s'en occupe, mais, c'est à toi de le faire, pas à lui.

— Il t'a dit ça ?

— Non, mais je croyais que tu étais sa mère ? Et là, tu ne te comportes pas comme une mère.

— Ta gueule, Tyron, et barre-toi de chez moi !

— Si je m'en vais, c'est avec toi. Bois ce jus d'orange.

Je fais ce qu'il me dit et l'avale, il est bien frais, ça fait un bien fou.

— On va parler maintenant, Ava.

— Je n'en ai pas envie. Tout ça pour me dire que tu ne m'aimes pas, te revoir en baiser tellement d'autres devant mes yeux. Ça va, j'ai compris la leçon, tu es le plus fort, tu peux partir maintenant. Tu n'as plus besoin d'avoir pitié, je vais manger et prendre sur moi.

Je me rallonge et je sens les larmes couler le long de mon visage.

— Putain, Ava !

Je sens le lit s'affaisser et Tyron me prend dans ses bras.

— Ce que je t'ai dit la dernière fois, sur l'obsession et tout ça, ce sont des conneries, y a plus… beaucoup plus !

Je lève la tête et je le regarde.

— Je veux que tu deviennes ma régulière, pas pour te protéger ou quoi, parce que j'en ai envie. Je te parais bien, mais j'ai vécu l'enfer sans toi, moi aussi. C'est Quinns qui m'a fait bouger mon cul. Je n'allais pas bien du tout. Je me répète que tu serais mieux sans moi. Mais regarde, Ava, dans quel état tu es, et moi dans quel état je suis. Même si on ne le veut pas, on n'a pas le choix, on va devoir se mettre ensemble.

— Tu ne veux pas ?

— Si, j'en meurs d'envie. Je n'ai plus envie qu'on se sépare comme ça, je veux que tu reviennes avec moi au club définitivement, je veux que tu portes mon blouson. Tu ne sais pas ce que ça veut dire pour moi, je ne le fais pas, car j'ai pas le choix, ou parce que je veux te retenir ou d'autres conneries que pourrait imaginer mon cerveau de dingue. J'ai envie de te voir avec, tu es à moi, tu comprends ? Tu m'appartiens et je n'en veux pas d'autres.

— Sauf dans ton lit.

Bien sûr. Il a beau me dire tout ça, il a besoin d'avoir un harem quand même, de tremper son biscuit partout. Je suis sûr qu'il n'est pas resté chaste pendant notre séparation.

— Je vais faire un effort.

— Ce n'est pas une promesse de fidélité, ça.

— Non, Quinns m'a conseillé de te mentir, de te tromper derrière ton dos, mais, moi, je pense que te dire la vérité est le mieux.

— Je ne peux pas vivre comme ça.

— Je vais faire un effort, c'est tout ce que je peux te promettre. Il faut que tu apprennes à vivre avec ça.

— Moi aussi je veux aller ailleurs, alors.

— Ne me provoque pas, Ava, ce n'est pas le moment !

— Je ne plaisante pas, tu veux coucher ailleurs, je veux coucher aussi ailleurs.

— Hors de question ! Aucun homme ne te touchera sans que je le tue !

— Eh bien, pareil ! Aucune femme ne te touchera, sinon je la tuerai.

Et je le pense vraiment, je l'étranglerai jusqu'à ce

qu'elle rende l'âme.

— J'ai de gros besoins, Ava.

— Et ?

— Tu ne pourras pas suivre.

— Mets-moi au défi.

Je lui fais un sourire sadique, qu'il n'essaie pas de me trouver de fausses excuses, je ne suis pas débile. Je sais que c'est bidon, il veut mon accord pour aller baiser ailleurs, et il ne l'aura jamais.

— Un autre point, plus de mensonges.

— Je ne te mens pas, Mia est ma fille.

— En parlant d'elle, j'ai réfléchi et, si tu es d'accord, je voudrais l'adopter.

— Quoi ?

Mais qu'est-ce qu'il me raconte, celui-là ? Il n'en voulait pas, il y a quelque temps et, là, il veut en faire sa fille.

— Je veux d'autres enfants, il me faut un héritier.

— Tu m'as pris pour une poule pondeuse ou quoi ?

— Non, mais il va falloir que tu me fasses plusieurs petits bébés, pourtant.

— Mais tu es un malade, sérieux !

— Ouais, mais tu m'aimes quand même.

Il a raison, moi aussi je suis une malade.

— C'est tout ce que tu voulais me dire ?

— Ouais, je crois.

— À moi de parler maintenant. Je veux que tu

arrêtes de te moquer de moi, je veux que tu contrôles tes coups quand on se bagarre. Tu me fais mal et j'ai des marques. Qu'on se chamaille d'accord, mais pas à coups de poing et d'étranglements qui me laissent des marques. Tu vas trop loin quand tu fais ça, Tyron.

Il pose sa main sur ma fesse et me colle à lui pour que je sente son érection.

— Ça me fait bander quand tu parles de marques et tout ça, alors arrête.

— Je suis trop faible pour faire quoi que ce soit, là.

— Je sais, sinon tu serais déjà nue en train de me chevaucher.

— Tu es vraiment un obsédé.

— Oui.

— Ce qui est important dans tout ça, Tyron, la seule chose qui m'importe, c'est… Est-ce que tu m'aimes ?

Il détourne les yeux.

— Tyron ?

— Ouais, bien sûr que oui. Ça me rend dingue, mais, oui, je suis fou de toi.

Il ne m'a pas dit les petits mots magiques, mais c'est tout comme. Je pense que c'est le maximum qu'il peut faire pour le moment et c'est déjà bien. Je n'ai pas besoin de réfléchir longtemps, je suis dingue, je sais ! Après tout ce qu'il m'a fait, je devrais le virer de chez moi. C'était d'ailleurs mon idée première, mais je suis malheureuse sans lui et, apparemment, lui aussi, alors je me dis pourquoi ne pas nous laisser une nouvelle chance ? De toute façon, c'est mon cœur qui me dirige depuis que je le connais, mon esprit est off quand il est dans les parages. Je vais le faire, je vais le suivre et je vais devenir la régulière du président des Hell Souls.

Chapitre 20

Tyron

Elle s'est endormie, encore. Il va falloir qu'on rentre, j'ai déjà trop abandonné le club, il faut que je reprenne ma vie et ma place. J'ai aussi les couilles trop pleines, il va falloir que je baise vite avant de devenir dingue.

— Tyron…

Elle dort toujours, mais elle se serre contre moi. Mon sexe pulse dans mon caleçon à la sentir comme ça. Je pourrais la réveiller et lui faire des choses interdites aux moins de dix-huit ans, mais elle est encore trop faible, je ne suis pas sûr qu'elle tiendrait le coup, à moins que j'y aille doucement, passionnément, comme un mec transi d'amour… Mais je ne suis pas sûr de savoir faire comme ça, j'ai plutôt envie de la défoncer par tous les trous, de lui tirer les cheveux, de lui frapper les fesses et plein de choses sadiques. Je pose mon bras sur les yeux, j'ai besoin de me calmer si je veux essayer d'être doux. Je me rappelle tout à l'heure, quand elle m'a demandé si je l'aimais… Franchement, je ne sais pas si c'est de l'amour, mais j'ai un truc pour elle et je savais qu'elle ne reviendrait pas avec moi si je ne faisais pas d'efforts. Je n'ai pas dit les mots qu'elle espérait, mais, heureusement pour moi, un simple « oui et je suis fou de toi » a suffi. Je me lève et me déshabille complètement, j'essaie de faire doucement, mais je n'arrive qu'à la réveiller.

— Tyron, tu fous quoi ?

Oh, ça, ma petite, tu vas bientôt le savoir. Je m'allonge à côté d'elle et la pousse pour qu'elle se couche sur le dos et je viens sur elle.

— Tyron, je ne suis pas sûre d'avoir la force.

— Tu me fais confiance ?

— Pas vraiment.

— Ce n'est pas un non, ça me suffit.

J'essaie de l'embrasser doucement, je ne la vois pas, alors j'allume.

— Merde, Tyron !

— J'ai besoin de te voir.

Elle cligne des yeux et je suis happé par la beauté de son regard. Putain, je deviens même romantique.

— Tu es magnifique et, surtout, tu es à moi.

— Toi aussi, tu es à moi !

— On verra.

— C'est ça, oui…

Je sais parfaitement à quoi elle fait allusion, mais je n'ai pas envie de me fâcher avec, là, j'ai envie de baiser. Je commence par l'embrasser dans le cou et je descends. Je vais y aller doucement, mais il ne faut pas exagérer, je veux qu'elle soit nue, j'ai besoin de voir son corps en dessous de moi. J'enlève son tee-shirt. Ouais, elle est vraiment trop maigre. Elle voit que je bloque, alors elle met ses bras pour se cacher.

— Ne te cache pas, Ava.

— J'ai l'air de te dégoûter…

— Tu as trop maigri.

— La faute à qui si je me suis rendue comme ça ?

Bon, stop ! On est mal parti, là !

— On va baiser, mais je vais faire attention. D'accord ?

— On va faire l'amour donc.

— Tu vas arrêter de jouer sur les mots ?

— Les mots sont ce qu'il y a de plus important, Tyron.

Je lève les yeux au ciel. Putain, je voudrais tellement lui foutre ma bite dans sa bouche pour la faire taire. Je me frotte sur elle et, quand nos sexes entrent en collision, je sais déjà, à l'avance, que ça va être meilleur que tout ce que j'ai fait ces derniers jours. Elle m'attrape par les cheveux et on s'embrasse.

Pas de violence, pas de sang dans la bouche, juste un baiser normal et, en fait, j'ai l'impression que j'aime bien aussi. Je bande comme un dingue. Stop, il faut que j'y aille maintenant… Je me recule et lui enlève sa culotte. Elle est chaude elle aussi, je sais qu'elle en a envie autant que moi, alors, je reviens sur elle et reprends mon frotti-frotta d'écolier. Mon sexe commence à entrer en elle doucement, je prends tout mon temps pour une fois, je l'embrasse.

— Tyron.

— Je te fais mal ?

— Pas du tout, va plus vite, entre enfin en moi !

Je donne un coup de reins et je suis enfin en elle, complètement, et j'ai déjà envie de venir tellement sa chatte est accueillante et douce. J'accélère, je donne des coups d'abord doucement puis, quand je sens qu'elle commence à perdre la tête, je vais plus vite.

— Dis-le que tu ne me quitteras jamais.

— Quoi ?

— Dis : « Tyron, jamais plus je ne partirai. »

— Tu rêves.

— Alors, je m'arrête.

Il faut qu'elle le dise, sinon je ne vais pas être tranquille.

— Pas question.

— Je ne veux plus que tu partes.

— Et moi je ne veux plus que tu ailles ailleurs. On fait comment ?

— Tu m'énerves, putain !

— Eh bien, toi aussi, figure-toi !

Sale garce, elle ne va pas lâcher l'affaire avec sa connerie. Je vais céder, je parle de sexe, hein, pas de fidélité. Je reprends mes mouvements, que c'est bon ! Enfin, elle ferme sa bouche, enfin, elle pense à autre chose et moi aussi. Une sensation remonte le long de ma colonne vertébrale et, pour une fois, ce n'est pas la jouissance proche, même si je sais que ça va venir. Mais là, tout de suite, ce n'est pas ça, c'est comme une sensation de bien-être, comme si j'étais chez moi. Je la regarde dans les yeux, le plaisir et l'amour sont mêlés, elle est sublime comme ça. Elle appuie sur mes fesses pour que j'accélère le rythme, à aucun moment on ne se sépare du regard, surtout pas quand nous jouissons en même temps.

Je pensais ne pas y arriver, mais je m'en suis sorti comme un chef, et j'ai aimé ça. Je me retire d'elle, me couche sur le côté et j'ouvre mon bras pour qu'elle vienne sur moi. Dire que j'aurai ça tous les jours… Je souris comme un con. J'adore l'idée !

— On va se préparer et on va rentrer.

— Je n'en ai pas envie, je ne veux pas y retourner.

— Tout va bien se passer.

— Je n'en suis pas sûre. J'ai bien aimé qu'on ne soit que tous les deux et se retrouver avec les autres, ça ne m'enchante pas. À la limite, je préfère que tu repartes et qu'on se voie de temps en temps, quand tu as le temps.

— Tu as changé d'avis sur ce que tu m'as dit avant ?

Elle est dingue, cette option n'est pas du tout envisageable. Elle part avec moi et c'est tout.

— Je pense ne pas réussir ce que tu me proposes. Être au milieu de tous ces gens, ne plus avoir d'intimité, voir toutes ces femmes, tous ces hommes. Ce n'est pas ce que je veux en fin de compte. J'aspire à une vie plus tranquille, avec un homme qui me respectera.

Elle s'éloigne de moi et commence à s'asseoir sur le lit. Mais qu'est-ce qu'il lui prend encore ? Elle m'aime, non ? Donc, elle doit être avec moi.

— Pourquoi changer de discours ? Je ne te comprends pas, Ava.

Elle se lève, mais elle tangue. Je me dépêche de me lever à mon tour pour l'aider.

— Je vais m'en sortir, tu peux rentrer, ça va maintenant.

Mais elle délire ? C'est quoi, son problème ?

— Je ne pars pas sans toi. Quoi que tu dises, tu es à moi.

— Seulement quand tu en as envie. Le reste du temps, tu m'oublies. Je préfère être seule que mal accompagnée.

Oh, d'accord, je comprends mieux, c'est encore sa jalousie qui parle. Je veux la rassurer et je me mets à sa hauteur.

— On va tenter un truc, toi et moi. Tu vas devenir ma régulière et je vais essayer de pas aller voir ailleurs.

— C'est le « essayer » qui me dérange.

— Je t'ai déjà dit que je ne te mentirais pas. Je n'ai jamais fait ça, essayer de rester qu'avec une seule femme. De ma vie, ça ne m'est jamais arrivé. Alors, oui, je vais essayer, car je ne suis pas sûr d'en être capable. Comment pourrais-je le faire ?

J'espère que j'ai été convaincant, c'était du grand art. Il y aurait eu une caméra, là, j'aurais pu passer à la télé et gagner le prix du mec le plus romantique de l'année. Je reste, au fond de moi, sur mes positions. Si j'ai envie de baiser, je le ferai, mais je vais faire des efforts. Enfin, efforts qui consistent à ce qu'elle ne le sache jamais surtout. J'ai une idée qui, je suis sûr, la fera encore plus céder.

— On garde ta maison ici et, dès qu'on peut et qu'on a envie, on viendra y passer du temps tous les deux, pour ne se consacrer qu'à nous.

Et le prix du mec de l'année est desservi à… Tyron !

Je rigole intérieurement. Garder sa maison pour des moments à deux, moi, je ne pense qu'à des moments de sexe. Oh, oui, on va venir ici pour pouvoir baiser des heures et des heures sans être dérangés.

— Je vais préparer un sac et on reviendra, dans la semaine, chercher plus d'affaires pour toi et la petite.

Ma nouvelle fille. Ça me fait bizarre de me dire que je vais avoir une gosse de huit ans. Mais je pense que c'est le meilleur moyen, car, si je ne l'adopte pas, elle pourra comme elle le veut l'emmener avec elle si elle décide de me quitter et, ça, c'est hors de question. J'aime bien cette enfant et Quinns aussi. Elle restera avec nous quoi qu'il se passe. Enfin, la mère a peu de chances de m'échapper, mais je veux cette pression juridique en plus. Je prends un sac et attrape les premiers vêtements qui me viennent. J'ouvre ensuite un tiroir et j'y découvre de la lingerie. Je lève le petit bout de tissu au-dessus de moi, j'adore. Je bande d'ailleurs, rien que de l'imaginer sur Ava. Je l'approche de mon nez et le respire, ça ne sent pas son odeur, juste la lessive, c'est dommage.

— Tu es vraiment un gros pervers, franchement.

Je me retourne et je fais exprès de recommencer, en la regardant, juste pour l'énerver.

— Je pense que je vais te baiser avant de rentrer.

— C'est ma petite culotte qui te donne encore envie ?

— Ouais et pas que.

Je la regarde, je vois parfaitement sa poitrine

qui appelle mes mains et ma bouche. Je ne vais pas pouvoir attendre jusqu'au club, c'est ici et maintenant. Je lâche ce que j'avais dans les mains et m'approche d'elle tel un félin en chasse. Je me branle tout en la regardant.

— Tu es prête pour une nouvelle chevauchée sauvage sur mon guidon ?

Elle se marre, mais l'heure n'est plus à la rigolade, mais au sexe. Et c'est ce qu'on fait pendant l'heure qui suit, toujours doucement et délicatement.

Chapitre 21

Ava

Je suis tellement épuisée, mais c'est une bonne fatigue.

J'ai peur de retourner dans cette vie. Il me promet des choses que j'ai envie de croire, mais je sais parfaitement que ce n'est qu'un mensonge. Il va recommencer et, moi, je vais souffrir. Ce que j'ai vécu loin de lui, cette dépression, était horrible. Mais est-ce que je suis prête à souffrir plus tard, pour être heureuse maintenant ? C'est ça qui me fait douter. Je suis au fond du trou et je sais que ça recommencera, quand il me jettera, trompera, me manquera de respect comme il l'a déjà fait.

Je suis derrière lui sur sa moto et je somnole. Nous n'aurions pas dû faire l'amour autant, je suis encore trop faible pour supporter ça, mais c'était tellement bon, et j'en frissonne encore. Quand nous arrivons au club, je n'ai pas envie de descendre, je ne me sens pas d'attaque de supporter tous les regards des gens, et particulièrement des femmes qui vont me fixer, me juger, me ridiculiser, et peut-être même m'envier.

— Descends, Ava !

J'écoute ce qu'il me dit. De toute façon, je n'ai pas vraiment le choix. Il faut aussi que je reprenne mon rôle de mère, trop longtemps abandonné pour me plonger dans mon désarroi. Je m'en veux de ne pas être assez forte pour elle comme je l'ai toujours été. Mais, même en le sachant, je n'ai pas réussi à passer au-dessus. Je remercie Quinns de s'être occupé d'elle, sans jamais me juger, de m'avoir aidée comme un ami l'aurait fait. Je lui en serais toujours reconnaissante. C'est pour ça que quand je partirai, car, je le sais, ce n'est pas à vie tout ça, jamais je ne le couperai de la petite.

J'attends que Tyron descende de sa moto à son tour et je le suis jusque dans l'entrée du club, tête baissée. Je gagne des secondes avant de revenir à ma vraie réalité. Je sens une main qui prend la mienne.

— Ça va aller, Ava, arrête de te mettre dans cet état comme une gamine.

Les encouragements selon Tyron et je me sens encore plus mal grâce à lui. Une fois à l'intérieur, il ne m'a toujours pas lâché la main, il la tient même fermement comme s'il avait peur que je m'échappe.

Il a raison, c'est exactement ce dont j'ai envie, m'enfuir. J'ose enfin lever la tête, je cherche Mia des yeux, mais je ne la trouve pas. Je réfléchis à l'heure qu'il peut être et je me rends compte que c'est normal, car elle est à l'école.

D'un seul coup, il n'y a plus de bruit, tout le monde nous regarde. Tyron me tire au centre de la pièce et Quinns lui tend quelque chose.

— Bonjour à tous. Je sais que le temps a été compliqué, je vous ai abandonnés, car j'avais des choses à régler pour moi, personnellement, et je ne vais pas m'excuser pour ça. Quinns était là pour me remplacer et il a très bien rempli son rôle. Je suis revenu, et pas tout seul. Vous connaissez tous Ava, ma préférée. J'ai décidé qu'aujourd'hui les choses allaient changer.

Qu'est-ce qu'il va dire ? Plus le temps passe et plus j'ai honte. S'il avait voulu m'humilier, il a bien réussi, tout le monde me regarde de haut en bas et je suis tellement gênée que la seule chose à laquelle je pense, c'est d'aller me cacher pour toujours. Il me lâche la main et en sort ce qu'il y avait dans le sac, un blouson. Il le lève et le montre à tous. Je ne vois pas encore ce qu'il montre, mais, quand enfin il le met devant moi, je comprends exactement ce que ça veut dire.

— Ava devient ma régulière, ma femme. Elle a

donc, à partir de maintenant, la protection maximum du club, encore plus, car c'est la mienne, de femme, celle de votre président. Le premier qui la touche, je le tue. La première qui l'emmerde, je la tue. Vous devez la respecter au-delà de toute autre femme ici. C'est ma reine et ma moitié à partir de maintenant. Si vous lui faites du mal, c'est comme si vous m'en faisiez à moi.

Je vois le regard de certaines personnes et elles me font peur. On dirait qu'elles veulent me tuer. Je me dis que je devrais refuser, car ce qu'il fait ne va m'apporter que des problèmes. Je l'entends continuer son speech, mais je ne l'écoute plus. Je ne sais pas pourquoi il fait ça, même si je sais que c'était dans ses projets. Pour lui, ça ne veut rien dire, il continuera à aller ailleurs, comme si je n'étais qu'une simple brebis. Il me met le blouson, je me laisse faire comme une poupée, mon esprit a quitté mon corps, je fais des gestes mécaniques. Quand je l'ai enfin sur moi, tout le monde applaudit et vient féliciter Tyron.

Je ne veux pas rester plus longtemps alors, quand il ne fait plus attention à moi, je monte directement dans sa chambre, j'ai besoin de m'allonger et de dormir. Une fois en haut, j'enlève ce foutu blouson et je reste scotchée sur les inscriptions qui sont à l'arrière : « J'appartiens à Tyron, président des Hell Souls. » Si, au moins, c'était vrai des deux côtés…

Je soulève les couvertures, m'allonge et je finis par m'endormir.

— Maman, maman, maman !

J'ai du mal à ouvrir les yeux, je voudrais continuer à dormir, mais ma fille ne me laisse pas le choix de me réveiller.

— Mia !

— Maman ! Papa est venu me chercher à l'école, j'étais trop contente et…

Je n'écoute pas tout, j'ai besoin d'un café ou de quelque chose pour émerger. Je sens qu'on soulève la couverture et qu'on me serre. Je reconnais le parfum de Tyron.

— Viens, Mia, ta maman a besoin d'un câlin.

Ma fille vient de l'autre côté et je suis entourée.

— Allez, viens, on va manger maintenant, Ava.

Tout le monde se lève, j'entends Tyron et Mia qui parlent, mais je ne participe pas. Je me lève doucement et je commence à les suivre.

— Ton blouson, il faut que tu l'aies tout le temps sur toi.

— Mais ils le savent, ils ont entendu.

— C'est comme ça, tu es ma femme, tu dois respecter les règles et montrer l'exemple.

Je n'ai pas envie de me battre, je suis encore fatiguée. Je le mets et les suis. Une fois en bas, je m'assois avec les autres, Tyron part avec son groupe.

Mia me parle de tout ce qu'elle a fait avec Quinn pendant que je n'étais pas là et ça me fait chaud au cœur, car elle n'a pas souffert de mon absence. Je picore, mais je n'ai pas faim. Je remonte vite dans ma chambre avec Mia, sans m'occuper de qui que ce soit d'autre. On s'allonge sur mon lit et on regarde la télé jusqu'à ce que Tyron entre et lui dise qu'il faut qu'elle aille au lit, car demain elle a école. Je continue, le temps qu'il aille la coucher dans sa chambre de princesse, à regarder la télé, sans vraiment la voir.

Je sens des bras qui m'entourent et un souffle dans mon cou.

— Ça ne va pas, Ava ? Je pensais que tu irais mieux, tu m'as même montré que tu allais dans ce sens quand on était chez toi, mais, là, je vois que tu ne vas pas bien. Je ne suis pas le plus grand psychologue, mais parle-moi, ma belle, qu'est-ce qui ne va pas ?

Je ne réponds pas. C'est vrai, même moi je pensais aller mieux, mais c'est encore pire.

— Laisse-moi deux ou trois jours, le temps de régler des choses ici et on va partir tous les deux, loin. On va faire un vrai break et te remettre sur pied, tu ne peux pas continuer comme ça.

Qu'est-ce qu'il en a à faire de toute façon ? Tant que j'écarte les cuisses, c'est tout ce qu'il cherche, non ?

— Je vais t'aider et tu vas aller mieux.

Je ne réponds toujours pas et regarde dans le vide.

— On va faire ça, on va partir.

Il a raison, on verra bien. De toute façon, que je déprime ici ou ailleurs, je ne suis pas sûre que ça change.

Les jours passent et, au lieu des quelques petits jours qu'il m'a promis, on en est à quinze et il ne parle même plus de partir. Il me laisse dans mon lit, va soi-disant travailler en bas et revient le soir me baiser. Ce sont les seuls moments où j'ai une réaction, le reste de la journée, j'attends que le temps passe.

Je refuse de descendre, alors on m'apporte à manger. Ce n'est même pas lui qui le fait, mais Quinns. Tyron ne m'a plus parlé depuis le jour de mon arrivée, pas un mot. Je voudrais juste retourner chez moi, mais je suis incapable de me lever. Mia vient me raconter chaque jour sa journée, je l'écoute sans vraiment le faire.

Ma porte s'ouvre avec fracas, Tyron entre.

— Lève-toi !

Je mets la couette sur ma tête, je ne vais pas me lever, je ne suis même pas sûre de vraiment pouvoir marcher. À part pour aller aux toilettes, je n'ai pas bougé de là. Il retire la couette et il me soulève. Pourquoi vient-il m'embêter maintenant, alors qu'il m'a ignorée pendant si longtemps ? On descend les escaliers, il m'emmène dehors, me pose à côté de sa moto et il me met un casque avant de monter dessus.

— Viens devant moi, Ava.

J'essaie de lever la jambe, mais je n'y arrive même pas, alors il m'aide. Une fois sur sa moto, il démarre. Je remercie d'être devant, même si ça doit être plus compliqué de conduire, car je ne suis pas sûre que j'aurais réussi à le tenir assez fort pour ne pas tomber. Quand il s'arrête, nous sommes devant une maison que je ne connais pas. Tyron ouvre la grille et nous entrons dans la cour.

Qu'est-ce qu'on fait ici ?

Il me prend par la main pour rentrer dans la maison. Elle est en bois et elle est jolie.

— C'est la nôtre, notre coin à nous.

Qu'est-ce qu'il veut dire par là ? Je regarde autour de moi et je trouve ça coquet et mignon. Je vois un canapé et je vais m'asseoir dessus, mes jambes ont du mal à me soutenir.

— Oh, non, ma jolie, tu ne vas pas rester inerte comme ces derniers jours !

Il me soulève et ouvre la porte de derrière. Je sens l'air frais et marin près de mon visage.

— La mer ?

Je lève la tête et regarde autour de moi, c'est sublime.

— Oui, la mer, ma chérie, c'est notre nouvelle maison.

Je regarde cet océan à perte de vue, il me pose sur le sable et mon regard est happé par le large. C'est magnifique ! Je n'ai jamais eu le temps d'y venir, toujours trop occupée à travailler et à être stressée par ma vie.

— Ça te plaît ?

Je me retourne, le regarde et lui fais oui de la tête. Il retire ses grosses chaussures, son pantalon, son haut et se retrouve nu. Il est toujours aussi superbe. Je n'ai pas pu en profiter depuis qu'il est revenu me chercher et le voir comme ça me rappelle à quel point il est beau.

— Allez, viens, on va se baigner.

J'hésite, mais je finis quand même par me lever et je retire moi aussi mon pantalon et mon haut. Je reste en sous-vêtements de peur d'être vue.

— Nue, Ava.

Je le regarde avec de gros yeux.

— C'est une plage privée, personne ne nous verra.

J'enlève donc mes sous-vêtements.

— Putain, Ava, tu es trop maigre encore, mais qu'est-ce que tu es belle !

Il vient me porter comme une princesse et nous emmène vers l'eau. Une fois dedans, il me lâche doucement. Je pousse un petit cri, c'est froid.

— Ton corps va s'y habiter.

Pour la première fois depuis ce qui me paraît des siècles, un sourire se forme sur mes lèvres.

— Allez, viens, on va plus loin. Monte sur mon dos si tu veux.

Je sais nager, mais j'ai peur de ne pas être assez forte pour le faire, alors je grimpe sur lui. Il nous emmène plus loin, là où l'eau lui arrive aux épaules. Il me fait passer devant lui et accroche mes jambes autour de sa taille.

— Je suis désolé d'avoir mis autant de temps pour faire ce que j'avais promis. Profites-en, je ne suis jamais désolé d'habitude et je ne m'excuse jamais. Mais j'ai dû te laisser t'enfoncer dans ta dépression, alors que ce n'est pas ce que je voulais. On a eu des problèmes au club, il fallait que je règle tout ça avant de pouvoir partir. Ça a pris plus longtemps que prévu, mais, maintenant que c'est terminé, je suis là et je vais t'aider à redevenir la Ava d'avant. J'ai acheté cette maison, car je pense que la tienne a de mauvais souvenirs. Ici, ça sera à nous, rien qu'à nous, loin de tout. Je pense que Mia aussi se plaira ici.

— Pourquoi ne m'avoir rien dit ?

J'ai pensé qu'il n'en avait rien à foutre de moi. Je me suis imaginé, pendant quinze jours, que ça l'arrangeait, car il m'avait enfermée dans sa chambre, et qu'il était libre en même temps de faire ce qu'il voulait, la fête, les filles et tout ce qu'il faisait avant. Pourquoi me laisser comme ça ? À m'imaginer plein de choses, à me sentir encore plus mal que quand il m'avait laissée ?

— Je ne voulais pas que tu t'inquiètes encore plus, je n'ai fait que bosser pendant ce temps-là. Je ne suis même pas allé ailleurs, je ne pensais qu'au moment où j'allais te retrouver et fourrer ma bite en toi.

Je le regarde, je veux être sûre que tout ce qu'il me dit soit réellement la vérité.

— Maintenant, on reste une semaine ici tous les deux, je veux qu'on se retrouve, je veux que tu me défies comme avant, qu'on baise comme des bêtes enragées. Ça me manque, tout ça.

Je ne sais pas si j'en serai capable, je suis trop profondément ancrée dans ma tristesse intérieure. Il m'embrasse, je le laisse faire. Il frotte son sexe contre moi et, comme à chaque fois, même si mon esprit n'est pas enjoué de tout ça, ça fonctionne. Il entre en moi et me baise dans l'eau. Je n'avais jamais fait ça avant, je trouve ça super, cette sensation, ce bruit d'eau qui claque à chacun de nos mouvements. Je jouis la première et il me suit rapidement. On essaie de reprendre nos souffles dans les bras l'un de l'autre, nos têtes collées par notre front.

Puis il finit par se reculer et me regarder dans les yeux.

— Je t'aime, Ava, tu es la seule que j'aime à part moi, alors reprends-toi et vivons enfin notre vie.

J'ai la tête qui tourne sous ses mots, je reste un moment hébétée et puis les larmes commencent à couler le long de mes joues. Mes sentiments débordent de mes yeux et, enfin, après quinze jours de quasi mort, un autre sentiment me traverse, celui de l'amour et de la paix. Je sais que je vais m'en sortir maintenant. C'est tout ce dont mon esprit avait besoin, de la certitude, de l'amour et, maintenant qu'il me le donne, je sais que ma dépression va bientôt finir.

Il va falloir encore que je me batte contre mes propres démons, mais ces mots vont me sauver et je vais enfin reprendre vie.

Chapitre 22

Tyron

Ça, c'est la belle vie ! Après en avoir chié avec ceux qui nous ont attaqués, je peux enfin souffler un peu. C'était la mafia, je m'en doutais, mais, là, j'en ai eu la certitude et il a fallu que je fasse maintes négociations avec eux. Non pas qu'ils me fassent peur.

Enfin si, maintenant.

Quand je n'avais pas Ava ni la petite, j'aurais attaqué, mais, maintenant, je ne veux pas qu'on s'en prenne à elles. Je me ramollis, je sais. Mais quoi que je pense et que je veuille, c'est mon rôle de prendre soin d'elles, Ava porte mon blouson de régulière, c'est important. Je le lui ai donné, car j'en avais envie. Elles font partie de ma famille et ce qui s'est passé la dernière fois ne m'a pas rassuré, au fond de moi, j'ai quand même eu peur pour elles.

Oui, je me suis ramolli. Moi, le grand Tyron, je suis devenu une couille molle.

J'ai aussi eu le temps de réfléchir pendant les quinze jours, mon esprit n'était pas obstrué par le fait qu'elle ne soit pas là, avec moi. Certes, elle était en dépression, mais elle était près de moi. J'ai aussi passé beaucoup de temps avec Mia, j'adore cette gosse. Pendant ce temps, je me suis rendu compte que j'avais un cœur, enfin uniquement pour les deux femmes de ma vie, le reste, je m'en tape complètement. Elles m'ont changé et, moi qui ne voulais pas que ça arrive, c'est venu sans que je le veuille.

Évidemment, je ne lui ai pas dit toute la vérité. Oui, c'est ma femme, mais j'ai des besoins et sa dépression nous a quand même empêchés de baiser. Mais, comme je lui ai promis, j'ai fait un effort. Deux pipes en quinze jours par une autre, je trouve ça raisonnable. Je ne les ai pas touchées, ces autres nanas, les seuls contacts qu'il y a eu sont ceux de leurs bouches sur mon anaconda. Je ne l'ai pas dit à Ava, elle est déjà au plus mal, je ne veux pas l'enfoncer plus, je veux qu'elle revive et je veux justement ne plus avoir besoin d'aller ailleurs pour me soulager. Ava a raison, cette histoire de fidélité pourrait me plaire, si elle y met du sien. Je n'ai pas eu le même plaisir avec ces filles que le soir avec elle, pourtant, elle faisait l'étoile de mer et j'ai pris quand même un pied d'enfer.

Là, on vient de baiser dans la mer comme des malades et je ne pense qu'à une chose, recommencer. J'imagine sa chatte qui se contracte et… merde, je bande ! J'ai encore envie et, comme je suis encore en elle, j'ai juste à donner des coups de reins pour que notre plaisir mutuel remonte en flèche. Je la sens moins crispée depuis que je lui ai dit les petits mots magiques qu'elle attendait depuis longtemps. Je les pense. Enfin, je pense que c'est ça que je ressens. Je n'en suis pas sûr, mais j'ai estimé que c'était bien ce sentiment qui tourne en moi. Je nierai si quelqu'un me demande si c'est vrai, mais je pense que le dire, à elle, une fois, pourrait lui faire du bien. Je la sens se contracter sur moi et nous jouissons ensemble pour la deuxième fois.

Je suis fatigué…

J'avais aussi besoin de ce break. Une semaine à dormir et à baiser, ça fait des années que j'en rêve. Je n'ai besoin de m'occuper de rien, juste de moi et de remettre ma nana sur pied. Je la lâche, recule et lui mouille le visage. Elle me regarde avec de gros yeux.

— Tu vas le regretter, Tyron.

— Bah, viens, je t'attends !

Je me dépêche de partir et elle me poursuit. Quand elle m'attrape, elle essaie de me noyer, mais, bien sûr, elle n'y arrive pas. Je l'attrape, la soulève et la jette comme une vulgaire poupée loin dans la mer.

— Mais quel connard !

— Ouais, mais ça, ce n'est pas nouveau, chérie. Viens m'attraper.

Elle sourit et c'est exactement ce que je voulais alors, ouais, je fais le gamin. Si mes hommes me voyaient, je passerais vraiment pour un con, mais elle sourit et c'est tout ce qui compte. Il faut qu'elle redevienne la Ava d'avant, je n'aime pas du tout la nana amorphe qui attend que le temps passe, je veux qu'elle me réponde, me frappe, qu'elle me baise sauvagement. C'est cette tigresse qui me fait vibrer.

Je cours, sors de l'eau et l'attends sur le bord, je sais qu'elle va avoir du mal à marcher. J'espère que le dernier jour qu'on passera ici, elle sera capable de me mettre une branlée.

Je comprends mon père, je ne vais pas le cacher. Autant je le déteste pour ce qu'il a fait, à ma mère et moi, sa double vie, son autre famille loin du club, mais je le comprends. Toute la pression qu'on a, à longueur de temps au club, tout repose toujours sur nos épaules et c'est épuisant psychologiquement et moralement. Je ne m'en rendais pas compte avant, de toute cette tension, car j'étais plongé dedans. Je n'ai jamais eu des moments comme ça, d'insouciance et de répit. Je pense que c'est ce qui m'a manqué. Si j'avais été comme ma sœur, choyé et loin de ce monde, je pense que j'aurais été différent. Peut-être pas sexuellement, mes besoins sont ancrés en moi, mais mon envie de faire du mal.

Ici, Mia pourra avoir une vie un peu plus normale. Je vais m'arranger pour qu'on puisse avoir une vie de famille un peu plus stable. Le mot famille a toujours été déterminant dans mon esprit. Mon père, ma mère, Quinns, mon meilleur ami et, aujourd'hui, j'ai deux princesses qui prennent toute cette place. Putain, je suis vraiment devenu un fragile.

Ava sort enfin de l'eau, me rejoint et elle me frappe le torse.

— Je te déteste, tu n'es qu'un enfoiré !

— Non, tu m'aimes…

Elle s'arrête de sourire et me regarde dans les yeux.

— Ouais, je t'aime, c'est vrai.

Je la porte et l'emmène à l'intérieur, en courant, le sel me pique le corps, il faut qu'on se douche et qu'on mange.

Il va bientôt falloir qu'on rentre.

Cinq jours que nous sommes ici, Ava a complètement changé, elle rigole, elle me provoque, j'ai retrouvé ma femme. J'espère juste que, quand on va rentrer, elle ne reviendra pas dépressive. Tous les jours, on a notre fille au téléphone, elle s'éclate avec Quinns. Tant mieux, ça fait ça de moins à nous occuper.

Ava est en train de faire un gâteau. Je ne comprends pas pourquoi elle s'embête à faire ça, il suffirait d'aller en acheter un, ça prendrait dix minutes, mais la voir concentrée sur sa tache me fait bander. Il faut que je lui parle d'un sujet que je n'ai pas remis sur le tapis, mais qui me tient à cœur.

— Je veux qu'on fasse les papiers pour Mia, je veux être son père.

— Tu ne peux pas.

Là, je lève un sourcil. Comment ça, non ? Le non n'existe pas, et encore moins dans ce cas.

— Et pourquoi donc ?

— C'est ma mère qui a l'autorité parentale.

— Je ne comprends pas.

Elle s'arrête de faire ce qu'elle prépare et me regarde.

— Je t'ai expliqué qu'elle me demandait quinze mille dollars par mois, non ? Eh bien, c'est pour éviter qu'elle ne la récupère, je n'ai aucun droit sur elle.

— Pourquoi tu ne m'as rien dit ?

— Huit ans que je m'en occupe, c'est ma fille.

— Tu aurais dû me le dire, bon sang !

Elle me cache quand même des choses, encore et toujours, et ça commence vraiment à m'énerver. J'ai déjà parlé de Mia, de l'adopter et jamais elle ne m'a dit que ce n'était pas possible.

— Je ne pensais pas que tu étais sérieux.

Je m'approche d'elle presque en courant, je la tourne vers moi et lui tire un peu les cheveux en arrière pour qu'elle me regarde bien dans les yeux.

— Je suis sérieux, très sérieux. Pourquoi ne jamais avoir demandé la garde ?

— Elle m'a dit que je n'avais aucune chance et qu'elle viendrait me prendre Mia le temps du jugement. Elle ne la connaît pas, Tyron, elle ne veut pas aller avec elle. J'ai eu peur.

— Donc, tu entretiens ta mère pour qu'elle te donne un droit qui doit te revenir ?

— Je ne veux pas qu'elle m'enlève ma fille.

Je me penche vers elle et respire son cou. Mes bas instincts, ma haine des gens, le biker en moi remontent à la surface.

— Je vais la tuer, Ava ! Je te préviens avant, mais je vais la buter pour qu'elle vous laisse enfin tranquilles, toi et la petite.

— Je ne suis pas sûre que…

— Ce n'était pas une question, je te préviens juste avant. Je vais l'éviscérer, la vider de son sang pour tout le mal qu'elle vous a fait.

— Tyron, je…

— Je sais, c'est ta mère, c'est pour ça que je ne te dirais pas où, ni quand, ni comment j'ai fait pour lui rendre la monnaie de sa pièce.

Je me vois déjà approcher et lui faire comprendre qu'il faut toujours se méfier, car il peut toujours avoir pire que soi.

— J'allais te demander de m'avancer les quinze mille dollars que je lui dois. Je ne suis pas allée travailler du mois, je n'ai rien à lui donner.

— Tu ne vas rien lui donner du tout, je vais m'occuper de ça, c'est fini, l'esclavage.

Elle tourne la tête et regarde ailleurs. J'entends qu'elle pleure. Oh, non, ça ne va pas repartir dans la déprime. Je lui prends le menton et l'oblige à me regarder.

— Après, on sera tranquilles et on pourra l'adopter tous les deux. Et tu n'auras plus de pression.

— Mais c'est ma mère !

— Mère qui t'a menacée.

— Je sais.

— On va devoir rentrer demain.

— Je sais aussi.

— Mais je te promets qu'on va revenir aussi souvent qu'on le pourra. On viendra avec Mia et vous pourrez faire des gâteaux toutes les deux.

— Tu me promets qu'on va revenir ?

Oh, oui ! J'ai adoré ce moment loin de tout et je n'ai pas acheté cette baraque qui m'a coûté une blinde pour rien.

— C'est promis.

J'ai réussi à désamorcer et à faire passer la pilule qu'elle allait bientôt perdre sa mère. C'est une des premières choses dont je vais m'occuper en rentrant.

On monte sur la moto, on repart avec les mêmes vêtements qu'à notre arrivée, on a vécu nu pendant une semaine. J'ai bien aimé être la bite à l'air toute la journée et bander à longueur de temps quand je la voyais trop proche de moi. Elle s'est un peu remplie, je trouve, elle remange bien, je pense que le pire est derrière nous. Enfin, j'espère.

Quand nous arrivons devant le club, je la sens instantanément se crisper. Je suis égoïste de l'obliger à rester avec moi. Elle pourrait très bien vivre dans notre maison, loin d'ici, et j'irais la voir quand je pourrais pour qu'elle soit bien et heureuse. Ça, c'est ce que ferait un homme bien, mais je ne le suis pas, je suis un foutu égoïste et je ne veux pas qu'elle soit ailleurs que près de moi. Donc, elle va devoir vivre au-dessus de ça et accepter le club, qu'elle le veuille ou non.

Mia court vers nous, je suis content de la revoir. Elle me saute dessus en premier, je regarde Ava qui grogne qu'elle ne passe plus en premier. Moi, j'aime bien cette sensation, j'ai l'impression de compter pour quelqu'un. Quand la petite me lâche enfin, elle va dans les bras de sa mère. Quinns me fait un signe de tête et, vu son air, je sais qu'il veut me parler et que c'est important. Je laisse les deux filles et le suis jusque dans mon bureau.

— Qu'est-ce qu'il se passe ?

— Rodriguo, le mari de ta sœur, a essayé de te joindre.

— Mais qu'est-ce qu'il me veut, celui-là ?

— Aucune idée, il ne m'a rien dit du tout, juste qu'il voulait te parler.

— Ma sœur va bien ?

— Je pense.

Je n'ai pas le temps ni l'envie de le rappeler. J'étais bien à ne pas penser à toutes ces merdes et, là, ça me revient en pleine face. Ils me font tous chier à peine suis-je arrivé.

— Il faut trouver la mère d'Ava.

— Pourquoi ?

— Elle a la garde de la gosse et fait du chantage à Ava.

Il sait que la petite n'est pas la fille d'Ava, je le lui ai dit, mais, avec cette histoire de chantage, je sais qu'il va tout faire pour trouver cette grosse salope et lui faire payer.

— Quel genre de chantage ?

— Quinze mille dollars par mois et, en échange, elle ne la reprend pas.

Je le vois serrer les poings et les dents de colère.

— Tu comprends que ça ne peut pas durer comme ça. Il faut l'éliminer pour que Mia et Ava n'aient plus cette épée de Damoclès au-dessus de leurs têtes.

— Je vais la trouver et la ramener.

— Ouais, mais fais gaffe qu'on ne t'attaque pas. J'ai besoin qu'on ne se doute pas que ça vienne d'ici pour qu'on puisse l'adopter légalement après. S'ils ont un doute, ça pourrait mal tourner.

Je ne veux pas qu'on nous enlève la gosse même si je pense, qu'avec mes relations et des pots-de-vin, dans tous les cas, on risque d'avoir la garde définitive. Le souci, c'est qu'entre-temps on peut nous la prendre pour nous faire chier.

— Ça sera fait, ne t'inquiète pas.

— Rien d'autre à signaler pendant mon absence ?

— Non, c'était plutôt calme.

Je lui fais signe de la tête et il part. C'est déjà une chose de réglée ! Je devrais rappeler ce fils de pute de Latino, mais je ne le ferai pas, je n'ai rien à lui dire. Il a fait de ma sœur sa régulière, mais ça ne fait pas de nous des amis. Je dirais même des ennemis, car on ne part jamais d'ici sur ses jambes, et elle si. Ce qui me met en colère, c'est que ça bouffe mon autorité, ces débiles de mon club seraient capables de croire que je leur laisserais la vie sauve s'ils partaient. Enfin, j'ai quand même violé ma sœur avant qu'elle s'en aille, c'était la punition dont elle avait besoin et, ainsi, elle n'oubliera jamais d'où elle vient et qui je suis, mais c'est vrai qu'avec le recul, j'aurais dû la tuer.

Je sors du bureau et vais chercher Ava. Je suppose qu'elle doit être dans sa chambre. Si elle est allongée, en train de déprimer, je jure que je la traîne par les cheveux en bas. J'ouvre la porte et je souris. Ava et Mia sont en train de faire un combat de chatouilles sur le lit, elles rigolent toutes les deux à ne plus en pouvoir. Je referme la porte derrière moi, croise les bras et je les regarde. J'avais raison, ça lui a fait du bien, notre voyage, j'ai retrouvé Ava.

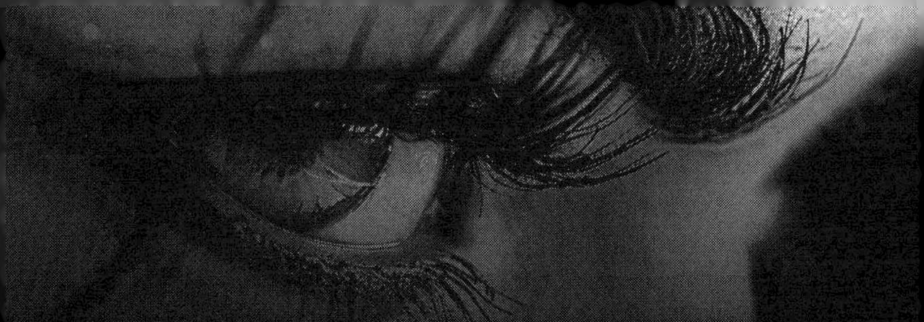

Chapitre 23

Ava

Je me sens mieux, beaucoup mieux. Je rigole et reprends vie doucement. Les jours passent et je supporte mieux de vivre ici. Je dois reprendre le travail, mais je n'en ai pas envie, alors je me laisse encore quelques jours de répit. Je n'ai pas arrêté pendant plusieurs années, je pense que j'ai besoin de ce repos.

Je descends très peu, je n'ai pas envie de discuter avec les autres, mais je passe voir de temps en temps Tyron dans son bureau. C'est surtout pour vérifier surtout s'il respecte ce qu'il m'a dit.

Je me regarde dans la glace et souffle un bon coup, il faut que j'aille aider les autres. Vu que je ne travaille pas, je ne peux pas rester ici sans donner un coup de main. On ne me l'a pas dit clairement, car, avec mon nouveau statut, personne ne me dit rien, mais je sens qu'on me juge comme la feignasse du club. Je rejoins donc les autres dans la cuisine. Je n'ai pas mis mon blouson, j'ai trop chaud, j'espère que personne ne m'en voudra. Une fois à l'intérieur, les autres me regardent avec haine. Je pensais qu'on avait dépassé ça quand j'ai proposé de soigner leurs dents, mais apparemment non.

— Bonjour, je peux vous aider ?

— Non, merci, la princesse.

Je ne m'attendais pas à autant d'hostilité, je n'ai rien fait. Bon, je n'ai pas été bien pendant un temps, mais ça peut arriver à tout le monde, non ?

La porte s'ouvre sur Tyron, qui est étonné de me voir ici.

— Euh, je venais chercher un café. Vu que tu es là, tu peux me l'apporter ; s'il te plaît ?

Et il ponctue ces dires avec un clin d'œil. Dès que la porte se ferme, elles rigolent toutes comme des poules.

— Un café, c'est ça, ouais.

Je me retourne et regarde celle qui vient de parler.

— Quoi ?

Elles tournent toutes le regard vers une seule et même personne.

— C'est elle, là, qu'il est venu chercher. Elle lui taille une pipe tous les deux jours. Tu vois, princesse, ce n'est pas la peine de nous regarder avec cet air supérieur, tu n'es rien de plus que sa putain, comme nous.

La colère monte en moi, il m'a menti, il m'a trahie, il continue à aller voir ailleurs. Je m'approche de celle qui m'a parlé comme un chien, je lui mets une gifle, puis je pars en courant dans le bureau de Tyron avant que qui que ce soit ne réagisse. J'ouvre grand la porte.

— Tu as oublié mon café. Mais ça me va aussi, on peut s'occuper différemment.

Il me dégoûte, j'ai envie de le tuer, là. Je m'approche de lui et ce n'est pas une gifle qui part, mais mon poing. Je me suis fait mal au passage, mais ce n'est pas grave.

— Je ne veux plus jamais te revoir, connard !

Je pars en courant en haut, il faut que je fasse mes valises au plus vite pour être loin de lui. Je veux rentrer chez moi et, cette fois-ci, il n'y aura pas de dépression ou autre, je le jure. Il ne mérite pas ma peine et mes pleurs, il ne mérite rien de moi. Je l'entends arriver.

— Il se passe quoi ?

Je ne réponds pas, je ne veux plus l'entendre.

— Oh, je te parle ! Si c'est pour le café, il suffisait de me dire que tu n'étais pas mon chien et c'était tout. Je n'ai rien fait. Alors, dis-moi ce qui t'arrive encore.

Tu as tes règles ? Tu es mal lunée ?

Il commence à avancer, mais, cette fois, je me retourne et le regarde avec hargne. J'attrape la première chose qui me tombe sous la main et la lui balance à la tête.

— Arrête, putain !

J'attrape la lampe sur la table de nuit et la lui lance aussi. Malheureusement pour moi, il arrive à l'esquiver.

— Ferme-la, Tyron, sinon je te jure que je vais te tuer, balancer les morceaux de ton corps dans la mer et attendre tranquillement que des requins viennent bouffer ce qui reste.

Je continue à lui lancer tout ce que je trouve autour de moi.

— Ava, arrête !

— J'arrêterai quand tu te tiendras enfin tranquille et que tu seras devenu un vrai homme.

J'attrape encore tout ce qui me passe sous la main, mais ça ne l'empêche pas d'avancer pour enfin m'atteindre.

— N'avance pas, Tyron, sinon je te jure que…

Il me serre contre lui, j'essaie de me débattre, mais il est trop fort.

— Arrête, putain, je vais te quitter, je vais partir, je…

— Tu n'en feras rien ! Toi et moi, c'est pour la vie.

Il me lâche enfin. Il est dingue, lui, il se croit vraiment tout puissant, il pense qu'il peut continuer à m'humilier, à me mentir et que je vais accepter ça ? Il est plus fou que je ne le pensais.

— Non, je ne veux plus vivre comme ça.

Il faut que je parte, que je m'éloigne de lui. Je n'en peux plus, je perds mes sens et ma vie. Je prends le premier truc que je trouve et le tape ou je peux, c'est-à-dire dans le ventre et je m'enfuis sans rien prendre derrière moi, en laissant ma vie.

Trois jours que je suis rentrée…

Il n'est même pas venu me chercher et c'est tant mieux. J'ai repris ma petite vie loin de tout. Quinns n'a même pas pris de nouvelles de Mia, pourtant, il pourrait, je ne lui fermerais pas la porte ni même à Tyron s'il me demandait à la voir. Ce qui me prouve, encore, que tout le monde se foutait bien de moi et que j'ai eu raison de partir. Je n'étais rien pour eux et Mia non plus, à peine juste une distraction de bikers qui s'ennuient.

Je reprends le travail ce matin. Ma secrétaire m'a harcelée nuit et jour pour savoir quand j'allais enfin ouvrir de nouveau le cabinet. Il est temps que je me reprenne en main, c'est ce que je n'arrête pas de me dire. Et, pourtant, j'ai toujours cette plaie béante dans mon cœur. Je me rassure en me disant que ça passera avec le temps, que je vais l'oublier et trouver enfin le bonheur que je mérite. Car, oui, bon sang, je mérite d'être enfin heureuse.

Je n'ai pas de nouvelles de ma mère encore, alors je ne sais pas s'il s'en est occupé ou si elle est prise et qu'elle va me gonfler plus tard. De toute façon, j'ai décidé de ne plus rien lui donner. Je vais récupérer la garde de Mia et, même si je dois être hors-la-loi un temps, je ne la payerai pas. J'ai assez de preuves qui montrent que c'est moi qui m'en occupe depuis toujours, je sais maintenant qu'on ne me la prendra plus et je ne financerai plus le train de vie de cette femme au détriment du mien.

Ce soir, après le travail, j'ai décidé que je sortirai. Je vais aller dans un bar en espérant trouver un mec qui voudra bien me baiser et qui me fera oublier le seul qui m'ait jamais touchée. Je veux changer du tout au tout et ne plus être une victime, mais une battante.

J'entre dans mon cabinet et, malgré mon absence et toutes les annulations qui ont été faites, mon planning est plein. Je prends les clients qui étaient prévus et j'ai proposé aussi à ceux dont les rendez-vous avaient été annulés de venir le midi et le soir. Beaucoup ont sauté sur l'occasion. Je vais avoir énormément de boulot les deux prochains mois, mais je vais enfin commencer à épargner pour acheter ma propre maison. Dans le futur, je voudrais partir d'ici, loin de la zone des Hell Souls, loin de ces souvenirs et, pour ça, il me faut de l'argent.

La matinée passe vite et mes souvenirs restent là où ils doivent être, c'est-à-dire loin dans mon cerveau. À midi, je n'arrête pas, et ce, jusqu'au soir. Mia est avec une baby-sitter. Avant, je ne voulais jamais la lâcher, mais il est temps que je demande de l'aide à quelqu'un.

Je sais que je vais avoir du mal à oublier Tyron, mais il faut que j'arrête d'insister pour une relation à sens unique. Il faut, maintenant, que je commence à penser à moi et à mon futur sans lui.

Je me prépare dans la petite salle de bains, je me maquille et j'essaie de me faire la plus bandante possible. Une fois prête, je pars dans le bar d'à côté, ce n'est pas trop glauque et je suis sûre que je peux trouver ce que je veux ici. Je m'assois et commande un verre, il me faut de l'alcool ce soir. Après le deuxième cocktail, dont je ne sais même pas ce qu'il y a dedans, je me sens bien mieux et une chaleur monte en moi. Je regarde partout pour voir quelle sera ma victime. Un homme en costume me regarde avec insistance. Bon, ce n'est pas Tyron, mais il n'est pas trop mal. Je me lève, prends le nouveau verre qu'on vient me servir et je vais à sa table. Qui a dit que seuls les hommes peuvent faire ça ? Et l'égalité des sexes ? Alors, je vais moi-même l'accoster.

— Je peux m'asseoir ?

— Bien sûr.

Bah, tu m'étonnes, il doit se dire « chouette, un coup facile ». Oui, et un coup facile pour moi aussi. Ce mec me dévore des yeux. Je croise les jambes pour que ma robe remonte, son regard suit le mouvement. Bon, clairement, je n'ai pas envie de parler, l'alcool ne suffit pas.

— Tu ne connais pas un coin plus tranquille ?

Il me regarde avec de gros yeux, il réfléchit et puis fait oui de la tête. Il se lève et je le suis. On ne s'est pas adressé la parole, je ne connais pas son nom, mais quelle importance ? Ce qui compte, c'est qu'à la fin il arrive à me faire l'oublier. On monte dans sa voiture, il roule, je devrais avoir peur de monter avec un inconnu, mais je ne le suis pas. Je ne réfléchis plus à rien et l'alcool ne m'aide pas non plus. Je regarde, par la fenêtre, la lumière des lampadaires défiler. J'entends une moto passer à côté de nous, mon corps suit le mouvement pour essayer de l'apercevoir, mais quand elle passe à côté de nous, je sais que ce n'est pas lui, car c'est une moto de course. Je m'enfonce dans le siège et regarde le conducteur.

— Je m'appelle…

— Je ne veux pas savoir.

Il ne rajoute rien de plus. Nous nous arrêtons devant un immeuble, nous descendons et je le suis. On prend l'ascenseur et, une fois en haut, à peine la porte claquée, il me saute dessus. Il m'embrasse, j'essaie de me concentrer sur ce qu'il fait, mais mon cerveau ne peut pas s'empêcher de le comparer avec Tyron.

— Putain, tu es trop excitante !

J'ai envie de souffler, je ne suis même pas excitée, pourtant j'irai jusqu'au bout et je recommencerai encore et encore, jusqu'à ce que ses mains sur moi soient un lointain souvenir. Il soulève ma robe et arrache mon string. Au moins, je suis tombée sur un sauvage, c'est déjà ça de gagné. Il commence à me caresser, mais pas l'ombre d'un plaisir ne vient en moi. Il me retourne, je me retrouve le buste coincé sur la porte et je l'entends déchirer quelque chose, vu le bruit, ça doit être un préservatif. Je le sens, juste après, commencer à me pénétrer. Je suis sèche et ça me rappe, il y va doucement heureusement. Une fois qu'il est à l'intérieur, il me baise sans retenue, je sens un micro pic de plaisir, mais il est vite achevé quand le type finit par jouir après une minute. Décevant ! Je pensais que ça serait mieux que ça, que j'aurais des sensations, mais je n'ai eu que l'ennui.

Il se retire de moi, je me retourne et baisse ma robe.

— Je vais devoir y aller.

— On peut se revoir ?

J'hésite, mais je me dis que peut-être, dans d'autres conditions, ça pourrait être mieux. Alors, je finis par accepter, par prendre son numéro et partir. Je prends un Uber, car ce charmant monsieur ne m'a même pas demandé comment j'allais rentrer.

Une fois chez moi, je paye la nounou. Ma fille dort déjà, alors je vais me laver et, sous la douche, je me frotte, je me sens sale, j'ai l'impression d'avoir trahi Tyron alors que je ne suis même plus avec lui et qu'il s'en fout. Je ne lui dois rien pourtant… Une fois que je suis rouge comme une écrevisse, je mets un vieux pyjama, je m'allonge sur mon lit et je m'effondre en pleurant. Je m'étais dit que je ne craquerais pas, qu'il n'en valait pas la peine, mais j'ai tellement mal.

J'ai revu le fameux « monsieur une minute » plusieurs fois, c'est toujours aussi plat et vide, mais j'ai décidé quand même de lui laisser une chance. Ça m'occupe en attendant. Ça fait presque trois semaines que je suis partie et j'ai toujours aussi mal. Aujourd'hui, Diego doit venir chez moi, ma fille sera au lit et je pourrai enfin passer une soirée avec lui sur mon territoire. Aucun homme n'est venu chez moi depuis Tyron, c'est le dernier qui a dormi dans mon lit qui… Stop ! Ce soir, je passe la soirée avec

Diego, et seulement lui. C'est un bon parti en plus, rien à voir avec les transactions illégales de mon ex, il est banquier, a 30 ans, il n'a pas d'enfant et, surtout, il insiste pour qu'entre lui et moi ça soit plus qu'un coup d'un soir. Ça ne le dérange pas que j'aie une fille. Évidemment, je ne lui ai pas dit la vérité, pour lui, c'est réellement ma fille, j'ai inventé l'histoire d'un père pas très fréquentable qui préfère les autres filles à moi. Je ne m'éloigne pas trop de la vérité, celui que Mia considère comme son père est exactement comme ça.

Celle-ci n'arrête pas de me demander quand son père et Quinns viendront la voir et je ne sais pas quoi lui répondre, je ne veux pas lui faire de la peine, si je lui dis la vérité. Je préfère dire qu'ils sont occupés et que je ne sais pas quand ils passeront la voir. Je ne mens pas non plus, ils sont vraiment occupés, sûrement à culbuter tout ce qui bouge et, une petite fille de huit ans, à côté de ça, ne compte pas.

Diego entre, il regarde un peu partout, puis m'embrasse à perdre haleine et je sens déjà son sexe en érection près de ma cuisse. Je sais que la nuit va être longue, simuler me fatigue.

— Ta chambre est où ? Tu m'as trop manqué, j'ai besoin d'être en toi.

Ça me rappelle des mots doux que quelqu'un me disait…

Je l'emmène jusque dans ma chambre, je me mets nue directement. De toute façon, avec lui, à part la pipe et la baise, on ne fait rien d'autre, il ne m'a même pas léchée ou touchée. Je m'allonge sur mon lit pendant qu'il se déshabille et il monte me rejoindre.

— Tu es tellement belle !

Je ne suis jamais très causante avec lui. Il commence à m'embrasser le cou et il se branle en même temps. Je n'ose pas lui dire qu'il ferait mieux d'éviter de s'exciter s'il veut que, pour une fois, ça dure plus de deux minutes. Il se lève, prend un préservatif qu'il installe sur son sexe, puis il vient m'embrasser et me pénètre. Je suis sèche comme le désert, mais ça ne l'empêche pas d'y aller à fond, comme s'il était en plein marathon. Quand je le sens se tendre, je dirais en à peine trente secondes cette fois, je suis soulagée que ça soit fini. Il ne reprend pas vite vie en plus d'être un rapide, je suis donc tranquille pendant plusieurs heures. On reste allongés et ce goujat ronfle à peine terminé. Déjà ! Quel connard fini ! Mais un autre genre de connard que Tyron.

Bon sang, Tyron, sors donc de ma tête !

Je commence à me lever et remarque qu'il n'a même pas pris la peine d'enlever la capote de son sexe. Je le fais moi-même, mais il me bloque la main et m'oblige à le branler.

— Je savais que tu en voulais encore. Tu aimes ma

bite, hein, coquine ?

Pourquoi je l'ai touché ? Parfois, j'ai envie de me frapper. Et pourquoi il arrive encore à bander ?

— Touche-toi en même temps.

Ah, enfin quelque chose d'intéressant. Je pose mon autre main sur mon clitoris et commence à me masturber au même rythme que je le branle.

— Ta bouche, ma belle, je veux ta bouche sur mon gland.

Je lève les yeux au ciel et pars gober son bout. J'ai enfin du plaisir avec lui, c'est la première fois qu'il me dit de faire ça. Bien sûr, c'est moi qui m'en procure, mais c'est mieux que rien. Même s'il vient de jouir il n'y a pas longtemps, il crache aussi vite que la première fois. Je n'ai pas fini, moi, alors je m'allonge et je continue à me masturber. Je me touche la poitrine en même temps, avec l'autre main, mes pensées divaguent et je m'imagine que c'est Tyron qui me touche. Quand je jouis à mon tour, je suis comme soulagée, moins aigrie.

J'ouvre les yeux et le regarde.

— Il faudra qu'on recommence ça, j'ai adoré te regarder te donner du plaisir.

Moi aussi je voudrais recommencer, vite. Il s'allonge, se rendort et, cette fois-ci, je fais très attention de ne pas le réveiller et je vais dans la salle de bains. J'ai besoin de me laver comme à chaque fois depuis que je suis avec lui. Je me sens sale, il faut que je nettoie cette sensation.

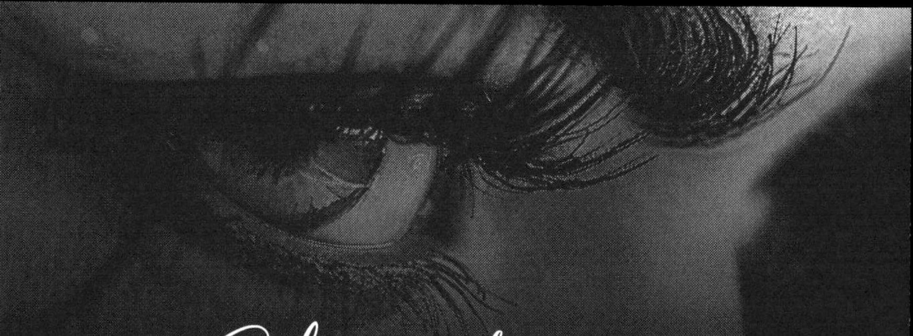

Chapitre 24

Ava

Les jours passent, j'essaie de sortir la tête de l'eau, je me sens mieux, ce point dans ma poitrine s'estompe de plus en plus.

Je suis toujours avec Diego, ça commence à durer entre nous. Moi qui ne voulais qu'un coup d'un soir pour me détendre, je me retrouve en couple, ce qui ne me détend même pas sexuellement. Mais à part que c'est un goujat, il m'occupe l'esprit et ça me fait quand même du bien.

Je n'ai toujours pas de nouvelles de ma mère, pourtant, j'ai deux mois de retard. Je ne vais pas lui courir après. Tant qu'elle ne me contacte pas, je fais comme si elle n'existait plus et c'est peut-être le cas.

Aujourd'hui, je travaille.

J'aide à installer mon client sur le fauteuil. C'est juste un détartrage, mais, vu l'état de ses dents, ça va me prendre un certain temps. Je commence à approcher l'appareil de sa bouche quand ma porte s'ouvre d'un seul coup avec fracas. Je sursaute par automatisme et me retourne, avec toujours l'appareil en main et en route. J'ouvre les yeux en grand, estomaquée, quand je vois qui me dérange. Je me retourne alors vers mon patient qui est aussi choqué que moi. Je pose tout mon matériel, baisse mon masque et souffle un bon coup avant de me retourner vers Quinns. Ça me fait tellement bizarre de le voir là. Presque deux mois sans nouvelles et, là, il débarque comme s'il était chez lui.

— Suis-moi !

Je me lève doucement et m'approche de lui. Il doit penser que je vais l'écouter, mais pas du tout, je suis en colère contre lui, je pensais qu'il était, au moins un minimum, mon ami, ou du moins celui de ma fille. Je le gifle de toutes mes forces une fois devant lui.

— Va te faire foutre, Quinns ! Ton pote et toi, vous pouvez bien aller vous faire enculer.

Je reviens vers mon patient et m'assois en remettant mon masque.

— Tu connais la sortie, je n'ai pas besoin de te la montrer…

J'entends ses pas se rapprocher de moi.

— Je serais toi, je suivrais… On peut faire ça gentiment ou je pourrais t'assommer.

— Je ne te suivrai pas, j'en ai fini avec vous.

— Ah, ça, je veux bien te croire ! Tu as failli en finir définitivement avec Tyron.

Je remets l'appareil en route, comme ça, je ne l'entends plus. Mais il s'arrête. Le type sur la table enlève la petite serviette en papier qu'il a autour du cou.

— Je… je…

Il se lève et s'en va en courant. Je me retourne vers Quinns qui croise les bras.

— Magne-toi, la colombe, je n'ai pas que ça à faire.

— Non, j'ai été claire, je crois. J'ai repris une nouvelle vie, j'ai même un copain. Tu le savais ? Non, puisque vous n'aviez rien à foutre de moi durant presque deux mois. Mia t'a réclamé sans cesse et je ne savais pas quoi lui dire, moi. Je ne veux plus de vous dans ma vie ni dans la sienne.

— Je n'ai pas le temps de tout expliquer, mais dépêche-toi ! C'est le dernier avertissement avant que je t'assomme.

Je vais le suivre, non pas parce qu'il me le demande, mais parce que je veux tuer Tyron. Je veux lui dire en face de me foutre la paix. J'enlève ma blouse, mon masque, je prends mon manteau et mon sac et je le suis.

— Annule tous mes rendez-vous de cet après-midi, c'est plus sûr.

Ma secrétaire ne dit rien, mais je vois qu'elle n'en pense pas moins. Quinns monte sur sa moto et me tend un casque que je mets avant de grimper derrière lui. Et me voilà repartie comme avant, à moto avec un foutu biker. Il roule un long moment et, à force d'aller au club, je sais parfaitement que ce n'est pas la route qu'il faut prendre. D'un coup, j'ai peur. Et s'il voulait me tuer et qu'il m'emmenait dans un endroit discret pour le faire ?

On finit par s'arrêter et je constate qu'on est devant l'hôpital. Il veut me tuer ici directement, près d'une morgue ? Je descends, regarde autour de moi, j'ai envie de m'enfuir, je n'ai pas confiance. J'enlève le casque, cherche une issue, mais je n'ai pas le temps de trop chercher, car Quinns me prend par le poignet et me tire derrière lui. Je suis obligée de trottiner pour éviter de tomber. On monte dans un ascenseur. Enfin, il me pousse plutôt dedans. Je voudrais lui poser des questions, mais je n'ose pas, alors je reste là, comme une cruche. Une fois le bip qui nous annonce notre arrivée à l'étage, il me reprend le bras et continue de me tirer.

Il ouvre une porte et nous entrons dans une chambre.

— Je te l'ai ramenée, comme tu voulais.

Je regarde qui est allongé sur le lit et je rencontre le regard de Tyron. Merde, il fait quoi ici ? Dans un hôpital en plus ? Ils n’y viennent jamais, s’il est dans cet endroit, c’est que ça doit être grave.

— Bonjour, Ava.

Je ne sais pas quoi dire ou faire.

— Assois-toi !

Je n’écoute même pas ce qu’il me dit. Je regarde autour de lui, il est branché à plusieurs appareils. Je constate aussi qu’il a l’air d’avoir beaucoup maigri. J’entends une chaise qui grince, Quinns la place à côté du lit de Tyron, puis il revient vers moi pour me pousser dessus. Je m’assois comme un automate, je suis mal à l’aise, je ne devrais pas être ici, mais chez moi ou au travail. Nous ne sommes plus ensemble, pourquoi il m’emmerde, là ? Il est à l’hôpital, d’accord, mais ça ne me regarde pas.

— Ça fait du bien de te revoir.

— Je ne te retourne pas le compliment.

Je suis juste agacée et énervée.

— Dis ce que tu veux dire que je puisse rentrer chez moi.

— Chez toi, c’est avec moi.

Je lève les yeux au ciel.

— Les choses ont changé depuis deux mois. Comme tu peux le voir, je vais très bien. Toi, peut-être un peu moins, mais je m’en fous.

Il regarde Quinns derrière.

— Elle ne sait rien. J’avais un doute qu’elle ait fait

exprès, mais je suis sûr que non maintenant.

— Mais de quoi vous parlez ?

Je les regarde l'un après l'autre.

— Je ne sais pas quoi ?

Ils continuent à se regarder et ça m'énerve. Je commence à me lever pour partir, mais je fais à peine deux pas que je suis stoppée par ses mots.

— C'est toi qui m'as envoyé ici, il y a deux mois quand tu m'as abandonné lâchement. Tu m'as poignardé avec un bout de la lampe, tu te rappelles ? Vu que tu n'as prévenu personne en partant, il a fallu du temps avant qu'on vienne me voir et j'ai failli mourir ce jour-là. Depuis, j'étais dans le coma, je me suis réveillé il y a trois jours.

Je me retourne et le regarde, choquée.

— Quoi ? C'est une plaisanterie ?

— Pas du tout.

Je regarde Tyron et Quinns pour déceler une étincelle de mensonge dans leurs yeux, mais, non, il n'y a rien, ils ont l'air très sérieux.

— Je ne te crois pas, c'est encore un truc pour me manipuler. Et puis, même si c'était le cas, tu as l'air d'aller bien maintenant. Donc chacun peut reprendre sa petite vie.

Je pose ma main sur la poignée de porte, mais on m'arrête.

— Tu ne vas nulle part pour le moment ! Tu dois

écouter ce qu'il veut te dire avant.

— Je n'ai aucune obligation ! Je veux juste rentrer chez moi et continuer ma vie comme je l'entends.

— Écoute-le, avant.

— Il m'a trahie, Quinns ! Il s'est foutu de moi. Et toi aussi. Tu n'es même pas venu voir Mia. Je pensais que c'était spécial entre vous, que tu étais comme son oncle ou son ami. Elle s'est sentie trahie.

Je vois une ombre de regret dans ses yeux.

— J'avais mes raisons. Mais on parlera de toi et moi plus tard, il faut que tu règles des choses avec Tyron.

— Écoute, je…

— Fais-le pour Mia. Il était dans le coma, ce n'est pas de sa faute s'il n'a pas pu la voir. C'est sa fille.

Il sait comment me parler, ma fille est ce qui compte le plus et elle considère Tyron comme son père. Un père qui l'a abandonnée, certes, mais si ce qu'ils disent est vrai, et qu'il était vraiment dans le coma, il n'y est pour rien et les deux méritent de se retrouver. Je vais régler ça, voir s'il veut des droits de garde pour la voir et, après, je partirai.

Je sors mon portable et regarde l'heure. Il faut que je passe récupérer Mia avant à l'école. Je n'ai pas beaucoup de temps à lui consacrer, mais ça devrait suffire.

— D'accord, je vais lui parler.

— Vous savez que je suis là et que je vous entends ? Non, car je pense que vous avez oublié.

On se retourne tous les deux comme un seul homme et on le regarde.

— Je vais vous laisser, je serai devant la porte. J'irai chercher Mia à l'école, donc ne stressez pas.

— Je suis sûre que ça lui plaira.

— Moi aussi.

Je me rapproche de Tyron et m'assois sur la chaise le temps que Quinns sorte. Je n'ose pas lever la tête, j'ai peur d'être prise dans son regard et de retomber dingue de cet homme qui m'a fait tant de mal.

— Tu m'as manqué, Ava…

Je ne réponds pas, car lui aussi m'a manqué, mais j'ai refait ma vie. Je lui parle juste pour Mia, qui s'est attachée à cet homme en si peu de temps et qui l'appelle papa.

— Je ne t'ai pas manqué, même un peu ?

Je relève la tête et le regarde enfin. Tout mon corps se crispe. Même dans un lit d'hôpital, il est toujours beau. Ça m'énerve d'avoir des pensées comme celles-ci.

— Qu'est-ce que tu voulais me dire, Tyron ?

— Je veux que tu reviennes.

J'explose de rire, je ne peux pas m'en empêcher.

— J'ai refait ma vie. Je suis venue, car je n'avais pas vraiment le choix. Et puis, vous manquez à Mia, mais toi et moi, c'est fini, Tyron.

— Quinns a réussi à savoir pourquoi tu étais en colère contre moi et je te trouve injuste.

— C'est une blague ?

Je commence à me lever et à faire semblant de chercher quelque chose dans la chambre.

— C'est une caméra cachée ? Écoute, je n'ai pas de temps à te consacrer pour ces conneries. Je m'en vais, je pense que c'est le mieux. Si tu veux voir la petite, on peut se faire un tableau de garde. Si tu ne veux pas, eh bien, tant pis, on fera avec.

Je commence à partir, mais il m'interpelle une dernière fois.

— Je t'aime, Ava…

Je souffle et le regarde peut-être pour la dernière fois.

— Tu ne m'aimes pas, ce n'est pas ça, l'amour.

Je sors et je regarde l'heure. Quinns est devant la chambre.

— Tu peux aller chercher la petite, si tu veux.

— Je peux l'amener ici avant de te la conduire chez toi ?

— Oui, mais ne parle pas de coma et de tout le tralala. Raconte ce que tu veux, mais dédramatise la chose.

— D'accord.

Enfin, je suis tranquille. Lui non plus n'a

pas proposé de me ramener. Tous ces hommes m'énervent ! J'appelle un Uber qui ne tarde pas à venir.

Une fois chez moi, je pars directement m'allonger sur mon lit, je ne me sens pas bien, c'est trop d'émotion d'un coup.

Tyron, bon sang !

Il revient toujours dans ma vie comme un cafard. Je pensais être tranquille, enfin, mais je me suis trompée. J'ai failli le tuer, bon sang, si je m'attendais à ça ! Je ne me souviens pas vraiment de ce jour-là, la colère m'aveuglait. Je sais que je lui ai balancé des choses, je sais que j'ai essayé de le pousser avec un objet, mais je ne pensais pas l'avoir poignardé à mort. S'il était mort, je m'en serais voulu toute ma vie, mais, vu qu'il est vivant, j'ai juste envie de lui dire que c'est bien fait pour lui. Le grand biker qui se fait mettre une correction par une femme, je ne vais pas le plaindre, il a eu ce qu'il méritait. Au moins, ça m'a permis de faire un break avec tout ça et, même s'il pollue mes pensées, je suis quand même plus libre, plus détendue et j'ai refait ma vie, bon sang. Il faut que j'appelle Diego, d'ailleurs, j'ai besoin de le voir pour oublier l'autre démon.

Je prends le téléphone et lui envoie un message. Il me répond directement. Je ne lui demande que très rarement quand on peut se voir, c'est lui en général qui me harcèle, qui insiste, et moi je lui dis juste oui. Alors, là, que ce soit moi qui fasse le premier pas, il doit croire que je deviens folle de lui, ce qui n'est toujours pas le cas. Pourtant, j'aimerais, je voudrais tomber amoureuse de quelqu'un d'autre, mais je n'y arrive pas, il n'y a rien à faire. Je reste persuadée que le temps fera son travail. Mais c'était plus facile à penser ça quand je ne voyais plus ces foutus bikers. Maintenant qu'ils sont revenus dans ma vie, je sens que ça ne sera plus aussi simple pour moi. Le voir, le sentir va être une foutue torture.

Je me lève et vais me laver. Je ne sais pas combien de temps Quinns va mettre à ramener la petite. Une fois que je suis prête, je regarde mon téléphone, j'ai un appel d'un numéro que je ne connais pas. Alors, je rappelle.

— Allô ?

— C'est Quinns, je vais ramener la petite plus tard que prévu.

— Pourquoi ?

— Elle ne veut plus partir, elle veut rester avec Tyron.

— Tu me la ramènes quand ?

Ça commence bien ! Comment je vais pouvoir avoir une garde avec ces hommes-là ? Ils me disent une chose et changent d'avis.

— Laisse-moi une heure.

— D'accord.

Je raccroche et souffle. Bon, eh bien, je ne sais pas comment je vais m'occuper, vu que je suis obligée de rester ici pour les attendre. Et je ne vais certainement pas inviter Diego à venir plus tôt, il risque de tomber sur Quinns et je n'ai pas envie qu'il parte en courant. Je me dirige vers mon salon, allume la télé et attends que le temps passe et, qu'enfin, il me ramène ma fille.

Chapitre 25

Tyron

Ça fait du bien de voir la petite ! Je pensais qu'elle allait m'en vouloir même si, techniquement, ce n'est pas de ma faute, mais alors pas du tout. Elle m'a sauté dessus à peine arrivée et n'a fait que parler. Si je m'attendais à tout ça ! Il y a quelques mois, j'étais seul… Oh pas que j'étais malheureux, j'étais même très heureux et, maintenant, me voilà père d'une gosse de huit ans et j'ai une femme, la plus pénible qu'il m'ait été donné de voir. Mais j'adore ça.

Le monstre qui est en moi s'éloigne un peu et je me rends compte que je peux aimer, ou du moins apprécier, d'autres personnes que moi.

J'ai plus envie de la baiser, elle, que de me baiser moi, maintenant.

J'ai plus envie de la regarder que de me regarder, moi.

Ce changement ne me fait pas peur, enfin si un peu… Dépendre de quelqu'un, ça m'énerve, et qu'elle le veuille ou pas, elle va revenir avec moi. Même si pour ça, je dois utiliser la force. J'aimerais la contraindre à rester avec moi, elle me combattrait, elle me provoquerait. Putain, rien que d'y penser, je bande !

— Papa, on rentre quand à la maison ?

— Bientôt.

Après un dernier au revoir, je me retrouve seul. J'ai été presque tout le temps avec moi-même ces trois derniers jours, depuis que je me suis réveillé. Même si, en général, j'apprécie ça, là, ça me laisse trop de temps pour réfléchir et je n'aime pas ça. J'ai demandé à sortir plus tôt, je ne veux pas rester ici, je préfère faire ma convalescence chez moi, à mon club. Si tous les examens sont bons, je pourrai sortir demain, mais je ne pourrai pas totalement marcher. Après deux mois à être immobile, j'ai besoin d'avoir de la kiné. Je n'aime pas être handicapé, être diminué et tout ça pour quoi ? Juste pour quelques petites pipes par-ci par-là. Moi, je trouve que c'est légitime, j'ai dit que je ferais un effort, je ne les touche pas, je ne les embrasse pas, je ne mets pas ma bite dans une autre chatte. Je peux comprendre sa réaction, mais je la trouve disproportionnée, surtout qu'elle a failli me tuer pour ça.

La porte s'ouvre et une des brebis entre.

— On m'a envoyé venir t'aider.

— Qui t'a envoyée ?

— Snow.

Il veut se venger en foutant la merde dans mon couple ? Depuis que je lui ai fait un coup de pute en laissant ma sœur partir, nos liens sont très mauvais. On ne s'adresse plus la parole. Il était le régulier de ma sœur, elle n'en voulait plus, elle est partie avec un autre, c'est la vie. Il faut qu'il passe à autre chose maintenant. Surtout qu'il y a plein de belles filles, dans le club, qui sont prêtes à gober jusqu'à la glotte ses bijoux de famille. Surtout qu'il ne l'aimait pas, il n'avait rien dit quand je l'ai baisée pendant trois jours. Moi, le premier qui touche Ava, je le tue, président ou pas, rien à foutre. Je le savais déjà, mais, là, c'est encore pire, je sais parfaitement qu'il n'en avait vraiment rien à faire.

— J'ai demandé qu'on me ramène mon ordinateur portable, tu l'as ?

— Oui.

Elle me tend l'objet et je me mets en position assise, en évitant de serrer des dents, même si ça tire. J'ai eu une grosse infection en plus de toute la perte de sang. Mon cœur s'est aussi arrêté, on m'a réanimé, je suis un survivant et je compte bien vivre ma vie comme je l'entends maintenant, au jour le jour.

— Tu peux partir maintenant.

— Mais…

— Dégage, je te dis, la grognasse ! Même dans ce lit, je peux t'en coller une !

Non, mais ! Deux mois et personne ne veut plus m'écouter maintenant ?

Elle déguerpit le plus vite possible. J'ouvre le capot de mon ordinateur et l'allume, il faut que je la voie, je ne pense qu'à ça. Je me connecte directement au Wifi de l'hôpital, puis à mes caméras de sécurité. Elle est là devant moi en train de regarder la télé, mais je me lasse vite de cette image pas très intéressante. Je veux surtout voir ses nuits, voir si elle se donne toujours du plaisir seule entre ses draps. Je passe les vidéos, il ne se passe rien dans la plupart, mais celle-là me met rouge de colère… Mais quoi ? J'arrache la perf qui était encore à mon bras et je m'assois sur le bord du lit. J'essaie de me mettre debout, mais je tangue, je ne vais jamais y arriver. Je prends mon portable et appelle Quinns.

Il ne me répond pas.

Merde !

Je me remets devant l'ordinateur et regarde le direct. Il est en train de parler avec elle. Putain, il faut que j'y aille, et maintenant ! Je réserve un Uber sur l'appli, puis je sonne pour qu'une infirmière vienne. Dès qu'elle arrive, je l'agresse directement.

— Je dois partir. Maintenant !

— Non, non, vous ne pouvez pas. Il faut l'accord du docteur. Et puis que vous signez un papier et…

— Donne-moi mes fringues avant que je t'égorge.

— Je… Je…

Elle se dépêche d'aller jusqu'au placard et me tend un pantalon plein de sang. Il n'y a même pas de tee-shirt. Mon blouson n'y est pas non plus. Je ne peux pas prendre un Uber à moitié nu et plein de sang, ça fait psychopathe, jamais le mec ne voudra me faire monter.

— Donne-moi ta blouse !

— Quoi ?

— Donne-la-moi ! Tu es assez grosse pour qu'elle m'aille.

Elle commence à partir. Ne rêve pas, connasse !

— Je te retrouverai et je commencerai en violant tes gosses, si tu ne fais pas ce que je dis !

Elle se retourne enfin, les larmes aux yeux, et enlève sa blouse pour me la tendre.

— Apporte-moi un fauteuil roulant et les papiers à signer pour sortir si tu as peur pour ton travail. Et magne-toi, connasse, mon Uber attend !

Elle part en courant et je mets sa blouse. Ça sent son parfum. Elle sent bon, mais elle est moche, c'est bien dommage. Je referme mon ordi et prends mon portable, c'est tout ce dont j'ai besoin pour le moment.

Elle revient avec un fauteuil et le médecin.

— Monsieur, je dois essayer de vous convaincre, vous ne pouvez pas partir comme ça et…

Mon regard mauvais l'arrête dans sa phrase.

— Donnez-lui les papiers…

L'infirmière me les tend et je signe. Ensuite, je m'appuie sur le fauteuil pour me soulever et me mettre dedans. J'installe mes jambes, fous mon PC et mon téléphone sur mes jambes et… roule, ma poule ! Je suis sûr que c'est aussi facile qu'une moto, ça a des roues, alors je devrais pouvoir m'en sortir.

Je cherche l'ascenseur et appuie sur le bouton. Quand les portes s'ouvrent, il y a déjà beaucoup de gens dedans, mais est-ce que ça me gêne ? Absolument pas ! Je pousse tout le monde pour entrer, les gens gueulent, mais je m'en fiche.

— Les estropiés sont prioritaires. Vous, ça ne vous aurait pas fait de mal de prendre les escaliers.

Et voilà, tout le monde est indigné, mais je suis dans l'ascenseur, c'est le principal. Même s'il descend à une lenteur impossible.

— Il va se magner, oui !

Mon téléphone se met à sonner, au moment même où l'ascenseur s'ouvre à l'étage et où je descends. Pas possible de décrocher, je verrai ça plus tard. Je roule tel un concurrent d'une course paralympique. Le mec du Uber m'attend déjà.

— Le fauteuil, ce n'est pas gênant ?

— Euh, non. Vous vous êtes échappé ?

— Non.

— D'accord.

Il m'ouvre la porte, je lui tends mon ordinateur et mon téléphone le temps de monter dans la voiture. Je ne sais même pas comment plier cette merde. Heureusement que le gars a l'air de s'y connaître, lui. Une fois dans la bagnole, je regarde la ville, je rumine.

Je vais la tuer !

Je vais l'éviscérer !

Je vais…

Putain !

Je vais la tirer par les cheveux jusqu'au club !

Même en fauteuil roulant, je suis sûr de pouvoir la traîner. La salope ! Elle me ferait presque culpabiliser pour une petite pipe, alors qu'elle s'envoie en l'air pendant que je suis dans le coma. Et par sa faute, en plus ! Quel culot ! Je vais lui montrer ma façon de penser, à cette garce !

Quand on arrive enfin, le mec m'aide. Si j'avais eu du liquide sur moi, je lui aurais donné un gros pourboire. Je roule jusqu'à la porte, je l'ouvre, je fais comme chez moi. Heureusement que ce n'est pas trop haut.

Tout le monde se retourne et me regarde, choqué.

— Quinns, sors la petite de là et donne-moi ton flingue !

Il lui faut quelques secondes pour réagir, mais il le fait. Il propose à la petite, qui ne comprend rien à ce qui se passe, un tour de moto. Elle est heureuse, elle adore ça.

Je pose délicatement mon PC par terre, mais je garde mon téléphone. Quand il passe à côté de moi, il me tend son arme sans poser de questions.

La voir devant moi… Putain ! Je m'écouterais, je lèverais le flingue vers elle et je lui exploserais la gueule. Je pense à l'autre fils de pute qui a touché ma nana.

— Tu es déjà sorti ?

— Il fallait bien ! Comment je pouvais laisser ma traînée de femme continuer à se faire déglinguer le cul par un autre ?

— Quoi ?

— Tu as oublié qu'il y a toujours des caméras chez toi ? Quelle n'a pas été ma surprise quand j'ai regardé quelques vidéos et que je t'ai vue te faire prendre la chatte par un autre. Ma chatte !

— Tu plaisantes, là ? Je t'ai quitté, je fais ce que je veux.

— Jusqu'à la mort, Ava ! Toi et moi, c'est jusqu'à la mort, putain !

Elle s'approche avec colère de moi.

— Tu m'as trompée, tu m'as humiliée, je ne te dois rien, Tyron ! Maintenant, dégage de chez moi, nous n'avons plus rien à nous dire.

— Que tu croies ! Tu es à moi et rien qu'à moi. Putain, tu me dégoûtes, bordel !

— Toi non plus, tu ne vaux rien ! Tu n'es qu'un raté, un sale type. Je ne veux plus de toi. Je suis en couple maintenant, alors barre-toi !

Elle s'approche encore plus près et j'ai comme un réflexe de défense, je lève l'arme et lui tire dans le bras. Elle stoppe, ouvre grand les yeux et regarde là où s'écoule du sang.

— Espèce de fils de pute !

Elle me fonce dessus, mon fauteuil se renverse, elle atterrit sur moi.

— Je te déteste, Tyron ! Tu ne fais que me rendre malheureuse, tu me blesses, tu ne me respectes pas.

— Non. Tu m'aimes et, moi aussi, je t'aime.

Elle pleure, mais ne se dégage pas. J'aimerais bien qu'elle le fasse, car j'ai la ferraille du haut du fauteuil dans le dos et j'ai mal. Mais je ne dis rien. Je lève même les bras et je la serre contre moi.

— J'ai mal.

— Je sais. Aide-moi à trouver mon téléphone, je vais appeler le docteur du club.

Elle roule de moi et s'allonge par terre. Je m'assois et la regarde. Merde !

Je cherche mon téléphone autour de moi et, heureusement, il n'est pas loin, j'ai juste à tendre le bras.

— Ouais, c'est Tyron, il faut venir chez ma régulière, je lui ai tiré dessus.

— Pardon ?

— Je lui ai tiré dans le bras, elle était incontrôlable. Maintenant, elle doit être soignée, alors magne-toi !

— Vous ne devriez pas être encore à l'hôpital ?

— Non, puisque je suis là.

— Donnez-moi l'adresse, j'arrive. Faites-lui un garrot pour l'aider.

— Tu m'as pris pour un débile, doc ? Ce n'est pas la première balle que je tire sur quelqu'un.

Je lui donne l'adresse, raccroche, puis je me traîne jusqu'à elle.

— Je ne suis pas désolé, Ava, tu m'as trop provoqué.

— Je voulais seulement avoir une vie normale et heureuse. C'est tout ce que je voulais, Tyron.

Elle tourne la tête et pleure en silence.

J'enlève la blouse et lui fais un garrot avec. Heureusement que mes bras et mes mains sont « opérationnels ». J'ai pu les utiliser assez rapidement. Bon, j'ai encore du mal avec les petits objets à attraper, mais, dans l'ensemble, je m'en sors plutôt bien.

Ce qu'Ava me dit, venant du fond de son cœur, me

fait quelque chose. Je me sens con, je sais bien qu'on n'était plus ensemble et qu'elle voulait simplement tourner la page, mais je n'arrête pas de revoir ce type la baiser et ça me donne autant la gerbe que l'envie de tuer tout le monde. Putain, je n'aime pas être comme ça !

Je prends sa tête pour la tourner vers moi.

— Le doc va arriver et on va parler quand on ira mieux tous les deux.

— Je crois qu'on s'est tout dit. Je préfère que tu partes une fois qu'il sera là.

— Non, ça n'arrivera pas. On va régler tout ça et on va recommencer comme avant. Même si un autre a touché ta chatte, il va falloir que je passe au-dessus de ça.

Non, je ne vais pas y arriver, mais je raconte tout ce qui me passe par la tête, surtout pour éviter qu'elle tombe dans les pommes. Elle saigne quand même pas mal et je veux qu'elle revienne avec moi après. Chez nous.

— On va aller à la maison de la plage, tous les deux, on va se soigner et on va passer du temps ensemble.

— Je suis passée à autre chose, Tyron. Deux mois se sont écoulés.

Je la regarde profondément.

— Ose me dire que tu ne m'aimes plus et que c'est lui que tu aimes.

— L'amour ne me suffit pas. Je veux être heureuse. Je suis épuisée de me battre, je veux juste être en paix. Laisse-moi partir, Tyron, et faisons nos vies chacun de notre côté.

Je n'ai pas le temps de répondre qu'on frappe à la porte.

— Entre, putain !

Mais ce n'est pas le médecin que je vois franchir la porte, mais un type que je ne connais pas. Enfin, si, c'est le mec de la vidéo. Je le regarde, puis je fixe Ava. Ce mec est un homme mort, je vais le tuer ! Je commence à prendre mon arme, mais je sens une main tremblante se poser sur la mienne.

— Tyron, il n'y est pour rien. S'il te plaît.

J'ai envie de le faire, j'ai envie qu'une balle l'atteigne en pleine tête.

— Mais qu'est-ce qu'il se passe ? Mon Dieu, vous êtes blessés tous les deux ?

Il commence à sortir son portable.

— Dis-lui de poser ça ou je le bute avant.

— On a déjà appelé un docteur, il arrive. Diego, c'est bon, tu peux partir.

— Je ne vais pas partir, c'est clair.

C'est sûr que quand on goûte à Ava, on n'a plus jamais envie de partir. Sa chatte est magique, elle nous emprisonne et nous garde accros pour toujours. Sauf que c'est ma chatte à moi ! Alors, il va devoir soit mourir, soit se barrer, et vite !

— Ava.

— S'il te plaît, Tyron, je ne me sens pas bien, sois gentil pour une fois.

Elle se retourne et vomit. Et merde ! Le gars s'approche et je suis presque prêt à le tuer quand on frappe encore à la porte.

— Va ouvrir, connard !

— Quoi ?

— En plus d'être con, tu es sourd ? Entre, Doc !

La porte s'ouvre et le sauveur de ce mec entre. Oui, une seconde de plus et je l'aurais buté !

— Occupe-toi d'elle, Doc. Elle vient de vomir et elle ne se sent pas bien.

Il s'approche d'elle et la tire.

— Vous pouvez m'aider, s'il vous plaît ?

Les deux portent ma belle jusqu'au canapé, puis le doc commence à faire son travail. Je rampe jusqu'à elle, je n'ai même pas honte d'être diminué.

— Tu devrais être à l'hôpital, Tyron.

Je lève les yeux au ciel et ne lui réponds rien. Il est notre médecin depuis tellement longtemps qu'il se croit tout permis. Il passe un certain temps à la soigner et l'autre Mongol la regarde comme s'il était vraiment inquiet.

Une fois fini, le toubib se lève et me regarde.

— Tu ne l'as pas loupée ! La balle est ressortie

et ça n'a rien touché de vital. Je l'ai recousue, je viendrai faire un contrôle demain.

— On veut partir dans notre maison sur la plage, tu peux aller là-bas ?

— C'est où ?

Je lui donne l'adresse. Pour lui, c'est possible, mieux, ça le rapproche même de chez lui. Je le savais, je le surveille, ce bon vieux docteur.

— Je viendrai pour toi aussi. Il te faut un kiné, tu n'aurais pas dû sortir. Pour le moment, tu te sens bien, mais ça ne durera pas.

— Tu vas me faire de la kiné, Doc, pas question que quelqu'un d'autre que toi entre dans notre maison.

Il comprend bien que je ne lui donne pas le choix, alors il part avec l'adresse. Je sais que l'autre mec est à côté, qu'il entend tout, mais je sais aussi qu'il ne vivra pas assez longtemps pour venir me faire chier chez moi.

Chapitre 26

Ava

Je ne me sens pas bien. On m'a recousue à vif et Tyron est plus intéressé à faire le kéké qu'à s'occuper de moi. Pourquoi je pense à ça, moi ? C'est plutôt Diego qui devrait s'occuper de moi, mais je sens que si j'interviens plus, Tyron va lui mettre une balle entre les deux yeux.

Je suis fatiguée de tout ça…

Pourquoi ce connard m'a tiré dessus ?

Il est fou !

Moi, je n'avais pas fait exprès, mais, lui, c'était volontaire.

Et maintenant, voilà qu'il veut qu'on parte dans sa maison. Il ne me demande même pas mon avis.

Il veut qu'on discute, qu'on se remette ensemble… Mais moi, je ne veux pas, je veux retrouver ma vie sans lui.

Je le regarde et… Merde ! Bien sûr que je l'aime. Je suis toujours aussi folle de lui. Mais la souffrance qu'il me donne en échange, ça ne vaut pas le coup.

— Quelqu'un peut m'expliquer ce qui se passe ?

Diego, qui a une vie chiante et tranquille, doit être complètement perdu.

— Je suis Tyron, sale con, et c'est ma nana, ça !

— Tyron, je…

— Je te jure, ferme-la, Ava !

Je ne dis plus rien, je ne veux pas l'énerver encore plus.

— Non ? Mais je pensais qu'elle était célibataire.

— Eh bien, non, comme tu le vois.

— Je ne veux pas me mêler de ça. Je suis désolé, Ava, c'était un chouette moment tous les deux, mais il a l'air dangereux, cet homme.

Quelle mauviette, lui aussi ! Pourquoi tous les hommes que je rencontre ne sont que des peureux ?

— Eh bien, barre-toi, monsieur trente secondes !

Il me regarde sans comprendre.

— Trente secondes, c'est bien ton meilleur temps pendant le sexe, non ? Alors, c'est le petit surnom que je te donne.

J'entends Tyron exploser de rire.

— Elle t'a humilié, mec ! Barre-toi maintenant !

Le gars s'en va et j'espère juste qu'il ne va pas appeler la police, car j'ai quand même une plaie par balle.

— Je t'aimais beaucoup, tu sais, c'est dommage.

Et il sort de la maison sur ces derniers mots. J'ai un pincement au cœur, je l'ai blessé. Je ne suis pas comme ça d'habitude, j'aurais dû garder pour moi son incapacité à satisfaire une femme, je suis un monstre.

La douleur se réveille, j'ai tellement mal que je commence à pleurer.

— Ma puce, ça va ?

— J'ai tellement mal, je ne tiens plus.

Il prend son téléphone.

— Apporte la voiture et des antidouleurs à l'adresse que je vais te donner. Fais ce que je te dis et magne-toi !

Il raccroche et me regarde.

— On va t'apporter ce qu'il faut et on va aller à la maison.

— Je ne veux pas te suivre.

Même dans la douleur la plus totale, je reste droite dans mes bottes. Je ne veux pas de lui, même s'il a cassé ce que j'avais avec Diego. Je suis sûre que je peux en trouver un autre qui me satisfera plus.

Tyron se traîne jusqu'à son fauteuil roulant, il le remet droit et se remet dessus.

— Je ne devais pas sortir, je n'arrive même pas à marcher. Mais, Ava, j'étais tellement en colère…

— On ne va pas revenir dessus. Je fais ce que je veux.

— Plus maintenant, je suis revenu et je ne compte pas te laisser.

— Je suis libre, je te l'ai déjà dit.

— C'est ce qu'on verra.

Ma fille arrive enfin, elle court vers moi, mais, quand elle me voit, elle a un mouvement de recul. Quinns regarde mon bandage, puis tourne la tête vers Tyron et ils se marrent tous les deux. C'est très vexant. En plus de me sentir très mal, de souffrir et tout le reste, ils se foutent de moi !

On frappe encore et tout le monde se tourne vers la porte. C'est un hôtel chez moi ou quoi ? Ils viennent tous comme ils veulent. Quand Quinns ouvre la porte, c'est une jolie fille qui entre. Je vois flou, alors je n'arrive pas à distinguer si je la connais déjà.

— Tiens, Tyron, ce que tu m'as demandé.

Elle se penche et pose la main sur sa jambe. Ça, je le vois, en revanche.

— Tyron, j'ai mal ! Tu joueras le joli cœur plus tard.

Je ne sais pas pourquoi j'ai rajouté la suite. Mais cette situation m'énerve !

Il se rapproche de moi et m'aide à prendre les médicaments. Quinns lui tend un verre d'eau et, une fois que j'ai tout avalé, je me rallonge. J'ai chaud. J'ai froid. Je pleure. Je me sens de moins en moins bien.

— Tyron…

— Je suis là.

Je sens son front sur le mien.

— Quand tu te réveilleras, on sera tranquillement chez nous.

Je sens que je sombre dans les tréfonds de la nuit, j'entends encore des sons, mais je ne ressens plus la douleur. Je finis par ne plus voir que du noir.

Je suis réveillée par une douleur qui me transperce le bras.

— Putain !

Ça me brûle et, en même temps, ça me pique. C'est affreux. Mon premier réflexe est de m'asseoir, mais c'est encore pire.

— Ça va aller, Ava, prends ça, ça va passer.

Je ne regarde pas qui c'est ni ce qu'on me fait. Ce qui compte, c'est que ça s'arrête. Je prends le médicament qu'on me donne et je bois ce qu'on me tend. On m'aide à me rallonger et je souffle en espérant que ça passe. La douleur commence à se dissiper et je peux me reposer.

— Ça va ?

Je regarde autour de moi, on est à la maison de la plage. Il ne m'a même pas demandé mon avis et m'a amenée ici pendant que j'étais droguée à je ne sais pas trop quoi.

— Je veux rentrer chez moi, Tyron.

— C'est chez toi, ici.

— Mon vrai chez-moi.

— Tu me saoûles, Ava ! C'est toujours la même chose, tu répètes en boucle les mêmes mots.

— Toi aussi.

— Oui, mais, moi, ils ont du sens. Toi, non…

— Tu m'as tiré dessus, putain ! Tu imagines le truc ? Tu es malade si tu crois que j'ai envie de rester avec toi.

— Tu m'as bien planté, toi ! J'ai été deux mois dans le coma et, pourtant, je veux rester avec toi.

— Je n'ai pas fait exprès, moi, bon sang !

— Que tu dis.

Je n'ai plus envie de discuter avec lui, je préfère somnoler et attendre que le temps passe. De toute façon, je n'ai toujours pas la force de me battre contre lui.

— Où est Mia ?

— Au club avec Quinns.

Au moins, elle va être contente. Je suis toujours dans le brouillard, alors je me rendors rapidement.

Les jours passent.

Tyron et moi nous sommes à peine parlés, je n'en ai pas envie. Je lui en veux tellement de m'avoir tiré dessus et de briser ma vie. Je le déteste, mais, en même temps, j'aime l'avoir près de moi et, sentir son odeur, ça me rassure. C'est un gros paradoxe.

Tous les jours, le médecin vient me soigner. Je n'ai pas fait d'infection et je récupère très bien. Tyron, lui, progresse de jour en jour sur ses jambes. En même temps, il s'en donne les moyens, il se force à utiliser ses jambes même si c'est compliqué, même si le médecin lui a dit de ne pas forcer, il s'en fiche. Comme il dit, je compte bien baiser ma nana au plus vite. Quelle nana ? Car c'est clair que ce n'est pas de moi qu'il parle, vu que je ne le suis plus.

— Allez, tu lèves ton cul et tu viens manger à table, avec moi, maintenant ! Tu n'es pas handicapée des jambes à ce que je sache, c'est moi.

Je remets la couette sur ma tête, je ne veux pas me lever, je veux juste rentrer et dormir dans mon lit.

— On va devoir parler, car j'ai quelqu'un de ta famille dans ma cave.

— Quoi ?

Là, je me relève d'un coup et je le regarde.

— Si tu viens avec moi, je t'expliquerai.

Il s'en va et me laisse là, avec plein d'interrogations. Ma mère, il a ma mère, j'en suis persuadée. Je me lève et le rejoins, ce qu'il veut me dire m'intéresse enfin.

Sur la table, tout est préparé. Je n'ai pas faim, je veux juste des informations.

— Alors ?

— Assois-toi et mangeons. Je vais tout te dire, mon amour.

— Arrête avec tes surnoms stupides !

Il commence à manger sans m'attendre. Je prends ma fourchette et picore dans ce qu'il a commandé, car ce n'est clairement pas lui qui a pu faire de la nourriture chinoise.

— Alors ?

— Ta mère. Quinns l'a retrouvée deux jours après que tu es partie et, accessoirement, que tu as failli me tuer.

— Toi aussi, tu as failli me tuer.

— Non. Je sais où tirer, je fais ça depuis que je suis gosse. Si j'avais voulu te tuer, tu serais morte. Moi, en revanche, j'ai failli y passer, tout ça parce que tu m'en voulais pour quelque chose de stupide.

— Stupide ?

Je me lève d'un coup, ma chaise se renverse.

— Je t'ai dit, Ava, que je ferais des efforts et c'est ce que j'ai fait. Tu n'as même pas voulu m'écouter, tu as préféré essayer de me tuer.

Je m'approche de lui et le gifle, il n'a même pas levé le petit doigt pour m'en empêcher.

— Tu as fini ?

— Oui, j'en ai fini avec toi.

— Pourquoi es-tu si fâchée, Ava ? Je t'ai dit que

j'allais essayer, c'est ce que j'ai fait. Je n'en ai baisé aucune autre. Juste quelques pipes, je ne les touchais pas, je ne les regardais même pas. C'était juste pour remplacer ma main, rien de plus.

— Tu te fous de ma gueule ? Tu continues ?

— Explique-moi, Ava, dis-le.

Je commence à partir, mais il m'attrape la main et me tire. Je me retrouve sur ses genoux.

— Pourquoi, Ava ?

— Et toi, pourquoi tu ne m'as pas demandé à moi ?

— Si je t'avais demandé une pipe sans prise de tête, juste pour me détendre quelques minutes, tu l'aurais fait sans me faire un scandale ? Tu ne te serais pas sentie salie, prise pour un vide-couilles ?

— On parle de ça, Tyron, on ne fait pas ses coups en douce. On aurait pu trouver une solution. Je…

— Pourquoi, Ava ? Pourquoi ça te gêne tant qu'une autre pose sa bouche sur ma queue et me fasse jouir ?

— Ça ne me gêne pas…

— La vérité, Ava !

— Je ne te dois rien ! Je veux que tu me parles plutôt de ma mère.

Il me regarde avec des yeux étincelants. Il veut qu'on parle du passé, je n'en vois pas l'intérêt. Pour moi, c'est fini, il faut que ça le soit. Quand tu as un copain qui ne comprend même pas pourquoi c'est mal de se faire sucer par une autre, la seule solution, c'est de fuir.

— Si on parle de ça, si on trouve un compromis, tu parleras avec moi sans me crier dessus ?

— C'est fini entre nous, Tyron, tu peux faire ce que tu veux maintenant.

Je pars me recoucher sans même avoir fini de manger. Les heures passent, je m'ennuie. Au moins, chez moi, j'aurais su m'occuper.

J'entends une voix d'homme, je n'arrive pas bien à la distinguer, mais ça doit être le docteur, comme tous les jours. J'attends, mais il ne vient pas alors que, d'habitude, c'est moi qu'il vient vérifier en premier. Il parle avec Tyron. Quand je perçois aussi une voix de femme, je sais que ce n'est pas normal. Je me lève et je marche le plus vite possible vers la grande salle.

Il n'aurait pas osé, si ?

Je le tue à mains nues s'il a osé faire ça !

Quand j'arrive, je tombe sur une nana nue qui se donne du plaisir devant Tyron. Lui est sur le canapé et la regarde. La colère monte en moi et la haine prend le dessus sur tout. Je vais les étriper, les deux.

— Tu fous quoi, Tyron ? Tu te moques de moi ?

— Tu m'as dit que j'étais célibataire. Je suis désolé, mais j'ai les couilles pleines depuis des mois. Je ne tiens plus, Ava. Retourne dans ta chambre, je n'en ai pas pour longtemps à mon avis.

Je suis outrée. Mais il rêve ! Je prends la nana par le bras et la tire jusqu'à l'entrée.

— Mais lâche-moi, toi !

— Si tu ne veux pas que je te crève un œil, je serais toi, je partirais le plus vite possible de chez moi !

J'ouvre la porte, la pousse dehors et je reviens vers Tyron.

— Tu vas me le payer !

— Ah ouais ? Et tu vas faire quoi ?

Je m'approche de lui pour le frapper. Même avec un seul bras valide, je vais le foutre K.-O. tellement j'ai envie de lui faire du mal. Il m'attrape le bras. Il se lève. Il est plus grand que moi, je suis obligée de lever les yeux pour le regarder. Il pose ma main sur son torse et je suis incapable de l'enlever, comme si elle était collée. J'ouvre un peu la bouche pour tenter de respirer, j'étouffe.

— Elle allait toucher mon corps… Elle allait m'embrasser…

Il s'approche et me respire le cou.

— Elle allait me faire gémir et me faire du bien…

Je suis incapable de réfléchir, ma colère revient, j'essaie de me contrôler, mais c'est impossible.

— Si je l'avais pénétrée, baisée, fait jouir… ça ne t'aurait pas dérangée ?

— Je… Je…

Ma bouche n'arrive même plus à parler.

— Tu l'as foutue dehors pour quoi ? Elle allait me donner ce que j'attendais, on allait baiser…

— Je… Je…

Il approche son visage du mien, nos nez se touchent.

— Elle aurait pris ta place, ma petite femme, elle aurait eu ce qui t'appartient de droit. Je ne vais plus aller voir ailleurs, mais je veux qu'on trouve un nouvel accord et, cette fois, tu as ma parole.

Quand il pose ses lèvres sur les miennes, je sais que je suis foutue.

Chapitre 27

Tyron

Je savais qu'inviter l'autre traînée allait la faire réagir. Elle est jalouse, c'est son défaut numéro un ou sa première qualité, selon comment on se place. La preuve, je me retrouve là, en train de l'embrasser à pleine bouche. Je sens que je ne pourrai pas tenir très longtemps encore sur mes jambes, alors je l'emmène sur un siège, derrière. Elle se positionne comme si on ne faisait plus qu'un, à califourchon, et elle me retire mon tee-shirt juste avant d'enlever le sien.

Je bande comme un malade.

Tout à l'heure, quand l'autre se touchait devant moi, ma bite arrivait à peine à se lever, mais, là, mon sexe n'a qu'une seule envie, c'est sortir de mon pantalon. Je veux me coulisser en elle, j'ai envie de jouir au plus profond de sa chatte. Je retire son soutien-gorge et je caresse ses seins pendant que nos bouches sont toujours en action. Ava se lève et je n'aime pas du tout cette sensation, mais, heureusement, c'est juste pour retirer son pantalon et sa culotte en même temps. Elle s'attaque ensuite à moi et je soulève mes fesses pendant qu'elle me déshabille. Elle revient sur moi, prend ma bite en main et l'introduit en elle avec son bras valide. Ça rentre comme dans du beurre, elle est tellement mouillée que je sens son liquide jusque sur mes couilles. Une fois qu'elle est à l'intérieur, elle commence ses va-et-vient. À ce moment-là, je me rends compte que c'est ça, le paradis…

J'ai beau me faire sucer par d'autres, j'ai beau en avoir baisé des milliers, ça n'a jamais été aussi bon qu'avec elle. Je ne suis même pas sûr, en y réfléchissant, que me faire sucer par d'autres était vraiment pour mon plaisir. Comment peut-on parler de plaisir quand ce n'est pas avec elle ?

C'est mon ego qui parle, car la fidélité, me dire que ce n'est qu'elle et aucune autre, ne me plaît pas du tout. Mais à quoi ça sert de tout perdre pour avoir un minimum de plaisir, quand je peux tout avoir ?

Je vais faire ce que je ne fais jamais… un compromis. Et elle n'aura pas d'autre choix que de me céder. Je vais y être obligé, même si ça me fait chier au fond de moi, car je sais que c'est la meilleure solution.

Je ne vais pas tenir longtemps, je n'ai pas baisé

depuis des siècles et la cow-girl qui me chevauche comme une reine ne m'aide pas à me contenir. Je passe ma main dans le bas de son dos, jusqu'à une de ses fesses, je suis son rythme avec ma main. Quand je sens que je vais jouir, je la passe sur le devant et caresse son clitoris avec mon pouce. Elle jouit après deux caresses seulement et, moi aussi, je prends enfin mon plaisir. Nous sommes essoufflés et, même si je n'ai rien foutu, je suis autant en sueur qu'elle. Nous ne bougeons plus pendant un long moment, jusqu'à ce qu'elle relève la tête et me regarde.

— On n'aurait pas dû faire ça…

Elle commence à se lever, mais je la bloque.

— C'est vrai, on aurait dû faire bien plus ! Mais laisse-moi quelques minutes et je vais te bourrer tellement fort que tu vas m'appeler Dieu.

Elle se marre, se lève et me regarde.

— C'était sympa, mais, toi et moi, c'est fini.

Les jours passent, j'arrive enfin à marcher. Même si je reste très faible, je constate de l'amélioration de jour en jour et c'est tout ce qui compte.

Ava peut bouger son bras, elle aussi se sent beaucoup mieux, elle n'a plus mal et elle cicatrise bien.

Elle refuse de me parler en revanche, dès que je l'approche, elle me repousse. Elle ne m'a pas reparlé de sa mère, pourtant, je pense que ça va être plus important que sa guerre contre moi. Aujourd'hui, je lui prépare une petite surprise. Ma fille part tout un week-end dans un parc d'attractions avec Quinns. Pourquoi ? Car il est temps qu'on règle nos comptes avec sa mère biologique. Enfin, surtout Ava et je ne veux pas que la petite soit dans la maison, je ne veux pas qu'elle garde des traumatismes si, par malheur et curiosité, elle tombe sur le mal qu'on va lui faire. J'ai trouvé que cette idée de lui faire vivre un rêve, pendant que l'autre va vivre un cauchemar, était une bonne solution.

Évidemment, moi seul suis au courant de l'endroit où ils sont et Quinns ne porte pas son blouson du club. On ne l'enlève normalement jamais, même dans la mort, mais la sécurité de ma gosse est bien plus importante qu'une loi interne à la con. Et Quinns était tout à fait d'accord avec moi. La mère d'Ava est assez bien traitée depuis presque trois mois, elle est juste enfermée en bas. On lui a installé un lit de fortune et elle a même le droit à une télé. Oh, bien sûr, au début, elle a essayé de se rebeller, mais, à force de la gifler, elle a compris la leçon. C'est la seule chose que j'ai autorisé qu'on lui fasse. Je veux qu'elle soit bien nourrie et assez bien traitée jusqu'à ce que Ava décide quoi en faire. Enfin, elle va mourir, mais c'est à elle de choisir dans quelles conditions.

Nous sommes en train de déjeuner, toujours dans un silence chiant.

— On rentre aujourd'hui.

— Enfin !

Elle sourit, mais ça ne va pas durer, je le sais.

— On rentre au club.

— Non, Tyron ! Tu sais que je ne le ferai pas. Tu peux me déposer au club, mais je repartirai chez moi après. Il faut que je reprenne le travail. Ça fait déjà deux fois que je m'absente sans raison, ça ne peut plus durer.

— Tu peux reprendre avec ton bras ?

— Oui.

— Alors, lundi, tu y retourneras. Je ne vois pas où est le souci.

— Le souci, c'est que je veux rentrer chez moi.

Je la regarde et un sourire s'étire sur mes lèvres.

— Et ta mère, j'en fais quoi ?

— Ma mère ?

— Oui. Je t'ai dit que je l'avais au club. Presque trois mois qu'elle attend son dernier jugement.

— Je… Je…

Elle se passe une main dans les cheveux.

— Je pensais que tu avais déjà réglé le problème, je ne voulais pas y penser.

— Non, c'est ta décision.

— Je… Je ne sais pas.

Je me lève et vais dans la chambre. On a très peu d'affaires, alors je mets tout dans le même sac. Ava me rejoint enfin.

— On part maintenant ?

— Oui.

— Je ne veux pas y aller, je ne veux pas la voir.

— C'est ton choix, mais il faut que je m'en occupe quand même. Je ne peux pas la laisser comme ça, ça fait trop longtemps.

— Je sais.

Je sors, porte le sac et lui prends la main. On m'a apporté ma moto jusqu'ici, j'espère juste ne pas nous tuer en route. J'ai l'impression de ne pas avoir conduit depuis des siècles. Ava tremble, mais ne dit plus rien. Je mets le sac sur mon dos et monte sur ma bécane.

— Monte devant moi.

— Pourquoi ?

— J'ai peur que ton bras ne soit pas assez fort pour te retenir si je dois freiner, j'ai peur de te faire mal.

J'ai la chance d'avoir une moto avec laquelle je peux faire ça. Si elle était plus forte, je n'aurais jamais pu, mais elle a la taille et le poids d'une enfant. Ce n'est pas non plus que pour son bras, elle va être obligée de s'allonger à moitié sur moi et je sais que je vais adorer ça. On ne met pas de casque, si je me fais attraper, bah, tant pis. Mais je n'ai pas envie non plus de recevoir un coup dans la tête si je dois freiner.

Quand elle monte enfin, son petit corps s'emboîte parfaitement au mien. Si, un jour, je dois changer de moto, je reprendrai exactement la même. Je respire ses cheveux. Ça y est, je commence à bander. Elle ne dit rien, mais elle se crispe. J'allume la moto et nous voilà partis pour rentrer chez nous…

Je n'ai rien perdu de ma conduite, je sais donc que, normalement, nous arriverons en vie. Elle s'est mise un peu de côté et a passé son bras valide autour de moi. Je suis dingue de cette situation, j'adore ça, j'aime cette nana. Peut-être pas d'un amour comme on voit dans les films à l'eau de rose à la con que regardent les brebis du club, mais à ma façon.

Quand on arrive, elle descend et baisse la tête, elle ne sait pas quoi faire. Je sais qu'elle a envie de rentrer chez elle, enfin, c'est ce dont elle essaie de se convaincre. Je sais qu'au fond d'elle, elle espère que tout va s'arranger entre nous et que je respecterai ce que je lui ai promis, ma bite seulement pour elle. Je me passe la main dans les cheveux, je vais le faire, c'est sûr, il ne me reste qu'à la convaincre de quoi je suis capable pour elle. Enfin, non, c'est surtout pour moi. C'est toujours mon égoïsme qui parle, car, si j'étais un homme bien, je la laisserais partir, ce qui n'arrivera pas.

Je la veux.

Elle et à moi.

Et c'est tout, qu'elle le veuille ou non.

Je lui prends sa main valide et nous entrons dans le club. Tout le monde nous regarde. Je n'ai prévenu personne que je rentrais, seul Quinns le sait. Je fais ce que je veux, je suis le patron, je n'ai pas besoin de prévenir ni de me justifier auprès de personne. Certains viennent me voir pour me demander comment je vais et d'autres questions auxquelles je n'ai pas envie de répondre. Je regarde autour de moi et cherche Snow. C'est tendu entre nous depuis ma sœur, mais on sait tous ici que, question prisonnier, c'est son truc. C'est lui qui était chargé de s'occuper de la mère d'Ava et c'est la première chose que je veux régler. Je verrai tout le reste après.

— Snow, dans mon bureau !

Je me retourne vers Ava.

— Va dans notre chambre, je dois régler des choses, après on discutera.

— Je pense qu'on a assez discuté.

— Je ne parle pas que de nous, mais aussi du sort de ta mère.

Elle se crispe et je vois la panique dans ses yeux. Je lui lâche la main et vais dans mon bureau, suivi de ce connard. Je m'assois dans mon siège et je souris. Ça m'avait manqué, ce pouvoir, cette domination, d'être au-dessus de tous ces cons. J'aime ça !

— La mère ? Je t'écoute…

— Au début, c'était très dur, elle a même essayé de me tuer avec le couteau en plastique.

J'explose de rire, j'aurais dû m'en douter. Ava tient sa hargne de sa mère.

— Elle a essayé de me séduire ensuite.

— Ça a fonctionné ?

Bien sûr que non. Même si elle lui promettait le mariage et le bonheur, jamais il ne se laisserait berner. Je sais qu'on est prêt à tout quand on est enfermé comme un animal, mais en admettant qu'il ait accepté, jamais je n'aurais autorisé ça. Ni Quinns si j'étais mort. Tout le monde le sait.

— Bien sûr que non. Mais j'en ai profité. On m'a juste dit de ne pas lui faire de mal, pas que je ne pouvais pas lui faire du bien.

J'éclate de rire, il a eu raison. J'espère que ça lui a donné une bonne leçon, à cette connasse.

— Elle a dit quoi quand elle a su la vérité ?

— Elle ne le sait pas encore. Je lui ai dit qu'il fallait que mon chef revienne pour que je plaide sa cause et que ça allait prendre du temps.

— Tu vas plaider sa cause ?

— Absolument pas. Je me suis bien amusé, maintenant, c'est fini.

— Très bien. Si tu veux en profiter une dernière fois, c'est le moment.

Il se lève et commence à courir.

— Merci.

Il sort de là et referme la porte. J'actionne ma petite sonnette à pute, j'ai besoin de me détendre et de décompresser avant que le monstre en moi prenne le pas sur mon être. Amandine entre, déjà toute contente, et je me demande si elle mouille en pensant au fait que je vais la baiser, là, sur mon bureau. Une fois qu'elle ferme derrière elle, elle commence à enlever sa robe. Quand elle est nue, je la regarde de haut en bas, comme insatisfait. Elle commence à s'approcher, prête à sauter sur ma bite, mais ce n'est pas ce que je veux.

— Va me chercher Ava !

— Quoi ?

Elle me regarde avec des yeux ronds, sans comprendre ce que je veux vraiment.

— Va me chercher ma régulière !

— Mais je…

Je lève un sourcil pour bien lui montrer que ce n'est pas une question ni une suggestion, mais un ordre. Elle commence à vouloir remettre sa robe.

— Tu vas la chercher nue. Elle doit être dans ma chambre.

— Je…

— Tu ne vas pas me dire que montrer ta nudité te choque ? Tout le monde a déjà vu ta chatte ou l'a déjà baisée. Alors, magne-toi et va me chercher ma foutue régulière, bordel !

Je tape du poing sur mon bureau, je perds patience là, je veux juste qu'elle aille me chercher Ava, c'est tout. Elle met un temps fou pour le faire. Elle couine et part enfin, en courant, faire ce que je lui ai demandé.

J'attends tranquillement.

Je provoque Ava, je sais, mais je veux lui montrer et lui prouver quelque chose.

J'entends des insultes de loin, j'aime quand elle est comme ça. Ma rebelle ! Rien que de savoir qu'elle est énervée contre moi, qu'elle va vouloir me frapper, je suis excité.

— Tyron, putain, je vais te tuer !

Elle s'approche de moi. Je vois l'autre nunuche, derrière elle, qui attend de voir la scène.

— Dégage, Amandine ! Et ferme la porte.

Quand Ava arrive devant moi, ses yeux qui lancent des éclairs m'obligent à me lever. J'attrape, à temps, sa main en l'air, et je l'embrasse.

— Putain, Ava, tu es tellement belle quand tu es en colère.

Je balaye tout ce qui est sur mon bureau, la porte et la mets dessus. Je continue de l'embrasser, on a envie de se dévorer mutuellement. Je sens le goût métallique de notre rage couler dans nos bouches. Je la soulève d'une main et, de l'autre, je lui retire le legging qu'elle a sur elle. Quand je vois sa chatte, la seule chose à laquelle je pense, c'est de la goûter.

Je me mets doucement à genoux et, une fois que je suis devant l'objet de mon désir, je pose mes lèvres dessus. Son goût est tellement divin ! Elle me tire les cheveux pour que je ne bouge pas la tête, elle répète mon prénom en boucle, jusqu'à ce qu'elle jouisse. Je ne perds pas de temps, je retire mes chaussures et tout ce que j'ai en bas et j'entre en elle en un seul coup. Je la porte, lui colle son dos sur le premier mur qui arrive et je la baise là, avec toute la force de mon envie. J'en ai tellement envie que mes couilles me font mal.

— Putain, Ava, c'est tellement bon !

Je finis par n'avoir plus assez de force, alors je retourne vers mon bureau et la place dos à moi, le haut de son corps allongé. J'ouvre mon tiroir et prends ma longue règle en bois. Je recule et lui frappe les fesses avec.

— Putain, mais tu es malade !

Je tape encore et encore, l'animal en moi aime tellement ça que je sens que, si je n'entre pas en elle maintenant, je vais jouir comme ça, sans même me toucher. Elle aussi, je sais qu'elle aime ce que je fais, elle aime la violence dans le sexe, nous sommes un couple de malades. Nous sommes faits pour être ensemble malgré nos autres différences. Je lâche ce que j'ai dans ma main et retourne me nicher dans sa chatte accueillante et tellement trempée. Je prends sa crinière et tire pour la cambrer au maximum pour qu'elle puisse me voir.

— Tu aimes ça, Ava, ne le nie pas ! Tu aimes que ça soit violent, que je te prenne comme si j'étais un animal en rut ? Je suis sûr que tu n'as jamais éprouvé du plaisir avec ton gars qui durait trente secondes.

Elle ne répond pas, mais je sais que j'ai raison, je suis le seul à lui donner ce qu'elle aime, ce qu'elle attend.

— Tu m'as tiré dessus.

— Tu m'as planté.

— Tu me trompes.

— Toi aussi.

— Nous n'étions plus ensemble !

— Nous serons toujours ensemble jusqu'à la fin de notre vie.

Elle jouit sur ma queue en entendant ces derniers mots. Elle le sait comme moi, quoi qu'on fasse, elle et moi, c'est pour la vie.

Chapitre 28

Ava

On est sur le canapé de son bureau, nous sommes à moitié nus et entortillés.

Je voulais le tuer, je voulais l'étriper. Je ne sais toujours pas pourquoi il m'a fait appeler par cette nana complètement nue. J'étais venue pour lui expliquer ma façon de penser, mais il m'a ensorcelée comme il arrive à le faire à chaque fois. Pourtant, ça fait des jours que je lui résiste. Dans la maison de la plage, j'ai essayé de l'ignorer, mais je suis trop faible. Je m'agace moi-même, il n'y a pas que lui que j'ai envie d'étriper, moi aussi.

— Pourquoi c'est une nana nue qui est venue me chercher ?

— Je t'ai dit que je t'appellerais, toi, quand j'aurais besoin de baiser.

— Et donc la fille nue devait participer ?

Ma colère gronde, je sens qu'il ne va pas passer la journée sans que je le plante une deuxième fois. Sauf que, cette fois-ci, ça sera consciemment.

— Non, je savais que tu n'allais pas venir si elle te le demandait juste comme ça. Seule ta colère pouvait amener ta petite chatte jusqu'à moi. Si j'avais eu envie d'un truc à trois, je ne lui aurais pas demandé de partir. J'ai dit que j'avais compris et qu'on ferait de vrais compromis.

— Ce n'est pas vraiment ce que tu as dit.

— Je suis sûr que si, moi.

Je ne m'attendais pas trop à cette réponse, même si je l'espérais. Oui, pour le droit des femmes, c'est honteux qu'il puisse me faire appeler, comme si j'étais son esclave sexuelle, mais j'aime ça, en fait. J'aime lui appartenir et il a raison, la colère l'un contre l'autre nous domine. Ce n'est jamais aussi bon entre nous que quand nous sommes énervés.

— Tu m'as tiré dessus, comment pourrais-je un jour te pardonner ? Et de m'avoir trompée ?

— Tu l'as déjà fait, comme moi je t'ai déjà pardonné d'avoir failli me tuer, d'être allée avec un autre et de m'avoir enlevé ma fille.

— Pour Mia, j'attendais chaque jour qu'un de vous vienne la voir.

— Tu aurais dû savoir pourquoi on ne pouvait pas venir.

— Toi, je comprends. Mais pourquoi Quinns, lui, ne l'a pas fait ?

— Les clubs de mes deux plus grands ennemis l'ont menacé pendant que j'étais à moitié mort. Si je crève, ça foutra le club K.-O. et ces fils de putes comptent sur ça pour nous attaquer.

— Pourquoi tu ne fais pas la paix avec eux ?

— Tu es malade ? Jamais ! Ce sont mes ennemis depuis toujours.

— Mais ta demi-sœur est mariée avec le président de l'un d'eux, non ?

— Et alors ?

— Alors il serait peut-être temps de faire la paix.

— Pas question !

— Tyron, je…

— Chut !

On refait l'amour, sur ce foutu canapé, jusqu'à ce qu'on tombe d'épuisement. Nous finissons même par nous endormir, l'un sur l'autre. Je regrette ce que j'ai fait, ce n'était pas une bonne chose, même si j'ai aimé ça encore et encore.

— On va se laver, manger, puis on va aller voir ta mère.

— Je ne me sens pas prête pour ça.

Non, je ne le suis pas du tout. Je n'en ai pas envie et je ne comprends même pas pourquoi il veut m'y forcer.

— On va se laver et manger, après, on en discute.

Pour moi, c'est déjà tout vu. Mais j'ai faim et j'ai aussi envie de prendre une douche. Quand je vois le carnage que nous avons fait dans ce bureau, un sourire me vient. Des mains entourent mon corps, je sens qu'il bande encore, je me demande comment il y arrive après tout ce qu'on a fait.

— J'ai encore envie de toi.

Il se frotte sur mes fesses.

— C'est dommage qu'on n'ait pas le temps, mais on se rattrapera plus tard.

Il me prend la main et on monte dans notre chambre. On se lave vite, sans même se regarder de peur de recommencer à faire l'amour.

Quand on descend manger, les autres ont déjà fini, nous sommes en retard. Tyron pousse un de ses hommes et me fait asseoir à côté de lui. Personne ne dit rien. En même temps, qui a envie de dire quelque chose à un homme aussi fou que lui ? On vient nous apporter à manger et je me jette dessus tout comme lui. Nos regards se croisent quand nous avons pratiquement la tête dans nos assiettes et nous explosons de rire. Je ne vois pas souvent Tyron comme ça, détendu devant les autres. D'ailleurs, tout le monde nous regarde, il n'y a aucun bruit, à part nous et nos rires. Quand on se calme, il me prend la main et la pose sur sa cuisse. Au début, je crois que c'est sexuel, mais je me rends vite compte que ça n'a rien à voir, il pose la sienne par-dessus et nous continuons à manger comme avant.

J'ai de plus en plus de mal à lui résister. Je me dis que, peut-être, il me dit la vérité pour une fois. Je l'aime, c'est sûr, je suis malheureuse sans lui, je veux être avec lui, mais pas comme avant. Alors, ce doute qu'il a immiscé en moi me fait perdre la tête et, même si je devais être réaliste et savoir qu'il me manipule, je n'arrive pas à me contrôler. Je le veux et je le veux comme il vient de me le promettre à travers ses gestes et ses dires. Le fait qu'il m'ait fait appeler comme il me l'avait dit, le fait qu'il me tienne la main comme un vrai couple fait exploser mon cœur et je n'arrive plus à le protéger. Je sais que s'il ment, je serai encore plus détruite que les fois d'avant.

Bon sang ! Ma tête sait tout ça, mais mon corps et mon âme ne veulent rien écouter.

C'est lui, encore lui et toujours lui…

Une fois qu'on a fini de manger, il me demande de le suivre à la cave, il est temps que je fasse des choix pour ma mère. Même après tout ce qu'elle m'a fait, mérite-t-elle de mourir ? Surtout, mérite-t-elle de l'être sous les mains de Tyron ? Je ne sais pas, je ne sais plus rien, de toute façon. Juste que j'ai envie de dormir et de retourner dans un rêve merveilleux où tout est beau et gentil comme ça m'arrive parfois.

— Je vais y aller. Tu es déjà venue m'y chercher, tu sais donc où c'est. Rejoins-moi quand tu te sentiras prête.

Il m'embrasse vite fait sur la bouche et me laisse là, plus mal que jamais. Je tourne et vire. Je suis poussée à aller voir quand même, mes jambes avancent toutes seules vers cet endroit où j'ai le moins envie d'aller au monde. Quand je m'approche, je me rends compte que la porte n'est même pas entièrement fermée et j'entends tout ce qu'ils se disent.

— Je peux vous faire ce que vous voulez, tout ce qui vous fera plaisir.

— Comme quoi ?

— Comme ça.

J'entends une sorte de boum.

— Il n'y a qu'une seule personne qui a le droit de toucher ma bite et c'est ma régulière. Pourtant, tu n'es pas mal, tu lui ressembles énormément même. En plus vieille, évidemment. Mais je l'aime, tu comprends ? Sais-tu ce que c'est, l'amour ?

Pourquoi il lui dit ça et pourquoi il lui demande un truc pareil ? Je pensais qu'il allait la buter, et pas lui conter fleurette.

— Bien sûr que je sais ce que c'est.

— Comme avec tes filles ?

— Mais qui êtes-vous, bon sang, et que me voulez-vous ? Je ne comprends pas ce que je fais ici.

— Si je te demandais de t'échanger, toi, contre tes deux filles, tu serais d'accord ?

— Bien sûr. Je sais où elles habitent, je te donne l'adresse et tu peux prendre les deux, je m'en fiche.

J'entends des bruits de pas.

— C'est ça, l'amour, vieille bique. Ses enfants, on doit les aimer et les respecter. J'aime deux femmes, elles sont ce que j'ai de plus cher au monde, elles sont les deux êtres qui me font lever le matin depuis que je les connais. Ava et Mia sont mes rayons de soleil dans la noirceur de mon monstre.

— Je ne savais pas, je…

Je pars en courant, j'ai les larmes aux yeux pour plusieurs choses, ce qu'a dit ma mère et ce que lui a répondu Tyron aussi. Mon cœur explose, c'est toujours ce dont j'ai rêvé dans ma vie. Un homme qui m'aime comme ça. Alors, oui, Tyron n'est pas pareil qu'un autre, il est arrogant, égoïste, antipathique et il a tellement d'autres défauts, mais je l'aime.

Bon sang, je l'aime.

Je monte dans ma chambre, me déshabille et vais sous la douche. Je me lave et pleure en même temps. Je ne peux plus partir, je suis coincée, il m'a tout pris et je me suis laissé faire. Et, maintenant, je veux que ça continue encore et encore.

Une fois que mes larmes se sont taries, ma décision est prise. Je le savais déjà, mais je n'arrivais pas à me l'avouer. Je ne peux pas vivre sans lui. S'il n'est pas à mes côtés, je ne peux plus vivre, mon cœur s'arrête de battre et je ne fais que survivre. Je m'habille en vitesse et descends en courant, mais je stoppe devant la porte quand j'entends ma mère pleurer et supplier d'arrêter. J'entends aussi des gémissements, il n'aurait pas osé faire ça ? Pas après le long discours qu'il vient de faire ? Il ne la toucherait pas, si ?

J'ouvre la porte, le cœur battant.

Ma mère est attachée au plafond, elle est nue et un homme la prend par-derrière. Je n'arrive pas à distinguer si c'est lui.

— Viens là, Ava.

Je me retourne et vois Tyron, assis sur une chaise, en face du spectacle. Ouf, ce n'est pas lui qui viole ma mère, mais un autre. Je ne devrais pas me sentir soulagée, car on viole ma mère devant moi, mais je n'en ai rien à foutre. Tout ce qui compte, là, c'est que ça ne soit pas Tyron.

Je cours jusqu'aux bras qu'il me tend, m'assois sur ses genoux et mets ma tête dans son cou.

— Je sais ce que tu t'es imaginé, mais je te l'ai promis. Si je ne l'avais pas fait, ça aurait pu être moi, effectivement, mais je t'ai promis un vrai compromis.

— Je ne veux plus qu'on se quitte.

Je dis la première chose qui me vient à l'esprit.

— On va tout faire pour.

Il pose son front sur le mien et on reste silencieux, malgré ma mère qui hurle derrière nous. Je me fous de ce qu'il y a autour, je veux que ce moment ne soit rien que pour nous deux.

— Je t'aime, Tyron.

— Je t'aime aussi.

Je n'ai pas envie de sortir de notre bulle, mais je n'ai pas le choix. Je me retourne et regarde ce qu'il se passe derrière moi.

— Ne regarde pas, Ava, tu n'es pas obligée.

Le mec se tend et je suppose qu'il jouit dans ma mère.

— Appelle le suivant, je veux que vous y passiez tous, sans exception.

— D'accord, Prés'.

Je vois du sang couler sur les cuisses de ma mère. Elle m'interpelle :

— Aide-moi, Ava, s'il te plaît ! Ton ami est complètement fou, je n'ai rien fait. Relâche-moi et je te ferai les papiers officiels qui te donneront la garde de Mia. Mais lâchez-moi…

Je sais qu'elle ment, jamais elle ne nous laissera tranquilles. Si on la relâche, je sais parfaitement qu'en plus de moi, elle emmerdera tout le club. Et je me souviens parfaitement qu'il y a quelques minutes, elle était prête à nous vendre, Mia et moi, contre sa peau. Si on me posait la même question pour Tyron ou Mia, je leur aurais répondu de me tuer, moi. C'est ça, l'amour ! Elle, elle ne nous aime pas, elle ne sait même pas ce qu'est ce mot, je lui sers juste de tirelire et ma fille de monnaie d'échange. Elle n'a fait que de profiter de moi, toujours. Elle a même essayé de toucher Tyron.

Je la hais, je la déteste, je voudrais qu'elle crève et qu'elle souffre pour tout ce qu'elle m'a fait subir, pour tous les sacrifices que j'ai faits pour qu'elle ait son train de vie, pour ces fois où je n'avais même pas assez pour manger, car il fallait qu'elle se paye son nouveau sac, pour les fois où j'ai vu Mia dévastée, car elle la prenait par le bras pour la tirer hors de la maison, en lui disant qu'elle resterait avec elle jusqu'à ce que je paye…

Une larme coule sur mon visage, puis une autre. Je sens Tyron qui me serre contre lui.

— On peut tout arrêter si tu veux, Ava. Je le fais pour toi. Je peux la laisser partir si tu préfères. Dis-moi ce que tu veux, ma belle, je le ferai, mais ne pleure pas. Ne sois pas triste.

L'homme qui remplace le premier arrive, il évalue la situation tendue, ne bouge plus et ne sait plus quoi faire.

— Je dois y aller, Prés', ou je reste ?

Je sens le souffle de Tyron sur mon oreille.

— Tu veux quoi, Ava ?

— Je… Je…

— Dis-le-moi !

— Ava, ma chérie, dis-lui de me relâcher, j'ai compris la leçon.

Je me lève et je les regarde les uns après les autres. Ma mère avec son maquillage qui a coulé, Tyron qui attend juste ma réponse et le gros dur qui n'a qu'une seule envie, c'est de violer une pauvre femme. Une pauvre femme ? Oh, non, c'est un monstre, un démon, elle mérite ce qui lui arrive !

Mes larmes continuent à dévaler sur mes joues, mais je m'approche d'elle. Un sourire lui gagne le visage, ma mère est persuadée que je suis une bonne fille, que je vais venir la libérer et qu'elle pourra pourrir ma vie, celle de Mia et de ma nouvelle famille. Et non… Je lui crache à la tronche, elle me regarde, choquée.

— J'espère que tu vas crever dans d'atroces souffrances ! Ce que tu nous as fait, à Mia et à moi, est inhumain. Tu étais notre mère, tu aurais dû nous aider, nous soutenir. Toi, tout ce que tu as fait, c'est nous maltraiter. Je te hais, je veux que tu meures et j'espère que ma nouvelle famille, mon mari, te fera souffrir le plus possible.

Je pars en courant. Je sais que c'est la dernière fois

que je la vois, je devrais être complètement dévastée. Elle reste quand même la femme qui nous a mises au monde, Mia et moi. Au lieu de ça, je me sens soulagée, une paix me traverse de part et d'autre, nous sommes enfin libérées de cette femme diabolique, elle ne nous pourrira plus jamais la vie.

Chapitre 29

Tyron

J'ai tout gagné.

Ma femme revient avec moi et je regarde la personne qui a fait le plus de mal à mes chéries. C'est malsain de regarder ce spectacle et je regrette de ne pas pouvoir y participer, au fond de moi, mais je n'imagine même pas si c'était moi qu'elle avait vu baiser sa mère tout à l'heure. Là, j'aurais pu faire une croix sur la paix dans notre ménage. Pourtant, sa mère est plutôt bandante, elle ressemble à Ava en plus âgée. Je me dis que ma femme ne sera pas mal du tout en vieillissant si elle continue de suivre le chemin de cette garce.

Celle-ci se prend la douzième bite et, cette fois-ci, à l'inverse des autres, c'est dans son cul que le mec tape et il n'en a pas une petite. Il doit tout lui déchirer. Elle hurle sans fin, elle pleure, elle supplie.

Je laisse encore deux ou trois mecs se la faire et, ensuite, je la tuerai. En attendant, j'ai envie d'aller voir si Ava va bien. Je me lève et vais dans ma chambre. Ava est là, sur le lit.

— Ça va ?

— Oui, très bien même. Elle est morte ?

— Pas encore. Si ça te rend triste, on peut…

— Non, non, et elle ne mérite que ça. C'est juste que ça me fait bizarre de ne plus avoir cette pression qu'elle représente sur mes épaules.

— Je peux te mettre la pression à sa place, si ça te manque.

Elle lève la tête, me regarde et rigole. Qu'elle est belle comme ça ! Je m'approche d'elle, me mets à genoux devant.

— Épouse-moi…

— Quoi ?

— Tu m'as appelé ton mari et ça m'a plu. Épouse-moi.

— Mais… Tu m'as dit qu'être régulière, c'était la même chose.

— Pour les bikers, oui. Mais, moi, je veux plus, je veux que tu sois aussi mienne dehors.

— Tu vas respecter tout ce que tu m'as dit ?

— Oui, bien sûr.

Ça me vient comme ça. Je veux plus qu'être son régulier, je veux qu'on soit au-dessus de ça. Mon portable se met à sonner, une, deux, puis trois fois. Je décide de regarder l'écran, c'est Quinns. Je me relève et réponds.

— Bonjour, Tyron.

Là, c'est le gros blanc. Je reconnais tout de suite la voix qui est au bout du fil et s'il a le portable de Quinns, c'est qu'il a dû le capturer. Si encore ce n'était que lui, je ne me sentirais pas aussi mal, mais s'il a Quinns, ça veut dire qu'il a sûrement ma fille, aussi.

— Deux secondes.

Je ne veux pas qu'Ava entende ça, alors je sors de la chambre et cours jusqu'à mon bureau que je ferme à clef derrière moi… Mon Dieu, ma gosse, faites qu'il ne lui ait rien fait ! Je me fous des autres, mais pas elle ! Je sais de quoi ils sont capables, car je fais les mêmes choses.

J'ai envie de chialer comme un gosse, mais je me reprends, il faut que je la sorte de là si elle est encore vivante. Je lui dois… Je lui dois tout à cette gamine.

— Tu te doutes qu'on a attrapé ton second vu que je t'appelle avec son téléphone.

— Ouais.

— Il y avait une gosse avec lui.

— Sûrement. Je ne sais pas ce qu'il fait de son temps libre.

Je ne vais pas lui avouer que c'est la mienne, il est

capable de lui faire encore plus de mal.

— Ça fait des mois que j'essaie de te joindre. Ta sœur veut absolument passer un accord avec toi. Pourtant, c'est dommage, moi, je voulais me venger, t'étriper, te tuer pour ce que tu as fait à ma régulière.

— Abrège, j'ai autre chose à faire.

— Je te rends ton second, et sa gosse, contre un pacte. J'ai réfléchi et, malgré toute la haine que j'ai contre toi, ma femme a raison. Si tu meurs, on risque d'entrer en guerre contre ton remplaçant. Et puis, il y a aussi le fait que tu peux nous attaquer à tout moment. J'ai deux gosses, mec, je préfère les alliances, maintenant.

Je suis deux fois tonton. Eh bien, ils n'ont pas chômé. Pour le premier, je savais, mais pas l'autre.

— Je sais, Tyron, que tu tiendras ta parole. Il est temps qu'on dépasse la guerre entre nos parents et grands-parents et qu'on soit plus intelligents qu'eux.

— Tu veux dire, avec Mike aussi ?

— Bien sûr, c'est mon allié principal. Imagine notre force commune ? À nous trois, on dominerait plusieurs États.

Je ne voulais pas pactiser avec eux, je suis en colère. Mais, la seule chose à laquelle je pense, c'est récupérer Mia. Je ferais n'importe quoi pour ça, je m'en fiche de tout le reste.

— J'ai violé ta femme, qui me dit que ce n'est pas un piège ?

— Tiens, Johanna, parle-lui.

Il passe le téléphone à ma sœur. Ça ne me fait rien de l'entendre et de l'imaginer, j'aurais pensé le contraire, mais plus du tout, je m'en fiche.

— Allô ?

— Bonjour, Johanna.

— Ce n'est pas un sale coup, Tyron, je veux vraiment faire la paix, je veux de la tranquillité pour mes enfants et je veux qu'ils rencontrent leur oncle complètement dingue.

— Tu ne m'en veux pas pour ce que je t'ai fait ?

Ma voix est pleine de sarcasme. Je la revois, attachée, prenant ma bite par tous les trous.

— Je suis passée au-dessus.

Pas entièrement, apparemment.

— Je veux la paix et je suis sûre que toi aussi au fond.

— Je vais y réfléchir, mais je te jure que si j'accepte et que c'est un piège, je vais laisser des ordres pour qu'on tue tes enfants en premier, Johanna.

— Ce n'est pas un piège.

— Quinns va bien ?

— Oui. On les a juste enfermés, Quinns a pris une balle dans la jambe, mais je l'ai soigné et la petite va bien. C'est sa fille ? Je ne savais pas qu'il avait une gamine. Elle est toute mignonne en plus, je…

Je lui raccroche au nez avant qu'elle continue son

bavardage inutile. Je réfléchis, je tourne, je vire. Tout ce qui m'intéresse, c'est de récupérer la petite. S'il faut que je fasse un pacte avec le diable, je le ferai, putain ! Je suis même prêt à crever pour elle, alors pourquoi je suis là, à réfléchir encore à ma décision alors qu'elle est déjà prise ? Je sors du club et prends ma moto. Une fois sur la route, je souffle. Même si c'est un piège, je ne regretterai rien. Je me fous de qui reprendra le club, Ava est capable de se gérer seule, je veux juste sauver la petite. Sa vie contre la mienne, ça ne me dérange pas.

Je pars sans personne, car je sais que c'est trop risqué d'arriver avec une équipe. Les Latinos de merde se sentiraient agressés et, prévenir le club, ça serait prendre le risque qu'ils me suivent ou qu'ils m'empêchent de faire ce que je veux. Une fois devant le club, je suis braqué de toutes parts.

— Je viens en ami. Tout doux, les bronzés !

Je ne suis pas raciste, mais je sais que ça les énerve. Je descends de ma moto et je vois Rodriguo arriver.

— Tes armes. Tu les poses et tu pourras entrer.

Je ne lui en veux pas, car j'aurais fait pareil. Je n'ai qu'un seul flingue que je pose par terre. Je lui montre que je n'ai rien d'autre et, quand il est à peu près sûr que je ne mens pas, il entre dans son club et je le suis.

— On va pouvoir négocier maintenant.

— Je veux être sûr que la petite et mon second sont vivants.

— Va chercher la gosse.

Il parle à un mec que je n'ai jamais vu, puis je vois ma sœur arriver. Elle est quand même canon ! Moins que ma nana, mais je comprends pourquoi Rodriguo l'a volée à mon club.

— Johanna, toujours aussi belle !

J'entends des pas, je regarde dans cette direction et je vois enfin Mia. Dès qu'elle m'aperçoit, elle se met à courir vers moi.

— Papa !

Je me baisse pour la réceptionner et lui faire un gros câlin. Putain, c'est ma fille, ça ! Je suis tellement content de la voir en pleine forme que j'en ai le cœur serré.

— Tu m'as tellement manqué, papa ! J'ai eu peur, mais je savais que tu allais venir me chercher. Tu es mon héros ! Où que je sois, tu viendras toujours, je le savais.

— Toujours, mon ange.

Elle se serre plus fort contre moi. J'ai une vue sur Johanna et Rodriguo qui me regardent, les yeux exorbités. Je n'en ai rien à faire de ce qu'ils pensent. Quinns a dû lui dire de se taire, il connaît les protocoles. Là, maintenant, ils savent, mais je suis là, et puis je m'en fous. Je la pose par terre, mais elle ne veut plus me lâcher.

— Mon bébé, je vais aller parler avec ce monsieur, je ne veux pas que tu viennes.

— Elle est où, maman ?

— Elle est à la maison. Tu vas pouvoir la voir après, d'accord ?

— Je vais l'emmener jouer avec mes garçons, si tu veux, Tyron. Elle pourra rencontrer ses cousins, comme ça.

— Johanna, je ne suis pas sûr que…

— On ne lui fera rien, Tyron. Surtout maintenant que je sais qu'elle est de la famille. On va la traiter comme telle. C'est une gosse, elle n'y est pour rien dans nos conflits.

Je lui fais signe de tête que je suis d'accord, je ne veux pas qu'elle vienne avec moi de toute façon. Mia me tire sur le bras et je me mets à sa hauteur.

— Tu vois la dame, là ? C'est Johanna, c'est ma sœur. Mon père est devenu son papa comme moi avec toi, par amour.

— Tu as une sœur ?

— Oui, mon ange. Elle a deux enfants, donc tes cousins, ta famille, et elle va t'emmener jouer avec eux et, après, tu pourras retrouver maman. D'accord ?

— Et Quinns ?

— Quinns aussi.

Je ne sais pas si c'est la vérité, mais j'espère que oui.

— Je t'aime, papa.

— Moi aussi, ma puce. Je n'en ai pas pour longtemps. Je reviens vite, d'accord ?

Elle me fait un câlin et nous nous séparons enfin. Johanna emmène la petite loin de moi et je sens tout de suite comme un vide. Je les regarde disparaître. Je suis Rodriguo jusque dans son bureau, je m'assois et j'attends. Il ne dit rien, mais la porte s'ouvre sur Mike et son mec. Je suis sûr qu'ils aiment se la mettre tous les deux, ça se voit, et il y a des rumeurs. Après, je m'en fous personnellement, mais c'est assez comique, vu dans quel genre de club Mike est le président. Ils sont racistes, homophobes et j'en passe. Avec un président qui aime se prendre des bites au cul, c'est une situation qui est drôle. Moi je dis, un trou, c'est un trou, et si les mecs préfèrent le fion d'un autre mec, eh bien, tant mieux.

La porte s'ouvre sur ma sœur.

— Désolée de vous déranger, mais il faut que je sache. Tyron, c'est vraiment ta fille ?

Je lui réponds. Je ne vois pas pourquoi je lui cacherais ça, et puis j'en suis fier.

— C'est la fille de ma régulière, je suis en train de l'adopter légalement.

— Toi, tu as une régulière ?

Elle est encore plus choquée que pour la petite.

— Ouais, elle s'appelle Ava.

Je souris rien qu'en prononçant son nom.

— Une femme que tu as obligée ?

— Je dois le prendre comment, ça, sœurette ?

Je grogne sur ces propos, ça ne me plaît pas du tout, cette réflexion.

— Non. Mais tu sais, vu que tu voulais que je le sois par obligation et tout ça, je me suis dit que peut-être…

— Elle n'est obligée à rien. Elle a accepté de l'être et je lui ai même demandé d'être ma femme, légalement en plus.

Je me lève et j'avance vers ma sœur. J'entends des armes qui sont dégainées, mais ça ne m'arrête pas. Ma sœur recule de peur et, quand elle est coincée par le mur, elle s'arrête enfin.

— Tyron, dégage de ma femme, ne fais pas le con !

— Regarde mes yeux, Johanna, tu me connais par cœur, tu sais qui je suis. Tu as vu le plus mauvais en moi.

Elle ne dit rien.

— J'aime Ava et j'aime sa petite fille, comme si c'était la mienne, comme mon père te considérait comme la sienne. Je le comprends mieux maintenant. J'ai changé, Johanna, pour les femmes de ma vie.

— Je savais que ça allait arriver un jour.

— Je sais qu'elle te plairait, en plus. Elle m'en fait

baver, je ne te dis pas. Elle m'a envoyé à l'hôpital entre la vie et la mort, parce que je l'ai trompée.

Je me marre en repensant à cet épisode. Quelle connasse, quand même !

— Je suis fou d'elle.

Je me retourne vers Rodriguo.

— C'est juste pour ça que je veux bien négocier et que je tiendrai mes engagements. Je ne veux pas prendre le risque qu'il leur arrive quelque chose. Je suis comme toi, Rodriguo, j'ai une famille à protéger. Bon, vous deux, là…

Je montre Mike et son mec.

— Vous adopterez peut-être un jour, les gays ont le droit maintenant, non ?

— Nous ne sommes pas…

— Oh si, comme des phoques, mais je vous juge pas. Je m'en fous de qui encule qui.

Je me rassois sur la chaise.

— Je t'écoute, Rodrigo, dis-moi tout.

On passe l'heure suivante à trouver des accords. Je suis soulagé. Sans les filles, je n'aurais jamais fait ça, mais c'est la meilleure solution pour nous tous. J'ai changé pour elles deux, je ne pense plus qu'à moi seul. Même si, au début, j'avais envie de vomir quand je pensais à tout ce que ça implique, ce n'est plus le cas.

Je suis content.

Je suis en paix et je suis enfin vraiment heureux.

Épilogue

Tyron

Je regarde mon fils dans son berceau. Jamais, dans ma vie, je n'aurais pensé avoir quatre enfants. Ma femme est une poule pondeuse. Je les aime tous autant les uns que les autres.

Ava m'a fait deux filles avant, cette garce ! Je voulais absolument un petit gars pour faire de la moto avec moi, de la mécanique. Mais, quand je le regarde, je sais que même si ça avait été encore une fille, j'aurais été aussi heureux.

Mia me suit partout, c'est la petite princesse à son papa. Elle a du mal à le vivre quand je ne suis pas à la maison, alors j'essaie de ne pas partir trop longtemps. De toute façon, avec l'accord que j'ai signé avec les deux autres gros clubs, la paix est revenue et on peut enfin vivre en paix. Tous nos ennemis ont peur de nous et n'osent pas nous attaquer. À une époque, j'aurais trouvé ça dommage, j'aurais aimé qu'ils nous attaquent, rien que pour les tuer. Aujourd'hui, c'est la peur qui me vient quand il y a un risque. Et si je perdais un de mes enfants ou ma femme ? Jamais je ne pourrais m'en remettre. J'ai fait tout ce que je lui ai promis, des années que ma bite n'a pas touché une autre femme. Est-ce que ça me manque ? Pas du tout ! Elle me satisfait, même après autant de temps, et au-delà de mes espérances.

Elle aussi est plus sereine depuis que j'ai buté sa mère. Je me souviens encore, quand je l'ai égorgée, la tête qu'elle faisait. Je m'étais assis dans mon fauteuil et j'avais regardé son sang couler le long de son corps. Trente hommes l'avaient baisée, ma femme était vengée.

Je sens des bras passer autour de ma taille.

— On risque d'être tranquilles une petite demi-heure, ça ne te dit pas qu'on en profite pour…

Elle descend sa main jusque sur ma bite. Oh, si, ça me dit ! Je me retourne, la prends par les fesses et la soulève. Je l'emmène dans notre chambre, je la colle directement à la porte, je n'ai pas le temps d'attendre. Elle est en robe et elle n'a même pas de sous-vêtements. Elle avait déjà tout prévu, cette cochonne ! Je baisse mon pantalon et j'entre en elle doucement, puis, une fois entièrement à l'intérieur, je la baise fort. Son dos claque à chaque mouvement, elle doit avoir un peu mal, mais elle trouve toujours son plaisir, même dans la douleur. Quand on jouit enfin en même temps, on est essoufflés, mais heureux.

Je la pose par terre et la regarde avec amour. Je prends sa main et, comme chaque jour, j'embrasse son doigt à l'endroit de son alliance. C'est pour nous rappeler ce lien puissant qui nous unit. Notre amour est au-dessus du club, au-dessus de nos âmes, au-dessus de tout. Ma femme, l'amour de ma vie, la reine de mon cœur et de mon âme.

— Je t'aime, Ava, plus que tout.

— Je t'aime aussi, Tyron.

Un frisson me traverse comme à chaque fois, et je pose mon front contre le sien.

— Pour la vie, et même après.

Fin

Note de l'auteure

Et voilà, le troisième tome de The Last Bikers se termine. J'espère que ça vous aura plu.

Je voulais qu'ils fassent tous la paix, car c'est comme ça que devrait être le monde. Plein de paix et d'amour, même si on n'est un enfoiré, on peut changer. Les trois bikers les plus dingues le peuvent aussi.

Mais tout n'est pas fini, vous pourrais retrouver un prochain tome sur Mike et son second.

Voilà, je vous laisse maintenant. Je vous fais de gros bisous.

Sarah West

Remerciements

Je remercie en premier Lydasa pour cette couv et mise en page.

Merci à ma bêta alpha Cynthia.

Merci à Odile.

Merci à toutes les lectrices et aux chroniqueuses.

Merci à mes enfants et mon mari.

Mentions légales

Couverture :© Lydasa Création
Dépôt légal : fevrier2025
ISBN : 978-2-493836-22-9

Amazon Édition

Printed by Amazon Italia Logistica S.r.l.
Torrazza Piemonte (TO), Italy

70701359R00219